W0315127

10
18

12, AVENUE D'ITALIE. PARIS XIIIe

Du même auteur
aux Éditions 10/18

Série « Nicholas Segalla » d'Ann Dukthas
► Le messager du temps, n° 3831
En mémoire d'un prince, n° 3832

Série « Kathryn Swinbrooke » de C.L. Grace
Meurtres dans le sanctuaire, n° 3029
L'Œil de Dieu, n° 3030
Le marchand de mort, n° 3094
Le livre des ombres, n° 3190
La Rose de Raby, n° 3406
Le Lacrima Christi, n° 3836

Série « Hugh Corbett » de Paul C. Doherty
Satan à St Mary-le-Bow, n° 2776
La couronne dans les ténèbres, n° 2777
Un espion à la chancellerie, n° 2820
L'ange de la mort, n° 2863
Le prince des ténèbres, n° 2901
Faux frère, n° 2966
L'assassin de Sherwood, n° 3036
La complainte de l'Ange Noir, n° 3127
Le feu de Satan, n° 3290
La chasse infernale, n° 3296
L'archer démoniaque, n° 3437
La trahison des ombres, n° 3584
Funestes présages, n° 3705

Série « Frère Athelstan » de Paul Harding
La galerie du rossignol, n° 3167
Le donjon du bourreau, n° 3218
Sacrilège à Blackfriars, n° 3226
La Colère de Dieu, n° 3336
Le fanal de la mort, n° 3340
Le repaire des corbeaux, n° 3531
Le jeu de l'assassin, n° 3666

Série « Alexandre le Grand » de Paul Doherty
La mort sans visage, n° 3738
L'homme sans dieux, n° 3739
Le manuscrit de Pythias, n° 3860

ANN DUKTHAS

LE MESSAGER DU TEMPS

Traduit de l'anglais
par Éric MOREAU

INÉDIT

10
18

« Grands Détectives »

dirigé par Jean-Claude Zylberstein

Sur l'auteur

Ann Dukthas est le pseudonyme de Paul C. Doherty, né à Middlesbrough, dans le Yorkshire. Il est l'auteur de plusieurs séries historico-policières, dont notamment : les enquêtes de Nicholas Segalla, le voyageur du temps ; les enquêtes de frère Athelstan, un dominicain du XIIIe siècle (publiées sous le nom de Paul Harding) ; les enquêtes de Hugh Corbett, espion du roi Édouard Ier, et celles de Télamon, un proche d'Alexandre le Grand (publiées sous le nom de Paul C. Doherty) ; et enfin les aventures de Kathryn Swinbrooke, apothicaire à Cantorbéry au XVe siècle (publiées sous le nom de C. L. Grace).

Il est aujourd'hui professeur d'histoire médiévale.

Titre original :
A Time for the Death of a King

© Ann Dukthas, 1994.
© Éditions 10/18, Département d'Univers Poche, 2005, pour la traduction française.
ISBN 2-264-03806-3

À Charles Spicer, directeur littéraire
des éditions St. Martin's Press,
un autre fervent admirateur
de Marie Stuart.

NOTICE HISTORIQUE

1567.

En France, Catherine de Médicis règne sur le royaume : son fils aîné, François II, est mort, et Marie, la splendide femme de ce dernier, a dû regagner l'Écosse. Catherine la surveille de près car elle la considère comme un pion à jouer contre Élisabeth d'Angleterre ou Philippe II d'Espagne. Les conseillers de Catherine, la puissante maison de Guise, espèrent en outre que Marie se souviendra que sa mère, la femme de Jacques V d'Écosse, appartenait au clan des Guises. Marie a confié la défense de ses intérêts en France à son vieux et vénérable ambassadeur, l'archevêque Beaton.

En Écosse, Marie a épousé Henry Darnley, personnage médiocre aux mœurs dissolues : ils ont eu un enfant, Jacques, et ont traversé une série de crises qui a atteint son apogée lorsqu'en 1566 Darnley a, par jalousie, fait assassiner le secrétaire particulier de Marie, David Rizzio. Pourtant, Marie est encline au pardon : elle souhaite que Darnley revienne de façon à mieux pouvoir le soigner de la vérole, qui a manqué l'emporter. Marie doit aussi tenir à l'œil les grands nobles : les lords de la Congrégation, menés par son demi-frère illégitime, Jacques Stuart, comte de Moray, ainsi que Douglas de Morton et Maitland de Lethington. Seul James Hepburn, comte de Bothwell, seigneur frontalier, est digne de confiance.

En Angleterre, Élisabeth suit de près les affaires de l'Écosse, secondée par ses trois conseillers : Robert Dudley, comte de Leicester, William Cecil et Francis Walsingham. La crise qui oppose Marie et Darnley la fascine – elle et Dudley auraient dû être mariés si la femme de ce dernier n'avait pas péri dans des circonstances fort mystérieuses, six ans auparavant, à Cumnor Place. Walsingham, son maître espion, s'en souvient aussi. Il échafaude des plans et transmet ses ordres par l'intermédiaire du maréchal Drury, le gouverneur de la forteresse anglaise de Berwick, à la frontière écossaise. Le principal agent secret de Walsingham en Écosse, le maître aux Corbeaux, s'apprête à passer à l'action…

INTRODUCTION :
DUBLIN, 1992

Mal à l'aise, Ann prit place dans le restaurant distingué situé dans une rue proche de Merrion Square. Il lui fallait pourtant reconnaître que le Dr Nicholas Segalla se comportait en véritable gentleman. Vêtu d'un costume de laine bleu foncé, il semblait incarner la courtoisie et le bon goût. Ann remarqua qu'il portait une chemise et une cravate en soie, et que ses boutons de manchette et son épingle assortis semblaient en or massif. Rasé de près, les mains impeccables, Segalla n'avait pas un seul cheveu de travers. Mais, son regard fixe l'incommodait : alors qu'elle commandait une boisson, il l'examinait de ses yeux sombres en apparence inexpressifs, même s'il bavardait aimablement sur les nouvelles du jour – les routes encombrées, la circulation difficile dans Dublin, la décoration du restaurant. À un moment, Ann surprit une remarque étrange. Ils discutaient d'Oxford, et elle eut la certitude de l'entendre murmurer : « Certes, Oxford a bien changé depuis mon dernier séjour là-bas. » À cette réflexion avait succédé un petit sourire en coin, comme s'il savourait une plaisanterie connue de lui seul. Lorsqu'ils eurent terminé l'entrée, Ann perdit patience. Elle posa sa cuillère et se tamponna les lèvres avec sa serviette de table.

— Docteur Segalla, pourquoi m'avez-vous invitée ici ?

— J'ai été conquis par votre conférence à Oxford sur le meurtre de Darnley survenu à Kirk o'Field.

— Êtes-vous historien ?

Segalla repoussa son assiette.

— D'une certaine manière.

— Vous êtes déjà allé à Oxford ? insista-t-elle.

— Oui.

Toujours aussi courtois, il avait cette fois répondu plus lentement.

— Quand vous y êtes-vous rendu, la dernière fois ?

— Pour de bon ?

Ann haussa les sourcils.

— Oui, c'est ce que je vous demande.

— Pendant l'hiver 1561, quand Edmund Campion a dit l'oraison funèbre lors des funérailles d'Amy Robsart, la femme de Robert Dudley, comte de Leicester. Elle a chuté dans l'escalier, à Cumnor Place, et s'est brisé la nuque.

— Vous… vous vous payez ma tête ! bégaya-t-elle.

— Non, pas du tout.

Segalla désigna la bague en or à son doigt.

— J'ai travaillé à la chancellerie de l'archevêque Beaton, à Paris. C'est là que j'ai obtenu ceci.

Même si elle garda un air impassible, Ann fut parcourue d'un frisson d'appréhension mêlée d'excitation. Le cercle des clients qui les entouraient sembla s'éloigner ; les bavardages des serveurs à l'autre bout de la salle et les douces mélodies de la harpiste s'atténuèrent comme une radio dont on baisse le volume. Voilà qu'elle se trouvait à table en compagnie de cet inconnu énigmatique qui portait une bague de chancelier et prétendait avoir été vivant quatre cent trente ans plus tôt. Elle sonda ses yeux à la recherche d'une étincelle de moquerie.

Segalla se contentait de lui rendre son regard avec le plus grand calme. Ann cligna les paupières, plia sa serviette avec soin et la posa sur la nappe.

— Docteur Segalla, vous plaisantez ? Vous me faites marcher ?

— Pas du tout.

— Dans ce cas, monsieur…

Elle repoussa sa chaise.

— … vous devez me prendre pour une évaporée.

Segalla sourit.

— Une évaporée ? Cela faisait des années que je n'avais pas entendu ce mot.

Ann s'apprêta à se lever.

— Docteur Segalla, je vous remercie, mais il faut que j'y aille.

Segalla, en parfait gentleman, se leva à son tour.

— Miss Dukthas, je vous en prie.

Il leva les mains pour l'apaiser.

— Restez encore un peu, je ne vous retiendrai pas longtemps. Vous pourrez ensuite vous en aller. Après tout, j'ai envoyé une voiture vous chercher. Et puis le repas est déjà commandé. Je ne vous veux aucun mal et vous ne courez aucun danger.

Il la saisit par le poignet.

— S'il vous plaît, Ann, accordez-moi juste un petit peu de votre temps.

Ann hocha la tête et se rassit alors que Segalla renvoyait avec délicatesse le serveur venu voir ce qui se passait.

— J'étais à Oxford en 1561, déclara-t-il. Plus important encore, et bien plus intéressant pour vous, je me trouvais à Kirk o'Field, à Édimbourg, le 10 février 1567.

Alors qu'Ann quittait de nouveau sa chaise, Segalla se pencha au-dessus de la table et lui attrapa la main d'une poigne ferme mais douce. Ann perçut la supplique dans son regard.

— Vous ne courez aucun danger, répéta-t-il.

Elle le fixa d'un air froid et se demanda s'il était sincère. En arrivant au restaurant, elle avait remarqué sa canne du XVIIIe siècle, et elle s'y connaissait assez en matière d'antiquités pour savoir qu'elle dissimulait une épée.

— Docteur Segalla, murmura-t-elle, je vous remercie pour votre générosité.

Elle retira sa main.

— Je ne vous prends pas pour un fou, mais si mes collègues chercheurs étaient présents, ou si je leur relatais vos propos, ils éclateraient de rire ou appelleraient un psychiatre.

— « Ayant quitté le lieu où je laissai mon cœur, de ma probité l'on devrait aisément juger. »

Ann resta bouche bée. Segalla venait de citer, en vieil anglais, un passage de la deuxième des lettres du coffret, ces documents censés prouver que Marie, reine d'Écosse, était une meurtrière adultère.

— Il ne faut pas se fier à mon apparence, chuchota Segalla. Je ne puis vous fournir d'explications, mais je prouverai ce que j'avance.

Segalla ne semblait pas se réjouir de l'étonnement d'Ann. Il plongea la main dans la poche de sa veste, en sortit une bourse contenant des pièces de monnaie qu'il déversa sur la table. D'apparence presque neuves, elles luisaient à la lumière des chandelles. Segalla se contenta de les pousser vers elle : un shilling datant du règne d'Édouard III, un écu français et un doublon espagnol.

— Vous avez pu les acheter, commenta Ann d'un ton calme.

— C'est juste. Mais pas ceci, en revanche !

Cette fois, il sortit une pochette en plastique transparent. Il éloigna son verre de vin et la brandit.

Ann regarda le dessin représentant une sirène, assise sur une rame, qui portait une couronne sur ses mèches ondulées. À ses côtés, on voyait un lièvre.

— Où l'avez-vous trouvé ? s'exclama-t-elle. Ça a l'air authentique !

— Oh, ces affiches ont pullulé dans tout Édimbourg, en février 1567. Vous savez de quoi il s'agit ?

Ann se pencha et montra la sirène du doigt.

— Au XVIe siècle, « sirène » était un terme d'argot pour désigner les prostituées. Le lièvre faisait partie du blason de James Hepburn, comte de Bothwell. Après l'assassinat de Darnley, on s'est mis à placarder ce genre d'affichettes pour insinuer que Marie, éprise de son rude seigneur frontalier, avait tué Darnley.

Elle arracha presque la pochette des doigts de Segalla.

— Il en reste quelques-unes, surtout dans les archives d'Écosse et d'Angleterre, mais celle-ci est un original, déclara-t-il.

Elle examina la caricature au vitriol de la reine Marie Stuart. Les traits de la sirène étaient clairement les siens ; on lui avait donné une pose lascive destinée à répugner aux bons citoyens d'Édimbourg.

— C'est un original, répéta-t-elle.

— Oh oui ! Les ennemis de Marie auraient pu enseigner plus d'un tour à nos services secrets modernes concernant l'art et la manière d'anéantir un rival.

Ann s'apprêta à lui rendre le dessin. Segalla secoua la tête.

— Non, gardez-le.

Il sourit.

— C'est un cadeau. Bon, assez discuté. Dînons, à présent.

— Non, je ne peux accepter. Que se passerait-il, docteur Segalla, si je faisais part de tout cela à un médecin ? Ou si je relatais vos propos lors d'un entretien public ?

— Je nierais tout en bloc et disparaîtrais. Vous gâcheriez la plus belle chance de votre vie et jetteriez le doute sur vos capacités de jugement et vos compétences. Je suis sûr que vous n'en ferez rien.

— Pourquoi ?

— Parce que vous êtes Ann Dukthas, écrivain et chercheur dans le domaine des énigmes criminelles de l'Histoire. Je connais et respecte votre droiture.

— Vous étiez auprès de Marie à Édimbourg – du moins le prétendez-vous ? s'enquit Ann, incrédule. Quoi d'autre, encore ? D'où venez-vous ? Si vous possédez un tel pouvoir, quelle est sa source ?

— Je ne puis vous répondre, pas pour l'instant. Tout ce que je vous demande, c'est de m'accorder votre confiance.

Il but une gorgée de vin.

— Bon.

Il se pencha vers elle.

— Vous avez donné une brillante conférence à Oxford, mais elle soulevait autant de questions qu'elle apportait de réponses.

Il sourit.

— Buvez un peu de vin, et, s'il vous plaît, résumez-moi votre intervention.

Ann le fixa du regard. Devait-elle partir ? Elle avait recherché par petite annonce tout historien au Royaume-Uni et en République d'Irlande qui pourrait lui apporter un élément nouveau sur le meurtre d'Henry Darnley, l'époux de Marie, reine d'Écosse, qu'on avait retrouvé mort à Kirk o'Field, aux abords d'Édimbourg, tôt dans la matinée du 10 février 1567. Seul Segalla lui avait répondu. En sus de son coup de téléphone, il avait réservé une table dans ce restaurant et envoyé un taxi la chercher. Elle sourit à part soi ; lui rendre la politesse était la moindre des choses.

— Tout d'abord, le problème me paraissait assez simple, commença-t-elle. Nous connaissons les faits historiques, leurs causes et leurs conséquences, mais lorsque nous nous penchons sur l'énigme…

Elle haussa les épaules.

— En bref, il n'y a pas deux historiens qui soient d'accord entre eux. Marie, reine d'Écosse, poursuivit-elle les yeux baissés, est née en 1542 et a été exécutée en 1587. Son père était Jacques V d'Écosse, et sa mère la princesse française Marie de Guise. Jacques, vaincu par les généraux d'Henri VIII, est mort peu après sa défaite. Henri voulait marier son fils, Édouard, à la jeune Marie, mais les Écossais s'y sont opposés. Pendant la régence de sa mère, on a envoyé Marie en France pour la destiner au Dauphin, François. Elle a été élevée à la cour de France sous la tutelle des puissants parents de sa mère, les Guises. En 1558, Marie a épousé le Dauphin qui, un an plus tard, est devenu François II.

Ann pianota sur la table.

— Ainsi, à dix-sept ans, Marie était reine de France et d'Écosse, et en Angleterre, les factions catholiques la considéraient comme leur monarque légitime et estimaient qu'Élisabeth, fille d'Anne Boleyn, n'avait pas sa place sur le trône.

Segalla lui resservit du vin et fit signe aux serveurs d'apporter le plat principal.

— Continuez.

— En décembre 1560, Marie de Guise, régente d'Écosse, meurt. Six mois plus tard, François II succombe à un abcès à l'oreille. L'année suivante, Marie, jeune veuve de dix-neuf ans, retourne en Écosse. Elle trouve un pays déchiré par la Réforme et doit affronter une opposition menée par les lords de la Congrégation.

Elle marqua une pause.

— Vous devez savoir de qui il s'agit.

Segalla sourit de toutes ses dents.

— Ils avaient à leur tête le calviniste John Knox, un fanatique religieux. Il ne supportait pas les catholiques et ne pouvait souffrir les femmes.

— J'ai eu l'occasion de rencontrer quelques hommes comme lui, commenta Ann. Et les autres ?

— Trois éminents personnages : Jacques Stuart, comte de Moray, le demi-frère naturel de Marie, un être perfide. George Douglas, comte de Morton. Vous trouverez de nombreux Morton dans les dossiers d'Amnesty International. Cruel et rancunier, Morton aimait pendre les femmes, même lorsqu'elles portaient leur enfant dans les bras.

— Qui d'autre ?

— Maitland de Lethington : un rusé, du genre à ne pas reconnaître la vérité quand bien même on la lui aurait brandie sous le nez.

Comme toujours lorsqu'elle discutait des grandes énigmes de l'Histoire, et de celle-ci en particulier, Ann se détendit. Elle se sentait un lien avec cette reine disparue depuis des siècles. Marie avait quitté le luxe de la cour de France pour subir les assauts d'une clique qui ferait passer les malfaiteurs modernes pour des voyous de bac à sable.

— Pourtant Marie a tenu bon, n'est-ce pas ?

— Oh oui, elle s'est montrée très habile, répondit Segalla d'un ton affable. Elle a esquivé tous leurs pièges jusqu'à commettre l'erreur qui lui aura été fatale.

— Henry Stuart, lord Darnley ?

— C'est exact. Petit-fils d'Henri VIII, Darnley prétendait lui aussi à la couronne d'Angleterre. Il était grand, d'une beauté et d'une élégance rares, mais aussi ivrogne, veule et par surcroît vicieux.

Segalla la dévisagea.

— Poursuivez, je vous prie, dit-il.

— Darnley était une coquille vide. Malgré les efforts de Marie, il faisait preuve de paranoïa aiguë. Marie était tombée enceinte au tout début de leur mariage, et quand elle a compris à quel genre d'homme elle avait affaire, elle s'est appuyée de plus en plus sur son secrétaire italien, David Rizzio. En 1566, Darnley s'est allié aux grands nobles et a fait assassiner Rizzio au palais d'Holyrood, sous les yeux de la reine. Les rebelles ont ensuite pris la fuite. Marie a gardé son sang-froid, et sa tête. Au bout du compte, elle a pardonné aux lords, y compris Darnley, qui avait alors contracté la vérole ou la syphilis, je ne sais pas très bien.

— Peut-être les deux, marmonna Segalla.

— Bref, Marie a tenté la réconciliation. Elle s'est rendue à Glasgow et a ramené Darnley dans une demeure appelée Kirk o'Field, aux abords d'Édimbourg, afin qu'il se rétablisse. Ils s'y sont installés le 1er février 1567. Marie est restée à ses côtés, dormant parfois dans une chambre située sous la sienne. Le dimanche 9, elle est retournée au palais d'Holyrood pour assister à des festivités. À deux heures du matin, une puissante explosion, forte comme une salve de trente canons, a réveillé la ville. Kirk o'Field avait été réduite en poussière, et dans un verger situé à quarante mètres de la maison, on a retrouvé les cadavres de Darnley et de son écuyer, Taylor, qui ne portaient aucune blessure.

Ann but une gorgée de vin.

— De cette énigme a découlé un torrent de malheurs. On a imputé le meurtre à Marie. Comme elle s'était alliée à James Hepburn, comte de Bothwell, puissant noble et voyou notoire, on a accusé ce dernier d'être son complice. On a chassé Marie d'Édimbourg. Les lords de la Congrégation se sont rebellés. Marie a fui en Angleterre, où on l'a emprisonnée pendant dix-neuf ans jusqu'à son exécution au château de Fotheringay.

— Avez-vous déjà vu ceci ?

Segalla lui tendit la photocopie d'un dessin conservé aux Archives nationales de Chancery Lane, à Londres. Elle acquiesça d'un signe de tête et la posa devant elle.

— Oui, mais cela ne nous éclaire pas.

— Si vous l'examinez attentivement, rétorqua Segalla, ce document nous livrera la vérité.

Ann eut l'air perplexe.

— Rien n'a de sens. On avait laissé Darnley à Kirk o'Field avec cinq ou six serviteurs. Deux d'entre eux, Nelson et Symonds, se sont extirpés des décombres. Les autres ont péri.

Elle pianota sur la table.

— Je n'y comprends rien. Comment a-t-on emmené Darnley à l'extérieur ? Pourquoi l'assassiner à cet endroit puis faire sauter la maison ?

— Et s'il avait paniqué ? proposa Segalla d'un ton taquin.

— Pourtant les autres valets ne se sont pas réveillés. Pourquoi Darnley n'a-t-il pas essayé de les sauver ? Et comment peut-on tuer quelqu'un sans laisser de marques sur son cadavre ?

— Où était Bothwell ? s'enquit Segalla.

— À Holyrood.

— Et les grands lords ?

— Moray se trouvait à Fife, et Morton à St. Andrews, à des kilomètres de là, tout comme Lethington. Le véritable problème, c'est que nous possédons quantité d'éléments qui semblent indiquer la culpabilité de Marie et de Bothwell. Le hic, c'est qu'il s'agit de témoignages arrachés sous la torture à des hommes qu'on a ensuite pendus pour complicité.

Elle sourit d'un air ironique.

— En plus d'être une énigme, le meurtre de Kirk o'Field est un exemple de machination où l'on s'est donné beaucoup de mal pour fabriquer tout un faisceau de preuves : aveux, lettres et documents. Certains mystères devraient peut-être rester des mystères, et celui-là en fait partie.

Segalla désigna la photocopie.

— Croyez-moi, ceci est le seul élément de vérité en votre possession.

Ann examina le croquis détaillé, censé être l'œuvre d'un agent anglais à Édimbourg. Dessiné, semblait-il, le 10 février au matin, il représentait Kirk o'Field après l'explosion. Sur la gauche, l'ancienne prévôté où avait dormi Darnley n'était plus qu'un tas de ruines, comme Marie l'avait écrit elle-même à l'archevêque Beaton, à Paris : « Plus une pierre ne tient sur l'autre. » De l'autre côté de la page, on voyait un verger. Là, l'artiste avait esquissé les corps de Darnley et de son écuyer, vêtus de leur habit de nuit, étendus derrière les arbres. À côté d'eux se trouvaient une chaise, une cape de fourrure, une dague et ce qui ressemblait à un amoncellement de corde.

— Cela nous indique ce qui s'est passé, commenta Ann, mais pas comment.

— C'est ce que j'ai cru, fut un temps. Comme je me trompais !

Le regard fixe et froid de Segalla la déconcertait tant qu'elle reprit son repas, mangeant vite et sans réfléchir. Pourtant, une telle excitation l'habitait qu'elle en avait perdu l'appétit. Elle posa ses couverts.

— Je me sens bête, dit-elle avant de s'esclaffer. Comme une écolière qui babille.

Segalla secoua la tête et désigna l'assiette d'Ann d'un signe de la main.

— Non, ça va, répondit-elle. J'ai assez mangé. Il faut vraiment que j'y aille.

Elle tritura sa serviette pour dissimuler son trouble.

— Docteur Segalla, vous m'avez soumis une énigme, mais vous n'avez pas fait grand-chose pour résoudre celle que j'étudie.

Segalla se cala sur sa chaise.

— Loin de là, Ann. J'ai été très impressionné par votre conférence. Vous avez exposé le meurtre de Darnley de façon correcte. Vous n'essayez pas de prouver l'impossible.

— En d'autres termes, c'est un constat d'échec de ma part.

— Oui, mais c'est un bon point de départ. Dans tous les livres écrits sur le sujet, l'auteur prétend connaître la solution. Et pourtant chacun d'eux omet les éléments qui infirment ses hypothèses. Vous, vous êtes différente. Vous posez le problème de façon lucide, et vous vous en tenez à cela.

Il jeta sa serviette sur la table.

— À présent, vous voilà en train de vous demander si vous déjeunez avec un fou, ce que je ne vous reproche pas. Voulez-vous un café ?

Ann refusa, consciente que cet inconnu énigmatique était sur le point d'abattre ses cartes. Segalla sourit.

— Je ne vous retiens pas, mais demain matin, à dix heures, un coursier vous livrera deux paquets.

Il lança une carte de visite sur la table.

— Quand vous les recevrez, appelez ce numéro. Je veux que vous examiniez le contenu des deux plis. Le premier contiendra des images, et l'autre le manuscrit d'un roman. Si vous le souhaitez, vous pourrez les détruire et considérer cet entretien comme une grossière erreur. Je vous en laisse seul juge.

— Vous m'accordez donc votre confiance ?

Segalla sourit.

— Une confiance absolue.

Peu après, toujours abasourdie, Ann quitta le restaurant et rentra chez elle en taxi. S'efforçant de ne pas songer à sa rencontre avec Segalla, elle passa la soirée à lire une biographie de lord Bothwell pour s'occuper l'esprit. Le lendemain matin, après une nuit agitée, elle peina à maîtriser son excitation alors que dix heures approchaient. Comme l'avait annoncé Segalla, le coursier arriva. Dans le colis, Ann trouva deux enveloppes kraft scellées par un cachet de cire portant le sceau de la bague de Segalla. Elle fut tentée de les décacheter et d'en examiner le contenu, mais elle voulait honorer son engagement. Elle appela le numéro qui figurait sur le bristol et tomba sur la réception d'un des plus grands hôtels de Dublin. La réceptionniste lui passa la chambre de Segalla : sa voix lui parut douce et chaleureuse.

— J'ai… j'ai reçu les plis, bégaya Ann.

— Bien. Ouvrez le moins épais.

Ann obéit et déversa son contenu sur la table.

— Ce sont des cartes postales, expliqua Segalla. Un chiffre figure au dos de chacune. Retournez-les et classez-les dans l'ordre, je vous prie.

Ann, ayant l'impression de jouer à un jeu étrange et sophistiqué, obtempéra.

— Ce sont des reproductions de tableaux de maîtres, commenta-t-elle.

— Il doit y en avoir sept. Décrivez-les-moi.

— Le premier est un tableau du XVe siècle qui représente un chœur de chanteurs. Le deuxième est de Titien et s'intitule *Le Jeune Anglais*. Ensuite, c'est le *Portrait de Thomas More et sa famille*, de Holbein le Jeune, *Deux Amants*, de Boulet, puis *Le Syndic de la guilde des drapiers*, de Rembrandt. Il y a aussi une copie de *La Loge*, de Renoir, et, enfin, une photographie de Lénine et de son gouvernement en octobre 1918.

Segalla dut percevoir sa perplexité.

— Avez-vous une loupe ? demanda-t-il.

Ann répondit que oui et alla la chercher.

— Bon, fit-il d'un ton pressant. Examinez-les une par une.

Ann s'exécuta. Tout d'abord, elle n'en crut pas ses yeux.

— Ça alors !

— Que se passe-t-il, Miss Dukthas ? murmura la voix à l'autre bout du fil.

— Le même homme apparaît à chaque fois ! s'exclama-t-elle. C'est vous ! Certes, la coiffure change. Sur une des peintures, vous portez la barbe et, sur une autre, vous êtes rasé.

Les jambes flageolantes, elle dut s'appuyer contre la table.

— Pourquoi ? demanda-t-elle dans un souffle. Pourquoi me raconter cela ?

— Je vous aime bien, Ann. Vous recherchez la vérité et…

— Et quoi ?

— Vous me rappelez quelqu'un que j'ai connu autrefois. Enfin voilà… Alors, poursuivit-il d'une voix plus vive, allez-vous contacter votre ami médecin ? Un journaliste ?

— Non.

— Bien sûr que non. Dans ce cas, ouvrez la seconde enveloppe. Lisez le manuscrit. Découvrez la vérité. Nous nous reverrons.

Sur quoi, il raccrocha.

PROLOGUE

Le Meurtre allait bientôt déployer sa cape rouge : de nombreux présages, qui s'étaient répandus dans toute l'Écosse telle une brume spectrale, l'auguraient. Prophètes et devins rapportaient ces signes avant-coureurs : les oiseaux se jetaient à terre ; des tempêtes se soulevaient et des vents violents abattaient les flèches des églises. Deux lunes brillaient. Il apparaissait trois soleils. D'après les dires d'un voyant, un long fleuve de revenants s'était déversé sur la grand-route ; leurs visages étaient livides et sombres, leurs yeux telles des fleurs fanées. La nuit, comme couverts de sang, les champs autour de Kirk o'Field reflétaient le clair de lune. À minuit, à ce que l'on racontait, régiments d'incubes et hordes de démons des ténèbres grouillaient ailes déployées au-dessus du palais d'Holyrood. Les murs de Kirk o'Field, ce rectangle de bâtiments qui se dressait au sud de Cowgate, aux abords d'Édimbourg, étaient baignés d'une lumière hivernale fantomatique. À l'intérieur, les serviteurs de la Couronne s'apprêtaient à recevoir le couple royal. Eux aussi avaient entendu les rumeurs. On prophétisait le crime, et le mal allait frapper. John Irvinge de Livingstone ne s'était-il pas brusquement redressé sur son lit de mort, grimaçant, le visage déformé par la terreur, un doigt osseux pointé vers les chevrons couverts de toiles d'araignée ?

— Le roi va mourir ! Le roi va mourir ! s'était-il écrié avant de perdre connaissance.

En janvier 1567, le Meurtre devenait un visiteur régulier des rudes et sauvages contrées d'Écosse, dont les habitants vivaient près de la terre et des bêtes qu'elle nourrissait. Le peuple croyait en l'influence du soleil et des planètes, en la magie de leur passé païen, aux lutins malfaisants et aux monstres tout autant qu'à la crucifixion de leur Sauveur. Un pays désolé où la guerre rageait souvent d'une mer à l'autre, où la fougère rouge et or était jonchée de cadavres en décomposition. À présent, l'hiver avait envahi l'Écosse – un froid mordant, qui glaçait davantage l'esprit que le corps, transformait la bruyère brun-roux en un amas noir et détrempé, et travaillait les humeurs mauvaises de l'âme humaine.

Les routes et les chemins communaux avaient beau s'être transformés en bourbiers, on les empruntait toujours. Des cavaliers à capuche sombre galopaient sous une lune morne et glaciale pour porter çà et là des missives servant les desseins complexes qu'on ourdissait. Marie, reine d'Écosse, femme à la chevelure cuivrée, au teint doré et aux yeux éblouissants, vêtue d'une collerette française et de jupons brodés de dentelle, tentait de se réconcilier avec son mari, Henry Darnley. Celui-ci avait caché son corps infecté derrière les enceintes du palais de Glasgow : d'aucuns prétendaient qu'il souffrait de la petite vérole, d'autres de la syphilis. Quel que soit le diagnostic des médecins, Darnley se putréfiait pour de bon : il perdait ses cheveux chatoyants, des furoncles noirs recouvraient son magnifique visage à la grâce féminine, et son corps exhalait des vapeurs nauséabondes. Néanmoins, Marie, fille de Jacques V, par la grâce de Dieu reine d'Écosse et, comme on le chuchotait dans certains cercles, reine d'Angleterre, cherchait le rapprochement avec son mari. Certains disaient qu'elle n'agissait que par calcul. Ne cachait-elle pas son catholicisme sous prétexte de faire la paix avec les lords de la Congrégation, ces fanatiques de la Réforme menés par son demi-frère naturel, Jacques Stuart, comte de Moray, et ce serpent de Maitland de Lethington ?

Les vieilles sorcières marmonnaient que l'Écosse n'avait jamais connu la paix. Jacques IV, le grand-père de Marie, et toute la fine fleur du royaume, ses comtes et barons, avaient été balayés cinquante ans plus tôt lors de la débâcle de Flodden. Une vingtaine d'années plus tard, Jacques V avait été vaincu par son propre oncle, général d'Henri VIII, le comte d'Hertford : Jacques s'était alors enfui dans son château en bord de mer. Lorsqu'il avait appris que sa femme, Marie de Guise, avait donné naissance à une fille, le roi avait murmuré une remarque sur le fondement et la fin de sa lignée, les Stuarts.

« Elle a commencé avec une jouvencelle, eh oui, et elle finira avec une autre. »

Puis, rongé par les regrets, il était mort de chagrin. Cette prophétie, chuchotaient les anciens, allait-elle s'accomplir ? Marie était revenue de France à la mort de François II. Dans sa hâte de trouver un nouvel époux, elle avait jeté son dévolu sur le jeune Darnley, qu'à son ravissement sa cousine, Élisabeth d'Angleterre, avait envoyé en Écosse. Ce mariage, que pourtant beaucoup prenaient pour un don du Ciel, fit naître une haine forgée dans les enfers. Darnley, débauché, désabusé et avide de pouvoir, s'était mis à comploter contre Marie aussitôt après l'avoir mise enceinte. Henry Lennox Darnley, roi d'Écosse, le « grand garçon » aux longues jambes et au visage aussi beau que celui de la plus séduisante des femmes, tomba en proie à la jalousie.

Le samedi 9 mars 1566, Marie donnait un dîner en petit comité dans ses appartements privés du palais d'Holyrood. Darnley, pensait-elle, devait être en train de se morfondre ailleurs. À côté de la reine se trouvait son secrétaire favori, l'Italien David Rizzio, vêtu d'une cape de damas, d'un pourpoint en soie et de chausses en velours brun-roux. Darnley, sorti tout droit du lit d'une catin, fit soudain irruption, la voix pâteuse et la figure rougie par la boisson. Alors qu'il jetait un regard assassin à Rizzio, son rival, d'autres apparurent derrière lui. Lord Patrick Ruthven, prétendu sorcier, en armure et affublé d'un casque d'acier, avait le visage livide, éclairé par des yeux qui semblaient en flammes. Ruthven avait déjà un pied en enfer : mourant, la seule brise qui alimentait encore en lui le foyer de la vie était une haine sans bornes pour David Rizzio.

— Plaise à Sa Majesté, cria Ruthven d'une voix stridente, que ce Davy quitte cette salle où il ne s'attarde que depuis trop longtemps !

Marie protesta, mais Ruthven et d'autres, parmi lesquels Darnley, s'introduisirent de force. Rizzio se mit à hurler. Implorant la clémence, il s'agrippa aux jupons de la reine pour lui demander de le sauver. Marie fit de son mieux, mais son ventre était gros, et Ruthven et les autres la menacèrent de leurs dagues et mousquets. Rizzio eut moins de chance. On lui porta cinquante coups de poignard, puis on emporta son cadavre ensanglanté, qu'on jeta au bas de l'escalier comme un quartier de viande.

Marie s'enfuit. Elle tomba malade. Elle donna naissance à un garçon, Jacques, et confia l'enfant à son mari. Puis elle fomenta un complot. Les assassins de Rizzio durent fuir alors que la maladie s'emparait à nouveau d'elle. L'ange de la Mort manqua l'emporter, mais elle se rétablit, et toute l'Écosse retint son souffle. La reine allait-elle partir en guerre ? À l'instar d'Élisabeth et de Francis Walsingham, homme au cœur aussi noir que ses cheveux, qui intriguaient à Whitehall, elle échafauda des plans. En France aussi on surveillait la situation de près : à Blois, Catherine de Médicis questionnait ses astrologues sur les décisions que risquait de prendre Marie.

Au bout du compte, elle surprit tout le monde. Elle fit preuve de clémence envers les assassins de son secrétaire, et lorsque l'état de santé de son mari s'aggrava après quelque coucherie sordide, la reine traversa l'Écosse pour le rejoindre. Elle lui envoya de doux messages. Elle le cajolait et le taquinait ; Darnley lui rendit ses témoignages d'affection, et le peuple poussa un soupir de soulagement. La reine se montra miséricordieuse : elle n'appliquerait pas la loi du talion. Marie loua la plus confortable voiture suspendue pour l'emmener de Glasgow jusqu'à l'ancienne prévôté près des ruines de l'église St. Mary's in the Fields. Il fallait lui donner les meilleurs mets et remèdes. Elle promit aussi qu'à sa guérison ils seraient de nouveau mari et femme, roi et reine.

Le dimanche 2 février 1567, alors qu'un épais brouillard marin flottait sur le Firth of Forth, Marie conduisait son mari le long des chemins sinueux qui menaient à Kirk o'Field. Malgré la brise glaciale, le cortège était splendide. Darnley, enveloppé de fourrures, voyageait dans une litière taillée dans du chêne et tirée par de robustes palefrois. Le prince consort était satisfait de pouvoir cacher son visage purulent derrière les rideaux pourpres frangés d'or. Il lui était pénible de supporter les rires et les cris de la reine et de sa cour, qui s'élevaient par-dessus le claquement des sabots et le cliquetis des harnachements.

Deux hérauts, vêtus de leurs tabards éclatants, précédaient la procession. Derrière eux et le long des flancs de la colonne royale marchaient les mercenaires lourdement armés au service du comte de Bothwell, appelés pour renforcer la compagnie d'archers royaux sous le commandement du capitaine John Steward de Traquair. Marie chevauchait à côté de la litière, ses cheveux cachés sous une coiffe coquette ornée d'une plume de cygne. Assise sur sa jument cendrée au harnais luisant, vêtue d'une robe bleu foncé et de sa cape assortie bordée de dentelle d'or à l'ourlet et aux poches, elle ressemblait à une princesse d'un monde de fées regagnant son château enchanté. De temps à autre, elle tirait les rênes et jetait un coup d'œil à la litière avant de reprendre sa conversation avec les grands lords, en particulier James Hepburn, comte de Bothwell, dont le visage apparaissait dur et sombre sous sa toque de velours. À côté de lui, le comte de Moray se montrait plus taciturne encore, car il n'était rentré dans les grâces de la reine que fort récemment. De l'autre côté de la litière marchaient les serviteurs de Darnley : Taylor, son fidèle écuyer, et Thomas Nelson, à la voix douce, qui portait outre à vin et coupe, prêt à étancher la furieuse soif de son maître.

Lorsque Marie interrompit son conciliabule avec Bothwell pour regarder le ciel derrière elle, elle frissonna à la vue du grand corbeau dont les ailes noires battaient lentement contre le vent.

— Cet oiseau de mauvais augure, murmura-t-elle en français, nous suit depuis ce matin.

Elle s'efforça de sourire et accorda de nouveau son attention au comte. Elle surprit le regard de son demi-frère et, une fois de plus, se demanda si tout s'arrangerait ou si les ombres du passé reviendraient s'abattre sur elle. Bien qu'âgée seulement de vingt-cinq ans, Marie commençait à s'habituer à sonder les ténèbres des cœurs des hommes, où l'on entretenait des griefs et fomentait des meurtres. Pour se changer les idées, elle se mit à fredonner un madrigal – au-dessus de sa tête, le corbeau, comme en contrepoint à sa mélodie, ouvrit son bec jaune menaçant et croassa son chant sinistre.

CHAPITRE PREMIER

Comme à son habitude, Nicholas Segalla, prêtre de la compagnie de Jésus, passa la veille de son anniversaire à prier dans la chapelle de la Vierge de l'église de la rue Saint-Denis. Il s'agenouilla sur son prie-Dieu et contempla le visage en marbre de la Sainte Vierge illuminé par une auréole de lumière qui montait de l'arceau de cierges. Dans le sanctuaire enténébré, Segalla se signa, s'assit sur son siège et regarda dans le vague. Il venait de célébrer les vêpres. Ceux qui prenaient la peine d'y assister parmi les citoyens, marchands et bourgeois de Paris, se hâtaient à présent dans les ruelles étroites et nauséabondes pour regagner la sécurité de leur foyer. La porte du fond de l'église, ouverte, laissait pénétrer l'air glacial du soir. Segalla perçut les faibles bruits des auberges et tavernes de la ville. Il frissonna et se signa de nouveau. Homme de la campagne, il ne s'était jamais tout à fait senti chez lui à Paris, malgré ses études à la Sorbonne. La nuit, parfois, juste avant de s'endormir dans sa petite chambre dans les étages du Louvre, Segalla voyait dans ses rêveries les prés verts, les taillis touffus et obscurs, et les cours d'eau bouillonnants du lieu où il était né il y avait fort longtemps.

Un cri de femme le fit tressaillir et lui rappela les histoires que racontait un inquisiteur volubile : dans les faubourgs, le seigneur des Ténèbres régnait en maître – des sorciers savaient convoquer des démons couronnés chevauchant des crocodiles rouge sang. Ces mêmes magiciens, d'après les rumeurs, exhumaient des cadavres et concoctaient des potions dans des crânes humains, où bouillaient vers blancs et chair en décomposition. On racontait aussi que, dans un caveau secret, quelque part sous Paris, reposait un sinistre mage dans un tombeau heptagonal illuminé de flambeaux qui ne s'éteindraient qu'au retour de Satan, la Bête immonde. Un sourire éclaira la figure morne de Segalla, qui porta la main à ses cheveux ras et se gratta la tête. Ses supérieurs de l'ordre jésuite ne cessaient de le mettre en garde contre son imagination débordante. Segalla se demandait souvent d'où il la tenait. De son père, vieux soldat brusque et bougon ? Ou bien de sa mère, belle femme aux airs de sylphide ? Segalla se souvenait d'elle : yeux foncés que mettait en valeur un visage diaphane entouré de longs cheveux noirs ondoyants. Jadis, quand il était enfant, elle s'asseyait près de son lit et lui contait à voix basse des récits sur les fées et les diablotins qui peuplaient les forêts. Segalla leva la tête vers la statue, et son sourire s'élargit.

— C'est la faute de mère, chuchota-t-il. Seigneur, quelle bonne conteuse elle était !

Il cligna des paupières et fixa du regard les flammes des chandelles. Sa mère avait rejoint depuis une éternité son mari dans la terre dure et froide recouverte de pierres séculaires. Le mystérieux Segalla avait alors erré à travers les années tel un feu follet : parfois secrétaire d'un grand marchand, parfois clerc d'un noble seigneur. Le passage des siècles avait pourtant fini par le façonner. Segalla ne trouvait aucune satisfaction dans la Réforme anglaise. Ses influences catholiques profondément ancrées en lui, il avait préféré s'exiler, d'abord au séminaire anglais de Douai, puis au collège jésuite de Rome. À présent membre de cet ordre abhorré, s'il retournait en Angleterre, on lui réserverait une traque sans pitié, une détention cruelle et une mort atroce au bout d'une corde à Tyburn. Segalla avait malgré tout émis la volonté de rentrer, mais ses supérieurs l'en avaient dissuadé : ces hommes à la figure grave l'avaient nommé clerc et aumônier de l'archevêque James Beaton, le plénipotentiaire écossais à Paris. Au lieu d'évoluer déguisé au sein des catholiques d'Angleterre, Segalla vivait parmi les grands nobles de France, ces hommes fats vêtus d'immenses capes de taffetas rouge et or, d'habits en damas doré, de pourpoints liserés d'argent et de chausses en serge blanche de Florence. Sur l'insistance de Beaton, Segalla revêtait d'autres tenues pour mieux se fondre dans son environnement. Il portait parfois une coiffure de fil d'argent et de soie noire, une robe doublée d'hermine et des gants en chien et en daim richement ornés. Il avait appris à danser dans des salles de bal où l'éclairage se reflétait dans de grandes glaces en cristal et où d'épaisses tapisseries en soie tapissaient les murs, ou encore à discuter de politique dans d'opulentes pièces où des coffres en bronze à demi ouverts débordaient de perles, de bagues et de pièces de monnaie précieuses.

Segalla poussa un soupir sonore et se cala dans son siège : l'archevêque Beaton, malgré son long visage angélique, ses yeux chassieux et son abondante barbe ondulée, possédait à la fois la ruse du serpent et l'innocence de la colombe. Segalla le servait depuis trois ans, et Beaton ne cessait de lui rappeler :

— Ne vous habillez pas comme un corbeau, Nicholas ! Revêtez beaux habits et colifichets comme les autres. Mêlez-vous à la cour de France. Vous parlez anglais, français, espagnol, italien et latin. Profitez-en pour écouter ce qui se raconte.

— Dois-je espionner pour votre compte, monseigneur ?

Beaton avait gratté son crâne chauve et lancé à Segalla un regard fixe par-dessous ses sourcils froncés.

— Espionner, Nicholas ? Monsieur, vous êtes prêtre jésuite. Vous avez prêté serment d'allégeance à l'Église et promis de la servir de votre mieux. Continuez à rédiger mes lettres, à dire vos messes et à réciter vos chapelets, mais soyez mes yeux et mes oreilles à la cour. Apprenez dans quel sens souffle le vent et quelles rumeurs il transporte.

Le visage de Beaton s'était fait grave.

— Je suis l'ambassadeur en France de Marie, reine d'Écosse. C'est un faon entouré par les loups. Quelle que soit sa confession, j'ai juré de défendre ses intérêts, et vous, en tant qu'aumônier à mon service, êtes tenu par Dieu et vos supérieurs de défendre les miens.

De retour dans le présent, Segalla se redressa lorsqu'il sentit un parfum capiteux. Il fit volte-face. Une femme, portant cape et capuche, se tenait en silence derrière lui. Il se leva en hâte.

— Madame, je ne vous avais pas entendue. Désirez-vous prier ?

Un rire chantant lui parvint en réponse.

— Non, père Segalla, répondit l'inconnue avec un accent anglais mélodieux. En revanche, je souhaite vous parler !

Une main délicate émergea de la grande manche de sa cape et repoussa sa capuche.

Nerveux, Segalla croisa les bras et tâcha de maîtriser la panique qui s'emparait de lui. Paris regorgeait d'agresseurs potentiels : un noble pouvait voir d'un mauvais œil ses incursions au sein de la cour. Lorsque la femme s'approcha et pénétra dans le disque de lumière, Segalla se détendit. Elle se mouvait avec aise et douceur, et son visage paraissait à la fois franc et plein de tendresse. Segalla voulut prendre la parole, mais comme toujours en présence d'une femme séduisante, il se retrouva muet, un peu gêné et timide. L'inconnue, malgré son apparition soudaine et ses manières énigmatiques, était magnifique : les cheveux d'une couleur cuivrée, le visage gracile ; sa beauté était différente de celle, plus classique, de la maîtresse du roi, Diane de Poitiers, ou des autres vénus de la cour. De petite taille, elle avait un visage rond, le nez retroussé, une bouche et des yeux rieurs sous des sourcils gracieux.

— Madame, vous… vous me connaissez ? bégaya-t-il.

— Certainement. Vous êtes le père Nicholas Segalla, d'origine inconnue : membre de l'ordre jésuite, aumônier, clerc et secrétaire de l'archevêque Beaton. Vous portez aujourd'hui la tenue foncée de votre ordre, mais demain vous serez peut-être à la cour, virevoltant en habit aux couleurs chatoyantes comme les autres papillons.

Elle inclina la tête sur le côté.

— Vous êtes calme et appliqué, vous nourrissez un grand intérêt pour les horloges, sujet qui ne saurait susciter qu'ennui chez une personne comme moi, mais il paraît que vous êtes anglais, et par conséquent excentrique.

Elle se pencha vers lui et toucha le rosaire entremêlé dans ses doigts.

— Pourtant, mieux vaut que vous ne retourniez pas en Angleterre. Les espions de Walsingham risqueraient de vous arrêter, et Topcliffe, le bourreau de la reine, vous ferait endurer, à l'aide de fers chauffés à blanc, les tourments les plus cruels.

— Vous en savez très long à mon sujet, madame.

— Encore heureux ! s'exclama-t-elle avant de s'esclaffer de nouveau. Je serai bientôt votre femme !

— Qui êtes-vous ? demanda sèchement Segalla. S'agit-il d'une farce ? Est-ce une plaisanterie de la part d'un courtisan ?

L'inconnue se fit sérieuse.

— Cela n'a rien d'une plaisanterie. Je suis moi aussi au service de monseigneur Beaton. Je m'appelle Janette Lindsay. Son Excellence m'a dit que vous célébreriez les vêpres ici, loin de la cour.

Elle promena son regard dans l'église.

— Je comprends pourquoi. C'est calme, ici, mais bientôt vous allez mettre les pieds dans des eaux plus agitées. Nous devons nous rendre en Écosse pour le compte de l'archevêque. Il veut nous voir tout de suite.

Elle se détourna.

— Thomas ! appela-t-elle.

Un homme de belle carrure sortit de derrière un pilier et traversa le transept. Il adressa un salut à la femme et un grand sourire à Segalla.

— Thomas Vartlett, se présenta-t-il.

Il gratta d'un air timide ses cheveux noirs bouclés, et tenta de donner à sa barbe indisciplinée un semblant d'ordre.

Segalla l'examina. Vartlett avait la démarche d'un homme belliqueux, mais son pourpoint délicat aux manches tombantes et festonnées, ses chausses vertes et ses bottes à talons hauts en cuir rouge de Cordoue, lui donnaient un air de courtisan élégant. Ses gants et sa ceinture étaient ornés de clochettes et breloques en argent ; ses épais doigts boudinés étincelaient de bijoux de pacotille. Un anneau en or orné d'une perle argentée pendait à son oreille. Un godelureau dans toute sa splendeur, les yeux rieurs et la bouche carmin, songea Segalla. Un courtisan, un parasite, mais malgré tout un querelleur muni d'une dague rangée dans son fourreau par-dessus une braguette assez peu discrète, et qui portait à la ceinture une rapière à la pointe acérée. Les yeux plissés, Vartlett s'avança.

— Monsieur ? fit-il. Nous nous connaissons ? Vous me dévisagez avec insistance.

Segalla porta la main sous sa cape, là où il cachait son long stylet italien. Il fréquentait la cour depuis bien trop longtemps pour ne pas reconnaître l'attitude agressive de celui qui, à tort ou à raison, se sent insulté.

— Oh, pour l'amour du Ciel !

Janette saisit Vartlett par le bras.

— Cessez votre petit jeu, Thomas, ce n'est pas le moment.

Elle désigna Segalla d'un signe de la main.

— C'est un jésuite, un prêtre, pas un bagarreur.

Vartlett se fendit d'un sourire carnassier, haussa les épaules et salua d'un air ironique.

— Je ne faisais que vous mettre à l'épreuve, mon père.

Il se passa la langue sur les lèvres.

— Je ne cherche pas querelle. Après tout, nous allons être amenés à nous connaître davantage.

— Que me voulez-vous ? demanda Segalla. Vous, madame, venez me trouver ici alors que je ne vous connais point. Vous, monsieur, entrez dans cette église en armes.

— Je vous l'ai expliqué, dit la femme. Nous devons partir pour l'Écosse. En tant qu'émissaires de Beaton à la cour de la reine Marie. Vous serez monsieur Segalla. Je serai votre femme, et Thomas notre valet.

— Pour vous servir, déclara Vartlett d'un ton sarcastique.

— Pourquoi Son Excellence ne m'en a-t-elle pas informé ? s'enquit Nicholas avec colère.

Janette s'avança lentement vers lui, d'une démarche ondoyante et plutôt langoureuse.

— Ne soyez pas si froid et hautain, mon père. Servez-vous donc du cerveau aiguisé dont vous a doté le Seigneur. Comment pourrions-nous vous vouloir du mal ? Il y a encore un instant, vous nous tourniez le dos. Quant à Son Excellence, elle n'a pas à vous faire part de ses moindres projets. Il s'agit là d'une affaire urgente. Nous sommes ses messagers. Venez.

Elle lui fit signe de la suivre.

— Notre escorte nous attend ! Pour que vous cessiez de vous inquiéter – elle ouvrit la main et lui montra le cachet de cire violette de Beaton –, Son Excellence m'a remis ceci en gage de notre sincérité.

Haut dans la tour de l'église, une cloche se mit à sonner. Segalla lança un regard à ses visiteurs, haussa les épaules et se prosterna devant le maître autel avant de les suivre à l'extérieur. Arrivés à la porte, Vartlett passa devant eux. Janette saisit Segalla par le bras.

— Vous êtes un homme de Dieu, Nicholas, chuchota-t-elle. Pourtant, lorsque Vartlett vous taquinait, vous avez porté la main au stylet caché sous votre cape.

Segalla hocha la tête. Janette s'esclaffa.

— Parfait ! s'exclama-t-elle. Nous avons beau ne pas être mari et femme, je sens que je vais tout de même beaucoup m'amuser.

Des bateliers en tenue sombre, le visage caché derrière un masque noir, les attendaient sur le quai glacial pour les mener jusqu'à Beaton. Sur chaque rive, Paris dormait, à présent. Une lune argentée se faufilait entre les nuages pour scintiller sur les eaux opaques de la Seine. Les mariniers éloignèrent la barque du bord. Les compagnons de Segalla, pelotonnés dans leur cape pour se protéger des tourbillons de brume, ne prononçaient pas un mot. Seuls le grincement des rames et le souffle des bateliers rompaient le silence. Ils ramèrent au milieu du fleuve et passèrent devant les potences et les effrayants visages verdâtres des corps qui s'y balançaient. Ceux-ci paraissaient encore plus horribles à la lumière vacillante des flambeaux qui crépitaient autour de l'échafaud – ce spectacle adressait une mise en garde sévère aux autres pirates en leur montrant le sort qu'ils risquaient de connaître.

La barque fila devant de belles maisons en bois, éclairées par la lueur des monceaux d'ordures qui brûlaient un peu partout en ville et sous les arches étroites du Grand Pont. Dans le ciel, les charognards tournoyaient et se battaient pour se repaître des têtes en putréfaction des traîtres, plantées sur des piques. Sur les galères et les barges amarrées aux différents quais, on s'activait pour débarquer fruits, viande, farine et étoffes aussi bien que singes vivants, paons, soies et épices en provenance des Antilles. Enfin ils débarquèrent. Vartlett les guida parmi les venelles sordides, tournant et bifurquant tant de fois que même Segalla, qui connaissait bien Paris, perdit le sens de l'orientation. Ils arrivèrent à une grande place illuminée par d'énormes braseros disposés à chaque angle. Ils la traversèrent et franchirent le porche qui menait au majestueux hôtel de Guise. Dans la cour qui grouillait de valets, de serviteurs et de soldats, tout n'était que musique et lumière.

— Beaton est ici, murmura Janette. La reine Catherine donne une de ses mascarades.

Des capitaines de la garde en livrée royale les arrêtèrent. Janette leur présenta lettres de crédit et mandats, puis on les mena dans un dédale de galeries lambrissées. Ils traversèrent des antichambres au sol carrelé de marbre noir et blanc, puis arrivèrent à la grande salle, où la cour assistait à un spectacle sur les Mérovingiens. Segalla et ses compagnons restèrent dans l'embrasure de la porte. On amena un grand bateau monté sur roues, construit spécialement pour la pièce. Ses voiles ivoire étaient gonflées, et sur le pont se dressait un pavillon dont on avait retiré la façade pour laisser apparaître des couches recouvertes d'or et des tables au revêtement d'argent. À la proue, un homme à la chevelure blanche siégeait sur un trône de zibeline qu'entouraient de splendides servantes vêtues de soie immaculée, dont les longs cheveux roux étaient ornés de bandeaux en or. Segalla contempla la scène, fasciné. Il s'étonnait toujours de la richesse et du travail que l'on consacrait à de tels spectacles. Il sursauta lorsque le vieux Beaton apparut derrière lui et le saisit par le bras.

— Venez, suivez-moi ! chuchota l'archevêque. Tous les trois !

Ils empruntèrent une galerie et entrèrent dans une pièce chaude et mal aérée. Les volets étaient fermés et les fenêtres couvertes de tentures. Un feu brûlait dans l'âtre, et l'on avait disposé çà et là des bassinoires pleines de braises rougeoyantes. Beaton s'assit à une table ovale et, d'une main veineuse, fit signe à ses hôtes de l'imiter. Il poussa un plateau d'argent à haut bord contenant quatre verres à pied et une carafe de vin vers Vartlett.

— Thomas, voulez-vous nous servir ?

Beaton adressa un sourire à Janette.

— N'ayez crainte, ce vin provient de mon tonneau personnel. Il ne peut être empoisonné.

Vartlett remplit les verres et les distribua. Nicholas sirota en écoutant la musique étouffée qui leur parvenait depuis la grande salle : les sons mélodieux du tambour, du rebec, de la lyre et de la viole. Il but une autre gorgée et dissimula son sourire. Beaton avait raison de craindre l'empoisonnement, car Catherine de Médicis, en plus d'être la reine mère de France, était la reine des empoisonneuses. Derrière les parures, les draperies représentant des salamandres rouge et or, les statues antiques et le brocart d'argent, se tapissait la violence cachée de la monarque. Catherine ne souffrait aucune opposition, et nombre de ses adversaires semblaient connaître à table de fâcheuses mésaventures. Beaton écoutait lui aussi la musique. Janette Lindsay, elle, contemplait son vin, alors que Vartlett semblait porter plus d'intérêt aux clochettes cousues à son gant.

Beaton regarda Segalla.

— Que votre anniversaire vous soit agréable, Nicholas.

Segalla sourit et tira son rosaire de sa bourse ; le crucifix, serti de nacre, scintilla à la lumière des chandeliers.

— Je vous remercie pour votre présent, monseigneur. Mais j'ai cru comprendre que vous me réserviez d'autres surprises…

Segalla ne se détourna pas lorsqu'il entendit Janette rire. Beaton pouffa. Il frotta ses pommettes saillantes et passa les doigts dans sa barbe grise avant de serrer la croix pectorale en or qui reposait contre sa robe de brocart écarlate.

— Depuis combien de temps êtes-vous à mon service, Nicholas ?

— Trois ans, monseigneur.

Beaton se balança doucement dans son siège et leva les yeux vers les poutres du plafond.

— Savez-vous, dit-il, que cette pièce est la seule de ce palais enténébré qui soit dépourvue de guichet ou de passage secret ?

Il joignit les mains et se pencha vers Segalla.

— Nicholas, vous êtes un bon prêtre. Vous dites la messe, récitez votre rosaire, célébrez l'office divin. Vous êtes aussi un bon jésuite : un homme du monde mais pas de ce monde. Vous ne vous mêlez pas de politique mais écoutez ceux qui le font. Vous lisez vos livres, vous vous promenez et, dans votre chambre, étudiez votre belle collection d'horloges.

Segalla, gêné, détourna la tête.

— L'Angleterre vous manque-t-elle ? lui demanda soudain Beaton. À moins que ce ne soit pas votre pays d'origine, Nicholas ?

L'archevêque le regarda avec insistance.

— Vous êtes un bon prêtre, mais un homme plein de mystère. J'ai parfois la certitude de vous avoir déjà rencontré, il y a des années, quand j'étudiais, mais c'est impossible, n'est-ce pas ?

— L'esprit peut nous jouer des tours, rétorqua lentement Segalla. Je dois vous rappeler quelqu'un d'autre.

— Et votre famille ?

Le jésuite sourit : tant de questions, toujours les mêmes – comment y répondre ? Il s'aperçut que Janette l'observait d'un air curieux.

— Ils sont tous morts en Angleterre, dit-il d'un ton plat. Quand j'étais enfant. La peste est venue. Si j'y retournais, ce ne serait que pour servir ma foi, monseigneur.

Beaton le dévisagea.

— Soyez prudent, Nicholas. Méfiez-vous de ce péché que commettent bien des prêtres. Nous sommes tellement occupés à donner de l'amour à tout un chacun que nous n'avons de temps pour personne.

Segalla accepta cette gentille réprimande car il ne trouva rien à répliquer.

— Je veux que vous vous rendiez en Écosse ! reprit Beaton d'un ton vif.

— Pourquoi ? s'enquit Segalla.
— Pour l'Église, pour la foi, et pour une monarque catholique.
— Marie d'Écosse ?
— Oui. Marie, reine d'Écosse, envers qui vous n'avez aucun devoir, Nicholas.
Il esquissa un sourire.
— Avant que vous me posiez la question, sachez que votre père supérieur à Rome approuve cette décision.
— Mais pourquoi moi ?
— Parce que j'ai confiance en vous. Parce que, Nicholas, vous savez vous mêler aux gens tout en restant caché. Vous êtes doué pour écouter sans rien dévoiler. La reine a besoin d'un bon prêtre, à qui elle se fiera sans retenue. Elle seule connaîtra votre véritable identité.
— Ils me tueront, rétorqua Segalla d'un ton brusque. S'ils découvrent la vérité, les lords de la Congrégation m'accuseront d'être papiste et me pendront, ou me jetteront ligoté dans un chariot afin de me livrer aux hommes de Walsingham.
Beaton secoua la tête.
— Il n'en sera rien, n'est-ce pas, Janette ?
— Non, répondit-elle, cette fois d'une voix dénuée de taquinerie ou d'allégresse. Je vais voyager avec vous, mon père. Monsieur Nicholas Segalla, clerc français, diplomate, ambassadeur, et sa femme, Janette, accompagnés de leur fidèle serviteur, Thomas Vartlett.
— Qui pourra bien y croire ? s'enquit Segalla.
— Voyons ! s'exclama Janette en se tournant pour lui faire face. Son Excellence va envoyer des lettres pour nous présenter ainsi. Aucun prêtre de l'Église catholique ne peut être marié.
Elle s'esclaffa.
— Un jésuite encore moins que les autres.

— Pourquoi ? rétorqua Segalla. Pourquoi n'y vais-je pas seul ? Pourquoi cette mise en scène ?

— Parce que sinon on aura des soupçons, lâcha sèchement Beaton. Les gens ne croient que ce qu'ils voient. Vous n'aurez aucun mal à jouer ce rôle, et Janette non plus.

Segalla se tourna vers elle.

— Madame, je ne veux pas vous offenser, mais vous serez mon épouse, là-bas ?

— En théorie seulement ! répliqua-t-elle d'un ton acerbe. Les détails restent encore à définir, mon père.

Segalla rougit, gêné. Beaton se mit à glousser. Quant à Vartlett, il s'amusait ouvertement.

Beaton tapa son verre contre la table.

— Assez plaisanté, chuchota-t-il. Quel saint fête-t-on, aujourd'hui ? Saint Thomas d'Aquin, le 28 janvier. Vous devrez être en Écosse très bientôt. Sachez que nous n'agissons pas à la légère, Nicholas. Janette, vous l'avez peut-être appris, est à moitié française. Son père était archer de la garde écossaise, ici à Paris. Un officier de haut rang pour qui j'éprouvais un profond respect.

Beaton esquissa un sourire.

— On avait envoyé Janette étudier dans un couvent près de Lille, d'où elle s'est enfuie pour suivre une troupe de comédiens ambulants.

Il leva la main paume en avant.

— Non, pas un mot, madame. Ne protestez pas. Je connais bien votre caractère de fauteuse de troubles.

Il pointa un doigt vers elle.

— Ce que votre père a appris à ses dépens. Janette n'est pas quelqu'un de commun, Nicholas. Elle parle l'écossais. Elle a vécu à Édimbourg. Son père était connu de la reine Marie. Les machinations…

Beaton pinça les lèvres et regarda fixement dans l'obscurité.

— Les machinations que peuvent échafauder ses compatriotes n'ont aucun secret pour elle. Vartlett et elle m'ont déjà rendu de fiers services. Et surtout, Janette est actrice. N'est-ce pas, Janette ?

La femme dut percevoir l'incrédulité dans les yeux de Segalla. Elle se leva, adressa un clin d'œil à Beaton et quitta la pièce à grands pas.

— Qu'est-ce qui ne va pas ? s'enquit Segalla.

Beaton se contenta d'agiter les doigts.

— Pas tout de suite, Nicholas, pas tout de suite. Maître Vartlett, ici présent, est lui aussi écossais. Il a servi chez les archers de la reine.

Beaton se passa l'index sur les lèvres.

— D'aucuns prétendent que Thomas a quitté l'Écosse par fidélité envers l'ancienne foi. D'autres allèguent que c'est un coquin, un voleur accompli, un rusé, un menteur, un vantard, un bagarreur.

Beaton saisit son verre.

— D'après moi, cependant, reprit l'archevêque d'un ton doux, Vartlett est un homme de cœur. Peut-être me prendra-t-il mon or et mon argent, mais il gardera la foi, du moins je le pense.

— Et si ce n'était pas le cas ? demanda Segalla.

L'expression du visage de Vartlett ne changea pas d'un iota. Le vieux Beaton se pencha par-dessus la table et posa la main sur celle du valet.

— Thomas a reçu beaucoup de pièces d'argent, chuchota-t-il. Qui plus est, s'il nous trahissait, où pourrait-il aller ? En Écosse ? Mais est-il bien écossais ou vient-il des pays du Nord, où sa tête est mise à prix ?

Le sourire sur les lèvres de Vartlett disparut.

— Je suis à votre service, dit-il d'une voix rocailleuse. Et j'ai autant à perdre que vous, mon père. Quiconque voyage avec un prêtre catholique encourt les mêmes peines.

— Je ne voulais pas vous offenser, répondit Segalla. Thomas, vous comprenez mon propos.

Il écarta les mains en signe d'apaisement.

— L'Angleterre et l'Écosse grouillent d'hommes du gouvernement, d'agents à la recherche d'un profit rapide, et ma tête est sans doute mise à prix.

Le mercenaire, peu contrariant, haussa les épaules. Segalla se rendit compte qu'il devrait gagner son amitié. Vartlett avait raison : lui aussi avait beaucoup à perdre. Segalla but une gorgée de vin et jura dans sa barbe. Voilà que ce vieux renard de Beaton faisait de nouveau des siennes. L'archevêque, malin comme un singe, avait déjà presque réussi à le convaincre d'aller en Écosse avant même qu'il ait pu lui demander les raisons de ce voyage. Un bruit en provenance de la porte lui fit faire volte-face. Une vieille femme courbée sur sa canne entra en clopinant dans la pièce.

— Madame ! s'exclama-t-il en se levant. Vous vous êtes trompée de salle.

Beaton et Vartlett restèrent de marbre. La vieille femme aux cheveux gris, au visage caché sous une capuche, continua à avancer vers lui.

— *Qu'est-ce que c'est* ?* fit-elle dans un patois guttural.

Beaton pouffa. Segalla se tourna vers l'archevêque, qui pianotait doucement sur la table, puis regarda avec stupéfaction la vieille sorcière qui venait de se redresser. Elle rejeta sa cape en arrière et secoua ses cheveux couverts de poudre blanche.

— J'étais la meilleure actrice de ma troupe, déclara Janette Lindsay sur un ton de défi.

Segalla se rassit. Il lui était déjà arrivé de voir les saltimbanques des places de Paris se livrer à de telles

1. Les mots et expressions en italique suivis d'un astérisque sont en français dans le texte.

représentations, mais jamais aussi vite ni de manière si convaincante. Janette, tout en s'essuyant le visage, s'assit à son tour et lui jeta un regard. Puis elle se tamponna les yeux à l'aide d'un petit *mouchoir**.

— Et pourtant vous persistez à ne pas me croire !

La voix et la figure de Janette, sa posture tout entière avaient changé : elle jouait à présent le rôle d'une dame raffinée et gâtée qui tâchait de contenir ses larmes.

— Je… je… bégaya Segalla.

Il se demandait s'il devait rire ou se contenter de présenter ses excuses.

Le *mouchoir** disparut, tout comme les larmes. Janette se pencha vers lui, le visage dur, les yeux vifs, les épaules en arrière.

— Ben ça alors, ma fille, ce que t'es gourde !

Cette fois, elle se mettait dans la peau d'une jeune dévergondée habituée des tavernes.

— T'as pas plus de cervelle qu'un moineau, à traîner dans tous les coins !

Son accent à couper au couteau rappela à Segalla celui des gardes écossais à Paris. Puis elle resserra sa cape autour d'elle, et son visage se fit doux et détendu. Elle plaqua les mains sur son ventre et le regarda en battant des cils.

— Allons, allons, mon fils, dit-elle d'une voix sereine et modulée, légèrement éthérée, alors qu'elle singeait une nonne moralisatrice ou une pieuse courtisane. Vous n'êtes encore qu'un enfant, et, comme le dit saint Paul, vous pensez en enfant.

Segalla s'esclaffa lorsque les paupières de Janette se mirent à cligner plus vite encore ; de par ses gestes et sa posture, elle parodiait ces femmes de haute extraction qui se consacraient aux bonnes œuvres et s'assuraient que tout le monde le sût.

— Et voilà !

Janette adressa un sourire à Beaton.

— À l'époque, je jouais aussi des rôles de garçon.

Elle tapota sa poitrine.

— C'est l'avantage d'être plutôt plate. Je peux me glisser dans la peau d'un élégant de la cour, d'une vieille femme fripée, d'une mère bienveillante, d'une fille de mauvaise vie et même, si vous m'en donnez le temps, d'un jésuite énigmatique !

Le rire de Segalla se mêla à celui de Beaton et de Vartlett.

L'archevêque donna de petits coups secs sur la table.

— Ça suffit ! Tous les trois, vous gagnerez l'Écosse, non par l'Angleterre, mais par le port de Leith, à Édimbourg. Je vais vous fournir lettres de crédit et laissez-passer et prendre les dispositions pour une traversée sûre à bord d'un navire marchand français. Vous serez mes émissaires auprès de Sa Majesté la reine Marie d'Écosse.

— J'ai entendu des rumeurs, dit Segalla. Est-elle en danger ?

L'archevêque observa, dans le coin de la pièce, la jonchée que la cavalcade des souris faisait bouger.

— Le véritable danger, c'est Marie elle-même. Elle souffre des mêmes problèmes que son père, Jacques V : sautes d'humeur et crises d'hystérie qui lui tordent l'estomac, lui glacent le cœur et lui engourdissent l'esprit. Aux yeux du monde, Marie est une reine accomplie. Elle s'est attaquée aux rebelles avec une cotte de mailles sous sa cape et des pistolets à la ceinture. Néanmoins, le mal de son père est tapi sous cette fermeté de surface. Marie est une femme qui cherche l'amour. Son premier mari, le roi François, paix à son âme, était une racine atrophiée.

L'archevêque parla plus bas :

— On dit que ses testicules n'étaient pas descendus. Je doute que leur mariage ait été consommé.

— Darnley est un très bel homme, intervint Janette.

— Plaisant en apparence, répondit Beaton, pourri à l'intérieur. C'est lui qui est à l'origine du meurtre de Rizzio. Darnley est un coureur de jupons auprès de qui aucune femme, catin ou damoiselle, n'est à l'abri. En ce moment, il est alité et souffre d'éruptions de pustules noires, et, par peur de la mort, il essaie de regagner les faveurs de sa reine.

— Et ce danger, quel est-il ? insista Segalla.

— L'ambassadeur français en Écosse, monsieur Claude Nau, est absent, mais des espions affirment qu'on fomente un complot à la cour.

— Contre qui ? s'enquit Janette.

— Je l'ignore.

— Qui en est l'instigateur ? demanda Segalla.

Beaton secoua la tête.

— Là encore, je l'ignore.

Il se mit à pousser des pièces de monnaie sur la table.

— Nous avons Marie, qui souhaite se rapprocher de Darnley. Mais est-ce sincère ? Conspirent-ils l'un contre l'autre ? Je ne possède pas le moindre indice à ce sujet.

Il poussa une autre pièce.

— Ensuite viennent les lords de la Congrégation, avec à leur tête le demi-frère de Marie, Jacques Stuart, comte de Moray, qui aimerait être roi s'il n'était pas enfant illégitime. Derrière Moray sont tapis des personnages bien plus sinistres : Douglas, comte de Morton, et Maitland de Lethington.

— Et ce danger ? insista Segalla.

— Avez-vous entendu parler de l'affaire Châtelard ? lui demanda Beaton d'un ton brusque.

— Vaguement. Un poète fort tourmenté par la beauté de Marie.

Beaton joua avec les pièces.

— Oui, il l'a suivie depuis la France jusqu'en Écosse. Cet imbécile s'est caché dans sa chambre. Certains ont prétendu qu'il a essayé de la violer : Châtelard a payé son crime de lèse-majesté sur un échafaud de St. Andrews.

Segalla examina le visage de Beaton.

— En quoi cela a-t-il un rapport avec la reine, aujourd'hui ?

— S'il existait un autre Châtelard, fit Beaton en pesant ses mots, mais qu'il s'agissait cette fois d'un homme qu'elle respecte, et même qu'elle apprécie ?

— Comme… ?

— Eh bien, les commérages mentionnent James Hepburn, comte de Bothwell, soldat professionnel et aventurier.

Beaton empila les pièces puis les souleva pour les faire tinter.

— Il a autrefois servi à Paris en tant qu'officier de la garde écossaise. Puissant et violent, Bothwell siège à présent très près de la reine. Et la reine ne peut se permettre aucun scandale !

— Mais si elle cherche à se rapprocher de Darnley, où est le danger ? Pourquoi cette urgence ?

— Ah ! soupira Beaton. J'ai un espion à la cour d'Angleterre. Il ne s'agit que de rumeurs : d'après lui, Walsingham a envoyé un agent auprès de la reine d'Écosse. Nul ne connaît son nom, même si on le surnomme le maître aux Corbeaux, Dieu sait pourquoi ! Bref, si Cecil et Walsingham sont fortement impliqués dans les affaires écossaises, une grande menace pèse sur Marie. Vous devez l'en avertir et lui conseiller la prudence.

— Et ce maître aux Corbeaux ? demanda Segalla.

— Tâchez de découvrir la nature de ses machinations et son identité. Lorsque ce sera fait…

La voix de Beaton s'éteignit, et il fit signe à Janette et à Vartlett de se retirer. L'archevêque marqua une pause.

— Que Vartlett lui cloue les ailes ! termina-t-il enfin. Cela étant, Nicholas, comme il est dit dans les Évangiles, je vous envoie tel l'agneau parmi les loups. Ne vous fiez à personne : vous finirez par comprendre pourquoi.

CHAPITRE II

Alors que Segalla et ses compagnons se préparaient à quitter la France par le port de Saint-Omer, une barge drapée de noir, propulsée par des bateliers masqués, avançait sur la Tamise en direction de la Tour de Londres. Les gardes, assis autour de l'homme qui se tenait au milieu de l'embarcation, ne prononçaient pas un mot et regardaient droit devant eux ; à la proue, tel un aigle derrière la bannière rouge, bleu et or, les couleurs de la reine Élisabeth d'Angleterre, qui flottait au vent, se tenait posté leur capitaine. À l'approche des tourelles et des remparts de la Tour, qui se dressait bien au-dessus des volutes de brume, ce dernier remua.

— Parez à accoster ! ordonna-t-il.

Les mariniers obéirent, et la barque vira à gauche pour s'arrêter devant des marches menant au quai qui s'étendait sous la masse grise et lugubre de l'édifice. D'autres gardes munis de flambeaux apparurent ; on échangea quelques paroles à voix basse et on présenta des laissez-passer. L'homme de la barque se mut enfin et, aidé par deux des archers de la reine, gravit les marches et franchit la barbacane. Ils s'engagèrent dans les passages étroits et traversèrent la pelouse blanchie par le givre en direction de la chapelle St. Peter ad Vincula. Le capitaine de la garde ouvrit la porte : son maître, sir Francis Walsingham, érudit de King's College, diplômé des Inns of Court, les facultés de droit de Londres, membre du Parlement, bientôt mari d'Ursula Wolsey et l'un des espions les plus habiles d'Élisabeth, passa la porte d'un pas vif et s'enfonça dans la petite nef. Ses gardes cagoulés de noir lui emboîtèrent le pas, le bruit creux de leurs bottes à éperons résonnant sur les dalles froides. Walsingham s'autorisa un sourire macabre, car il savait qu'ils foulaient les tombes de nombreux nobles exécutés pour trahison. L'église était glaciale, mais Walsingham ne sourcilla pas : les profondes rides autour de sa bouche et de ses yeux ne trahissaient aucune émotion. Ses hommes de main évitaient de bavarder. Certes, sir Francis pouvait se montrer fort plaisant et doux, mais, à leurs yeux, il était aussi menaçant que la silhouette de la mort. Il savait parfois sourire comme le plus tendre des oncles mais, à d'autres moments, il pouvait afficher un rictus de colère, sa fine lèvre supérieure retroussée comme celle d'un chien. Sir Francis pénétra dans le sanctuaire de l'église et s'assit dans le fauteuil à haut dossier semblable à un trône qu'on avait placé spécialement devant l'autel. Ses hommes se rassemblèrent autour de lui.

— Qu'on les amène, ordonna-t-il.

Le capitaine leva la main et claqua des doigts. Deux individus entrèrent lentement dans l'église, l'un poussant l'autre. Lorsqu'ils atteignirent le sanctuaire, le prisonnier, John Bowler, récemment jugé pour trahison par les tribunaux de la reine, tomba à genoux et joignit les mains, les yeux emplis de larmes sous l'effet de la peur.

— Sir Francis, j'implore votre grâce !

— Sir Francis n'accorde pas de grâce, répondit Walsingham. Seule Sa Majesté, bénie soit-elle, en a le pouvoir.

Il tendit une jambe et tapota de sa botte la poitrine de l'homme.

— John, vous m'avez déçu. Je vous ai confié une tâche et vous avez failli.

— Ce n'était pas ma faute, gémit le prisonnier en essayant de lisser les mèches de cheveux gras qui couvraient son crâne dégarni.

Walsingham fronça ses sourcils noirs.

— Comment ça, maître Bowler ? Oseriez-vous mentir dans la maison de Dieu ?

Il battit le sol du bout de sa canne à pommeau d'argent.

— Sous vos pieds, maître Bowler, gisent des traîtres. Leurs âmes sont allées à Dieu, mais leurs corps pourrissent ici. Dieu seul sait où sont leurs têtes.

Comme amusé par cette remarque, Walsingham retroussa sa lèvre. Il regarda l'homme qui se tenait près de Bowler.

— Maître Topcliffe, vous avez bavardé avec notre ami ?

— Bien sûr, monseigneur.

Le bourreau de la reine parlait avec un cheveu sur la langue. Son visage fin, presque squelettique, s'éclaira d'un sourire en coin.

— Plaise à monseigneur, je crois que maître Bowler dit la vérité. Il n'est pas en faute. Les messages que vous avez envoyés en Écosse ne sont jamais arrivés à destination. D'après les éléments que j'ai récoltés, maître Bowler s'est fait attaquer sur une route aux abords de Berwick et les missives ont été volées.

— Par qui ? demanda Walsingham d'un ton sec.

— Par des bandits de grand chemin. On l'a aussi détroussé de son argent et de ses armes.

— Vous en êtes certain ? Ne peut-il s'agir des hommes de la reine d'Écosse ? Pourquoi pas de son ami, le comte de Bothwell ?

Walsingham caressa sa barbe rase.

— Ses soldats patrouillent tout le long de la frontière.

— Impossible ! répondit Topcliffe. Ils auraient tué Bowler.

Walsingham hocha la tête, se balança un peu dans son fauteuil et cacha la violente colère que suscitait en lui la stupidité du messager prostré devant lui.

« Au nom de la reine, que faire ? » pensa-t-il. Les renseignements qu'il recevait d'Écosse étaient alarmants : on parlait d'une réconciliation entre Marie Stuart et son poltron de mari. Walsingham plongea son regard dans l'obscurité. Darnley était le point faible de Marie. Walsingham avait intrigué et prié pour que cette dernière le fasse exécuter et précipite ainsi l'Écosse dans la guerre civile.

— Les nouvelles sont graves ? s'enquit Topcliffe, avant de se mordre la lèvre à la vue du regard furieux que lui lança Walsingham.

— N'allez pas imaginer que vous pouvez lire mes pensées, maître Topcliffe.

Walsingham se tourna vers son principal clerc :

— Qu'en pensez-vous, maître Culpepper ?

Le petit homme gris haussa les épaules.

— Les missives que portait Bowler doivent pourrir au fond d'une tourbière, monseigneur. Quand bien même on les aurait apportées à la reine d'Écosse, elle ne saurait les déchiffrer. Et si par hasard elle y parvenait, elle ne comprendrait pas le sens du message codé.

— Quels choix s'offrent à nous, alors ? demanda Walsingham.

— Très peu, sir Francis. Si la reine d'Écosse et Henry Darnley se réconcilient, cela ne changera pas grand-chose. Ils ont déjà un fils. Marie continuera à gagner le cœur de ses sujets. Tous les grands nobles la soutiennent, sauf bien sûr son demi-frère, le comte de Moray. Douglas de Morton est peut-être indécis, mais les autres, Argyll, Huntly et surtout Bothwell, sont dans son camp.

Culpepper s'approcha pour chuchoter à l'oreille de Walsingham :

— Darnley et Marie sont tous les deux papistes. Ils sont bien considérés non seulement en Écosse et en France, mais aussi au sein de notre propre Parlement, qui s'est réuni il y a peu à Westminster. Ils représenteront toujours une menace pour notre reine. Sir Francis, vous devez ordonner au maître aux Corbeaux d'agir !

Walsingham contempla ses gants de cuir noir. Culpepper ne faisait que répéter le conseil qu'il avait donné à Cecil et à la reine : la magnanimité de Marie d'Écosse les avait tous surpris.

— C'est pourtant Darnley qui a instigué le meurtre de Rizzio, n'est-ce pas ? s'était exclamé William Cecil, secrétaire du Conseil. À n'en pas douter, elle voudra sa tête.

— Non, avait répondu Walsingham. Marie s'est mise à lui envoyer des présents et des lettres d'amour.

Culpepper interrompit la rêverie de son maître.

— Sir Francis ?

— Quelle est la situation en Écosse ? s'enquit Walsingham.

— La reine a conduit Darnley en litière jusqu'à Kirk o'Field, aux abords de la ville, au sud d'Édimbourg.

— Pourquoi cet endroit ?

Il agita les doigts d'un air dédaigneux.

— Je sais, je sais, vous me l'avez déjà expliqué. Rafraîchissez-moi la mémoire.

— C'est tout près d'Holyrood, mais loin de la puanteur et des humeurs fétides de la ville. La maison est entourée de prés et de jardins…

— Qui a recommandé cet endroit ? le coupa Walsingham.

— La reine en personne.

Culpepper sourit.

— Sur les conseils de son demi-frère, le comte de Moray.

Walsingham ricana.

— Oui, bien entendu. Je m'en souviens, maintenant. Cette maison se trouve près des ruines du monastère des Blackfriars, n'est-ce pas ? On y accueillait jadis ceux qui souffraient d'infections contagieuses ?

— Précisément.

— Et Darnley a accepté ?

— La reine souhaitait l'emmener au château de Craigmillar, mais Darnley, craignant pour sa vie et sa sécurité, a refusé.

— Ah oui, fit Walsingham, comme à part soi. Et quand la reine est allée à Kirk o'Field, elle s'est rendue chez le duc d'Hamilton, non loin de là. Ce dernier étant en France, les lieux sont vides.

Walsingham marqua une pause, semblant écouter les bruits de la Tour. Il se félicitait d'avoir choisi cet endroit étroit et rudimentaire, dépourvu de soupiraux, de passages secrets, de tapisseries ou de lambris derrière lesquels pouvait se cacher un espion. Il posa un regard noir sur Bowler. Cet imbécile implorait toujours la clémence. D'un doigt, Walsingham se caressa la moustache.

— Vous allez porter une lettre pour moi, Bowler. À mon agent à Édimbourg. Déposez-la à la taverne de Kirkall, qui se trouve dans une ruelle à deux pas de Canon Gate, une des portes de la ville. Prenez-y une chambre. Ne gardez pas la lettre sur vous. Confiez-la au tavernier. Le maître aux Corbeaux ne vous contactera que lorsqu'on la lui aura remise.

Walsingham claqua des doigts.

— Maître Topcliffe, conduisez votre hôte à la caserne. Donnez-lui de la viande bien saignante, du bon vin et de quoi se changer. Demain, maître Bowler, on vous délivrera lettres de crédit et sauf-conduits. Vous partirez de la Tamise à bord d'un esquif et arriverez à Édimbourg d'ici à dix jours.

Bowler se releva d'un bond et se mit à faire des courbettes. Topcliffe l'accompagna hors de l'église. Lorsque la porte se fut refermée derrière eux, Walsingham se dirigea d'un pas lent vers la nef et intima à Culpepper l'ordre de le suivre. Il passa devant une ouverture très étroite qui donnait sur le billot de Tower Green, la cour où l'on exécutait les condamnés à mort. Le clair de lune lui conférait un aspect plus lugubre encore, et Walsingham réprima un frisson.

— Sir Francis ?

Culpepper s'approcha de lui telle une ombre.

— Rédigez une missive pour le maître aux Corbeaux, murmura Walsingham. Ce soir, apportez-la-moi dans mes quartiers. Ordonnez au maître aux Corbeaux d'agir. Qu'il ne se tracasse pas. Il saura de lui-même où et quand frapper. La reine Marie ne doit pas être blessée, mais il est temps que Darnley rejoigne ses aïeux.

— Et Segalla, monseigneur ?

— Ah, c'est vrai, Segalla.

Le regard de Walsingham se fixa sur la Tour blanche. Qui était ce Segalla ? D'où venait-il ?

Walsingham se gratta le menton. Ses espions à Paris avaient glané quelques bribes de renseignements sur lui, mais rien ne concordait. D'après une de ses sources, il était né dans le Yorkshire, de père anglais et de mère française.

Comme s'il devinait les pensées de son maître, Culpepper prit la parole :

— Nous avons enquêté à York. Segalla n'y a aucune famille.

— Que dit-on d'autre à son sujet ?

— Segalla a vécu quelques années en Angleterre. Il y a étudié et travaillé, puis il est retourné sur le continent. Il a voyagé çà et là avant d'intégrer le cercle de Beaton à Paris.

— Alors, quel est le mystère qui plane autour de lui ?

— Il n'y en a aucun, maître, excepté que monsieur Segalla semble ne pas vieillir.

Surpris, Walsingham se retourna.

— C'est impossible !

— Je ne fais que rapporter ce qu'on m'a dit, sir Francis.

Walsingham fit la grimace.

— Dites au maître aux Corbeaux de tenir Segalla à l'œil. Transmettez sa description à Drury, au fort de Berwick, ainsi qu'aux autres garnisons anglaises postées à la frontière écossaise. S'il ose s'aventurer en Angleterre, je puis vous assurer, monsieur Culpepper, que Segalla sera bientôt notre hôte ici même, dans la Tour.

Culpepper s'apprêta à partir.

— Monsieur, je n'ai pas terminé ! tonna Walsingham d'une voix râpeuse.

Puis il sourit et, le saisissant par l'épaule, l'attira si près de lui que le clerc sentit son haleine fétide.

— À qui appartient la maison de Kirk o'Field ?

— À sir James Balfour.

— Un des hommes de Moray ?

Culpepper hocha la tête.

— Envoyez-lui une lettre. Dites-lui que ses amis feraient bien d'y cacher de la poudre à canon, une grosse barrique, de première qualité et prête à servir.

— Quoi d'autre, monseigneur ?

Walsingham haussa les épaules.

— C'est tout. Le maître aux Corbeaux saura quoi faire. Ah…

Walsingham se tourna de nouveau vers la fenêtre.

— Signifiez-lui que nous n'aurons plus besoin des services de Bowler !

Segalla rêvait de Rosenkreutz, porteur de la Rose-Croix, qui reposait désormais dans un caveau illuminé par des flambeaux qui ne s'éteignaient jamais. Rosenkreutz, chef de la société secrète, n'avait cessé de le harceler pour lui soutirer ses secrets. Segalla se tenait dans cet étrange tombeau et contemplait les peintures qui couvraient le mur : seigneurs des ténèbres, démons couronnés qui chevauchaient des crocodiles et portaient des crécerelles rouge sang au poignet. Segalla s'agita dans son sommeil. Il régnait dans le caveau une odeur fétide. Celle d'une abominable concoction, brassée dans un crâne, où bouillaient vers et chair humaine.

— Monsieur Segalla.

Nicholas ouvrit les yeux. Penché sur lui, Vartlett souriait à pleines dents. Segalla cligna des paupières et regarda autour de lui. Il ne se trouvait pas dans un sépulcre, mais dans la cale nauséabonde d'un navire, dont la puanteur provenait des eaux sales qui suintaient le long de la coque. Segalla se redressa.

— Qu'y a-t-il ?

Le froid le fit frissonner et il resserra sa cape autour de ses épaules.

— Nous avons atteint le Forth. Nous filons vers le port de Leith. Nous serons à Édimbourg à la mi-journée.

Segalla sourit à son tour et oublia ses cauchemars.

— Je m'en réjouis, murmura-t-il. J'ai hâte de quitter ce vaisseau puant.

Vartlett aida son prétendu maître à se lever.

— Et l'estomac, ça va mieux ? demanda le serviteur.

— Aussi rêche qu'une vieille guenille ! Que Dieu me pardonne, je déteste la mer. Combien de temps avons-nous voyagé ?

Vartlett plissa les yeux dans la pénombre et s'agrippa à un barrot pour garder l'équilibre. Au-dessus de leurs têtes, Segalla entendait les bruits de pas sur le pont et les cris des marins qui larguaient les ris. De nouveau, le bateau fit une brusque embardée.

— Quel jour sommes-nous ? demanda Vartlett.

— Le 7 février.

— Alors ça fait neuf jours, et nous vous avons à peine vu.

Segalla le suivit sur l'échelle de cale aux barreaux trempés qui menait au pont. Arrivé en haut, il serra les bras contre son torse pour se protéger du vent froid mordant. Néanmoins, il était content de retrouver l'air frais après avoir été ballotté dans tous les sens et forcé d'ingurgiter une viande immonde et du vin au goût de vinaigre.

— Tout va bien, monsieur Segalla ?

Segalla regarda le capitaine, homme courtaud et jovial, agrippé à une drisse. Segalla s'efforça de sourire.

— Ne le prenez pas mal, capitaine Revignon, répondit-il en faisant quelques pas avec précaution. Vous adorez sans doute votre bateau, mais moi j'ai hâte de retrouver la terre ferme.

— En tout cas, votre épouse a apprécié le voyage.

D'un geste, il désigna l'endroit où Janette s'appuyait au garde-corps.

Segalla dissimula sa surprise et se maudit. Il devait à tout prix se souvenir que Janette et lui étaient censés être mari et femme. Il remercia le capitaine et traversa d'un pas incertain le pont glissant secoué par le roulis jusqu'à Janette qui, se tenant au bastingage, regardait droit dans la brume mouvante.

— Bonjour, mon mari.

Les cheveux cuivrés de Janette volaient au vent. Elle se détourna, les joues rosées et le regard pétillant.

— Vous n'avez pas le pied marin, mon mari, poursuivit-elle d'un air moqueur. Sans le capitaine, son équipage et Vartlett, j'aurais été – elle prit un ton roucoulant – très seule.

Segalla la saisit fermement par le bras.

— Vous êtes espiègle et dévergondée, chuchota-t-il. Je ne doute point que vous avez apprécié chacun de leurs témoignages d'attention.

Janette fixait toujours du regard la morne mer grise. Segalla jeta un coup d'œil aux nuages bas et regretta de ne pas être en France, non pas à Paris, mais dans le Sud, au milieu des cyprès parfumés, des vignes vertes et des prairies vallonnées et fleuries.

— J'aimerais tant que le soleil me chauffe les épaules !

— Vous serez bientôt en Écosse.

Janette lui donna un petit coup de coude malicieux et, comme en réponse à son enthousiasme, le brouillard se leva. Segalla aperçut les toits et les flèches du port de Leith.

— Quand êtes-vous revenue ici pour la dernière fois ? s'enquit-il.

— Ça remonte à des années.

— Ne soyez pas déçue. L'Écosse a toujours été une terre funeste, et notre époque ne diffère pas des autres.

Il respira à fond et savoura l'air iodé piquant.

— Les Anglais ne franchissent plus la frontière pour venir brûler la bruyère et mettre les villes à sac. Les Vikings ne débarquent plus armés de glaives et de haches. Et ces terribles luttes de clans qui laissaient membres tranchés et têtes pourrissantes sur le champ de bataille appartiennent au passé.

Il s'appuya à son tour au garde-corps.

— Cette fois-ci, la bataille est bien plus pernicieuse.

Il jeta un regard à Janette.

— Qui va diriger ce royaume ?

— À vous entendre, on croirait que vous êtes déjà venu ici.

Janette fit un pas vers lui et il sentit son parfum musqué. Il contempla ses lèvres sensuelles, ses dents parfaitement blanches, son teint frais et sa peau lisse.

— Mon épouse, la taquina-t-il, j'ai beaucoup voyagé.

— J'ai cru le comprendre.

— Comment ça ? fit Segalla d'un ton brusque, s'apercevant que Vartlett approchait.

Janette regarda en direction du port.

— On raconte des histoires. À propos d'un certain monsieur Segalla qu'on aurait vu çà et là.

— C'est dans la nature des prêtres jésuites.

— Oui, c'est vrai… mais est-ce dans leur nature de vivre des centaines d'années ?

Segalla sourit.

— D'où sortent ces balivernes ?

— Ce ne sont pas des balivernes. Juste des récits. Même Beaton commence à s'interroger à leur sujet.

Dans le journal de Louis XII, Beaton a découvert qu'on y mentionnait un monsieur Segalla.

Nicholas détourna le regard.

— Un ancêtre, répliqua-t-il laconiquement.

Janette montra le rivage du doigt.

— Un peu plus loin dans les terres, on trouve de très vieux monuments de pierre. Un jour, mon père m'a emmenée en voir un. D'étranges motifs y sont gravés : une oie au cou complètement tourné vers l'arrière, d'immenses cerfs à la tête baissée pourvus de formidables bas-ventres, des serpents lovés, des éclairs de foudre, une meute de loups qui attaque un sanglier aux défenses acérées. Étiez-vous présent lorsqu'on les a dessinés, Nicholas ?

— Oui, bien sûr, en compagnie de la reine des fées !

Janette s'esclaffa ; la conversation prit fin lorsque le bateau vira brusquement et que l'équipage s'agita pour préparer le navire à l'accostage.

Une heure plus tard, la petite troupe débarqua, entourée de hautes piles de bagages. Segalla s'installa un moment dans une taverne crasseuse aux poutres noires pour avaler un peu de pain et de vin coupé d'eau. Ses compagnons ne parurent pas trouver à y redire. Contente de revoir l'Écosse, Janette écoutait avec plaisir les dialectes rugueux et observait les autres clients. Vartlett se réjouissait aussi : il avait hâte de voir le pays et ne cachait pas son soulagement d'être libéré de l'inconfort du bateau. Au bout d'un moment, Segalla annonça qu'il était prêt à repartir, et ils payèrent un charretier pour les emmener sur la route cabossée qui menait à Édimbourg. Avant de quitter Saint-Omer, Beaton leur avait transmis des indications précises, et le charretier les conduisit par les venelles étroites jusqu'à la *Crucible Inn*, une grande auberge située dans une ruelle près du Tolbooth, le palais de justice de la ville. Des valets déchargèrent leurs bagages, et le propriétaire des lieux arriva en les inspectant de la tête aux pieds tout en essuyant ses mains sales sur un tablier graisseux. À la vue de leurs vêtements raffinés, il sourit d'un air doucereux et les emmena par un escalier en bois jusqu'aux chambres les plus spacieuses. Janette joua le rôle de l'épouse gâtée. De temps à autre, elle passait au français pour exiger une chambre à elle. L'aubergiste s'empressa de satisfaire ses exigences et la mena jusqu'à une pièce basse de plafond, pourvue d'une étroite fenêtre à deux battants et d'un coffre à armatures d'acier placé au pied du lit à baldaquin. L'aubergiste lui assura que le matelas était en duvet et les draps changés au moins une fois par mois. On donna à Nicholas une chambre contiguë, et l'on réserva au bout du couloir, quelques marches plus haut, une petite mansarde pour Vartlett.

Une fois seul, Nicholas se jeta sur son lit, s'étira et leva les yeux vers le ciel de lit taché. Après leur trajet cahoteux, il se sentait encore engourdi et endolori. On tapota à sa porte, mais il choisit de ne pas répondre et plongea dans un profond sommeil. Il se retrouva de nouveau dans un caveau à sept voûtes, mais cette fois il était doté d'une fenêtre qui ouvrait sur une île où brûlait un immense bûcher funéraire dont les flammes s'élevaient en grondant vers le firmament parsemé d'étoiles. Quelques heures plus tard, à la nuit tombée, il se réveilla lorsqu'il entendit tambouriner à sa porte. Il saisit son stylet et, à moitié endormi, traversa la chambre d'un pas chancelant.

— Qui est-ce ? demanda-t-il d'une voix rauque, les lèvres sèches.

— *Votre femme*, lui répondit-on. *Monsieur, ouvrez, s'il vous plaît**.

Il sourit et tira la porte. Janette, fraîche comme une marguerite, accompagnée d'un Vartlett à l'immense sourire narquois, se tenait dans le couloir sombre. Un serviteur apportait un plateau garni d'un pichet de vin, de trois gobelets, d'une assiette de pain et de divers fromages. Segalla le lui prit des mains cependant qu'il invitait sa « femme » et son valet à entrer.

— On peut dire que vous avez dormi comme une souche, déclara ce dernier. J'ai essayé au moins deux fois de vous réveiller.

Segalla s'assit sur le bord du lit et se frotta le visage.

— Cette chambre est bien meilleure que la mienne, commenta Vartlett, en donnant un coup de pied dans la jonchée. Celle-ci a été changée depuis la Noël, mais la mienne était déjà ancienne quand j'étais petit, et mes draps grouillent de puces.

Segalla lui lança un regard noir.

— Monsieur Vartlett, je suis fatigué, j'ai faim, et je voudrais me raser et me laver.

— Certes, répondit Janette en souriant, mais nous avons du pain sur la planche.

Vartlett servit le vin et posa le plateau sur le lit. Il s'assit ensuite en face d'eux sur le seul tabouret de la chambre.

— Je suis sorti écouter ce qui se raconte, annonça-t-il. La ville regorge d'intrigues, ça bourdonne autant que dans une ruche. Tous les grands lords sont ici avec leur escorte. Il règne une ambiance lugubre, comme avant l'orage. On murmure qu'il va bientôt se passer quelque chose, mais personne ne sait quoi.

— Et la cour ?

— Comme je vous l'ai expliqué, une partie se trouve à Kirk o'Field et l'autre à Holyrood. Après-demain, c'est carnaval. Le dernier dimanche avant le carême. On va donner des fêtes et allumer des bûchers dans toute la ville. La rumeur prétend que la reine se rendra à Holyrood pour assister au mariage d'une de ses dames d'honneur.

— Et Darnley ?

— On dit qu'il va un peu mieux. Dès qu'il sera rétabli, il rejoindra la reine à Holyrood, où grandit le prince Jacques.

— Quels sont les sentiments de la reine pour son mari ?

Vartlett lança un regard interrogateur à Janette.

— Parfois, dit-elle lentement, j'oublie que mon père était écossais, mais cet après-midi, en circulant dans la ville, je me suis sentie chez moi. Je comprenais le dialecte.

Elle sourit et secoua la tête pour se libérer de sa rêverie.

— D'après ce que j'ai entendu dans la taverne, tout se passe bien entre eux : ils vont reprendre leur vie en tant que mari et femme. Qu'on le leur permette, ça, c'est une autre histoire.

— Pourquoi ? s'enquit Nicholas.

— À votre avis, monsieur Segalla ?

Segalla regarda fixement son gobelet de vin et se remémora son entrevue avec Beaton.

— Les nobles écossais n'ont pas l'habitude d'avoir une reine à leur tête, dit-il. La mort du père de Marie remonte à vingt-cinq ans. Les grands lords n'aiment pas qu'on les bride et préféreraient aller sans contrainte, sans monarque sur le dos.

Il posa son gobelet par terre et se leva.

— Comment peuvent-ils agir ? Se rebeller contre Darnley équivaudrait à se rebeller contre la reine, et donc se montrer coupable de trahison. Cela leur vaudrait l'échafaud.

Il baissa les yeux sur Janette.

— Il existe un autre problème, ajouta-t-il.

— Le maître aux Corbeaux ?

— Oui, le maître aux Corbeaux, même si Dieu lui-même ignore son identité.

— Trouve-t-on beaucoup d'Anglais à Édimbourg ?

— Bien assez, répondit-il.

Janette lui rendit son sourire.

— Marchands, négociants, marins et commis. Il faut garder à l'esprit que, en surface au moins, les relations entre les deux royaumes sont censées être cordiales.

Segalla alla à l'autre bout de la chambre et plongea son regard dans la nuit.

— Donc, le maître aux Corbeaux pourrait être l'un d'entre eux ?

— Bien sûr, répondit Janette. Ou bien un proche de Marie. La plupart des grands seigneurs écossais, à l'exception de James Hepburn, comte de Bothwell, reçoivent de l'or anglais. Je me demande…

— Quoi ? fit Segalla.

— Pourquoi ce titre de maître aux Corbeaux ?

Segalla sourit à part soi.

— Sir Francis Walsingham se rend souvent à la Tour de Londres. Il y ourdit ses complots, à l'abri des espions et des agents étrangers. Il aime à s'installer dans une des chambres qui surplombent le billot d'exécution. Dans la Tour vivent des corbeaux au plumage noir et brillant, des charognards qui se repaissent des têtes coupées des traîtres.

Segalla fit tourner sa très vieille bague autour de son doigt.

— Walsingham est autorisé à gérer sa bourse particulière, grâce à laquelle il rémunère ses espions, en Angleterre et ailleurs. Il verse beaucoup d'argent au maître aux Corbeaux. En théorie, cet individu est chargé de s'occuper des oiseaux de la Tour.

Segalla balaya la pièce du regard et adressa un sourire amer à ses compagnons.

— En réalité, ces sommes vont au meilleur agent de Walsingham. Cette fonction de maître aux Corbeaux est une sinécure, d'où le titre. Selon une légende ancestrale, si les corbeaux de la Tour venaient à disparaître, la forteresse serait prise et le royaume s'effondrerait. Tant que le maître aux Corbeaux est là, le royaume est en sécurité. Deux ou trois d'entre eux sont déjà passés au service de Walsingham. Dieu sait qui est celui-ci.

Segalla marqua une pause.

— Quelle heure est-il ? demanda-t-il.

— Entre sept et huit heures du soir, répondit Vartlett.

Le jésuite sourit.

— Je dois dire la messe.

— Ici ? s'étonna Janette.

— Oui. D'après le droit canon, tant que j'ai du vin et du pain, je peux la célébrer.

— Dans ce cas, ce sera sans moi, annonça Vartlett en lançant un regard d'excuse à Segalla. Ne le prenez pas mal, monsieur. Je ne suis d'aucune confession.

Il tapota sa dague.

— Je ne crois en rien d'autre que ceci et mes méninges.

Janette déclina l'offre elle aussi. Après leur départ, Segalla descendit chercher une coupe du meilleur vin et un peu de pain blanc. L'aubergiste le regarda d'un drôle d'air, mais Segalla lui sourit.

— Je dois me remettre de la traversée, expliqua-t-il.

L'homme se contenta de hausser les épaules et bougonna quelque chose sur les coutumes singulières des étrangers.

Segalla regagna sa chambre et prit dans sa besace son missel et un petit crucifix. Il les posa sur la table et, au son du brouhaha qui montait de la salle commune, célébra une messe singulière et solitaire. Il descendit ensuite chercher un repas plus roboratif, puis remonta sans remarquer la silhouette cagoulée assise dans un coin qui l'observait avec intérêt.

CHAPITRE III

Le lendemain matin, Segalla réveilla Janette et Vartlett.

— Comment avez-vous trouvé la ville ? leur demanda-t-il alors qu'ils se réunissaient dans la salle à manger pour déjeuner.

Malgré son air assez pâle, Janette sourit. Segalla lança un bref coup d'œil à Vartlett, et, avec un léger pincement de jalousie, se demanda s'ils étaient amants. De toute façon, un prêtre était tenu par le vœu de chasteté.

Vartlett montra du doigt l'élégant pourpoint bleu marine piqué de Segalla : le vêtement était pourvu de manches bouffantes, de crevés de soie mauve et d'un col montant en lin blanc.

— Vous avez tout du parfait courtisan.

Segalla chassa des miettes de ses chausses couleur mûre et étendit une jambe de façon que Vartlett puisse admirer ses bottes de cheval en cuir.

— Il faut toujours savoir se fondre dans le décor, Vartlett.

Segalla contempla avec admiration la robe de brocart d'or et la délicate collerette blanche de Janette Lindsay. Un voile de lin frangé de petites pierres précieuses couvrait ses cheveux cuivrés. Il se pencha vers elle.

— Nous sommes parfaits pour le rôle, murmura-t-il. L'élégant Français et sa femme prêts à présenter leurs lettres de crédit à la cour !

— Bien, mais où allons-nous ? voulut savoir Vartlett. À Holyrood ou à Kirk o'Field ?

— Rendons-nous d'abord au palais, répondit Janette.

Ils terminèrent leur repas, passèrent chercher les chevaux que Vartlett avait loués dans une écurie des environs, et s'engagèrent dans les rues encombrées et les venelles d'Édimbourg. Segalla s'arrêta et serra la bride à sa monture : le bruit et les odeurs, même par cette matinée glaciale, lui semblaient un soulagement après le roulis silencieux du bateau. Des passants s'immobilisèrent pour admirer bouche bée ces riches étrangers bien vêtus : l'homme élégant au long manteau de laine, et Janette, fraîche comme une étoile à l'aube, dans sa robe colorée et sa pelisse doublée de fourrure.

— Au palais, on sera au courant de notre arrivée avant qu'on y ait mis les pieds, chuchota-t-elle.

— Dans ce cas, jouez votre rôle, ma chère femme.

Segalla sourit.

— Explorons la ville. Connaître ses rues et ses portes pourrait nous sauver la vie.

— Toujours aussi prudent, hein, monsieur ? lança Vartlett.

— Allez, en avant, Vartlett, répondit Segalla en français tout en éperonnant son cheval. N'avez-vous jamais fait de même en arrivant dans une ville inconnue ? N'avez-vous jamais étudié ses issues avec précision ?

Segalla ouvrit la marche. Il lui arriva de regretter sa décision car, en ce samedi matin, la foule se pressait au-dehors, et le temps étant froid mais dégagé, il régnait dans Édimbourg l'animation d'une fourmilière. L'air résonnait du vacarme qui émanait des étals, et il y flottait l'odeur âcre des tas de fumier. Des chiens fouillaient les ordures et chassaient les chats qui s'y intéressaient, et tout un chacun se méfiait du gros cochon qui déambulait dans les rues à la recherche d'épluchures. Au début, Segalla peina à se repérer : Beaton l'avait prévenu que presque quarante mille âmes habitaient derrière les enceintes d'Édimbourg.

— Ils doivent vivre flanc contre flanc, commenta Segalla en observant les maisons carrées en grosse pierre, devancées par un porche en bois et couvertes d'une toiture en ardoise grise ou en tuile rouge.

Janette se pencha vers lui.

— Les toits de chaume sont interdits, ici, expliqua-t-elle. Contrairement à Paris ou à Londres, les bourgeois sont sensés et ont une peur panique des incendies.

Ils s'engagèrent dans High Street, la grand-rue, qui traversait la ville dans toute sa longueur, depuis le château perché sur le pic escarpé jusqu'aux portes de la cité. Comme elle était pavée d'un bout à l'autre, il était facile d'y circuler malgré les animaux errants et les monceaux de déchets. Segalla mena ses compagnons au milieu des étals où l'on s'activait à vendre poisson, étoffes et autres produits, et jusqu'à Canon Gate. Ils passèrent devant les demeures des nobles et admirèrent leurs murs revêtus de plâtre blanc étincelant, leurs façades à poutres noires, leurs fenêtres vitrées et les décorations singulières des pignons et corniches en pierre à l'architecture complexe. Curieux, Segalla quitta High Street et se fraya un passage dans les ruelles. Il s'arrêta et se tourna vers Janette.

— Si jamais nous devons fuir pour sauver notre peau, cette ville se transformera en piège mortel.

Segalla jeta un coup d'œil aux amas d'immondices, aux tonneaux de goudron et aux paquets de tourbe serrés par des lanières de cuir que, d'après les explications de Janette, les Écossais brûlaient pour se chauffer. La puanteur et la saleté étaient indescriptibles ; Segalla, pourtant habitué à la crasse de nombreuses villes, dut se pincer les narines. Plus loin, il remarqua les arches étroites en pierre et en bois qui enjambaient ces venelles pour relier les immeubles qui les bordaient. Il fit faire demi-tour à sa monture et reprit High Street. Les maisons y étaient protégées par des murets croulants et possédaient chacune un jardinet, où poussait un peu de blé ou de choux, et où des ruches se dressaient sous les branches d'un pommier ou d'un poirier. Petit à petit, Segalla commença à mémoriser la configuration de la ville. Il remarqua que chaque négoce occupait son quartier propre : dans les Shambles, les bouchers et leurs couteaux ensanglantés ; près du Mint, les orfèvres ; dans le Lawn Market, les marchands d'étoffes ; et le long de Canon Gate, les vitriers et les ferblantiers bruyants. Chaque baraque était séparée des autres, et Janette expliqua que la loi obligeait tous les commerçants à avoir une pique et une lanterne prêtes à servir en cas de troubles.

Segalla peinait à l'entendre : les cris et les bruits lui assaillaient les oreilles cependant qu'il observait, non sans crainte, les soldats fanfarons portant des plastrons en cuir bouilli, des cottes de mailles délabrées, ou encore les plaids représentant leur clan et leur maison. De temps à autre, il apercevait des archers en livrée dorée miteuse frappée du lion rampant rouge de l'Écosse. Segalla se rappela les paroles de Vartlett : il régnait dans la ville la même tension qu'avant un orage. Lorsqu'ils pénétrèrent dans le Trond, la place de marché centrale que surplombaient les flèches de la cathédrale St. Giles, Segalla s'arrêta et fit signe à Janette et Vartlett de s'approcher.

— Si les choses tournent mal, dit-il en français, nous devrons quitter la ville à pied : les chevaux nous seraient inutiles. Maître Vartlett, j'aimerais que vous vous rendiez, le plus tôt possible, dans une écurie sur la route de Leith et que vous y fassiez garder trois chevaux.

— Êtes-vous certain que ce serait la route la plus sûre ? demanda Janette, l'air alarmé.

— Monsieur Segalla a raison, confirma Vartlett. En ville, nous nous retrouverions piégés. Sur la lande sauvage qui s'étend au-delà, nous pourrions aisément nous perdre, et Dieu sait sur quoi nous pourrions tomber. Si nous chevauchions vers le sud, les Anglais nous attendraient. La meilleure voie pour nous échapper, c'est la mer.

— Risque-t-on d'en arriver là ? s'enquit Janette.

— Oui, répondit Segalla. Cela fait cinq ans que Marie est rentrée en Écosse. Il y a eu ici au moins trois révoltes armées et, lors de tels événements, c'est *chacun pour soi**.

Il parcourut des yeux le marché grouillant de monde, où baillis et poursuivants d'armes exécutaient la justice royale : sur les grands piloris, tous utilisés, chaque condamné portait une cagoule jaune, et à l'autre bout de la place une haute potence à trois branches se dressait vers le ciel gris acier. Sur une plate-forme près du gibet, un crieur public, après avoir soufflé dans une grosse corne de cuivre, déclara que Peter Turnbull, connu sous le nom du Moine, devait être considéré comme hors la loi. À côté, les bourreaux entassaient les membres coupés d'un traître dans une énorme cuve cabossée, où ils seraient ensuite couverts de saumure et de sel avant d'être enterrés hors des enceintes de la ville. Dans une boîte abîmée, devant la plate-forme, gisait le corps d'un homme qui portait un panonceau sur la poitrine. Sa tête dégarnie était rejetée en arrière, sa gorge tranchée d'une oreille à l'autre. CADAVRE DE JOHN BOWLER, CITOYEN ANGLAIS, proclamait l'affichette. ODIEUSEMENT ASSASSINÉ PAR UN OU PLUSIEURS INCONNUS.

Alors qu'il se demandait qui était ce Bowler, Segalla fut distrait par l'agitation de leurs montures. Il ouvrit la marche sur High Street en direction des murs de brique jaune du palais d'Holyrood. À ses portes, des hallebardiers leur demandèrent sauf-conduits et lettres de crédit en lorgnant Janette. Segalla présenta les documents que lui avait fournis Beaton. Un capitaine de la garde, le visage caché sous une visière en acier, les guida parmi les allées de gravier vers les quartiers royaux, dans l'angle nord-ouest du palais. Segalla eut à peine le temps de contempler les lieux, les murs crénelés, les tours à sommet conique et les grandes baies vitrées saillantes.

— La reine est-elle ici ? s'enquit-il.

— Eh non ! s'exclama le capitaine. Sa Majesté la reine est partie pour Kirk o'Field, mais vous pouvez toujours attendre son retour.

Segalla s'apprêtait à répondre par la négative quand deux hommes sortirent d'une petite poterne et s'approchèrent d'eux, presque comme s'ils attendaient leur arrivée. Le premier avait les yeux étroits, les cheveux blonds et un visage affable. Il avait tout du garçon de ferme typique.

— J'ai entendu un accent anglais.

Un immense sourire aux lèvres, il posa le ballot qu'il portait.

— Thomas Nelson, de Pontefract, dans le Yorkshire du Sud, valet et servant.

Son sourire s'élargit.

— Et parfois confident d'Henry Darnley, prince consort d'Écosse.

Segalla se pencha, lui serra la main et se présenta à son tour. L'Anglais leva le pouce par-dessus son épaule et désigna son compagnon.

— Symonds, le palefrenier de mon maître.

L'individu s'approcha d'un pas traînant. Il avait une figure mince et blafarde, et des cheveux noirs qui commençaient à grisonner au niveau des tempes. De petite taille, il avait le regard morne et la bouche tombante. Son visage détonnait avec son corps : il possédait un torse puissant et de longs bras pendants qui lui conféraient un aspect simiesque. Le capitaine de la garde, pressé de se débarrasser de ces inconnus, s'esquiva en silence. Nelson ramassa son fardeau.

— Nous n'en avons peut-être pas l'air, déclara-t-il, soudain sérieux. Mais c'est la vérité. Nous sommes les serviteurs du roi.

Il se détourna et chuchota quelques mots à Symonds, puis reporta son attention sur Segalla. Il montra sa fraise blanche, son pourpoint rouge foncé à manches longues et ses chausses noires.

— Nous devrions porter les couleurs royales, mais nous avons déjà à peine le temps de dormir, alors se changer, pas la peine d'y songer !

Il enfonça une botte dans les graviers et les fit crisser.

— Si vous le voulez…

Il fit un geste vague.

— … nous partons pour Kirk o'Field. Vous êtes de la cour de France, les émissaires de l'archevêque… ?

— L'archevêque Beaton, répondit Segalla.

L'intérêt éclaira le visage de Nelson.

— Dans ce cas, Sa Majesté la reine sera ravie de vous recevoir.

Symonds amena leurs montures. Nelson attacha son ballot au pommeau de la selle, qu'il enfourcha d'un bond alors que Symonds, lui, s'y hissa avec peine.

— Donc il n'y a personne, ici ? s'enquit Janette en poussant son cheval à la hauteur de Segalla.

— Non, répondit Nelson. Tous les lords, à l'exception de Morton, qui se trouve à St. Andrews, sont à Édimbourg.

Ils quittèrent le palais par des chemins secondaires, passèrent les portes de la ville et pénétrèrent dans la campagne gelée.

— Quelles nouvelles a-t-on de la reine ? voulut savoir Segalla.

— Tout se passe bien. Sa Majesté a offert des présents à mon maître : un lit neuf en velours violet enrichi de drap d'or, décoré de rideaux en damas et d'oreillers d'écarlate et de velours. Il dort dans les meilleurs draps en lin de Hollande.

Segalla perçut le sarcasme dans la voix de Nelson.

— De quoi le roi souffre-t-il ? demanda Janette.

Nelson lui lança un regard en biais.

— D'aucuns disent que c'est la *petite vérole**...

Il laissa sa phrase en suspens.

Segalla détourna le regard et se souvint des paroles de Beaton. « C'est sans doute la syphilis, avait chuchoté le vieil archevêque. Darnley forniquerait avec un chamois pourvu qu'il porte un jupon. »

— Pourquoi tout le monde se trouve-t-il à Kirk o'Field ? Enfin... s'empressa d'ajouter Segalla, le roi y est, mais...

— Demain, c'est carnaval, expliqua Nelson. On donne des festins et des réjouissances avant le carême. Après avoir fait ses adieux à Moretta, l'ambassadeur de Savoie, la reine va assister au banquet de mariage d'une de ses dames d'honneur. C'est une période de festivités. On va danser et festoyer jusqu'au petit matin.

— Le roi sera-t-il présent ?

Nelson se rembrunit.

— J'en doute. Les médecins l'ont soigné. Il a pris son bain et s'est purgé, et lundi il part pour Seton avec la reine. Nous, qui appartenons à sa suite, allons manquer toutes les réjouissances…

Ils atteignirent la crête d'une colline, et Nelson montra du doigt les bâtiments en contrebas.

— Voilà Kirk o'Field. Vous pourrez questionner Sa Majesté en personne.

Segalla observa le rectangle qui se dressait sous ses yeux. Avant d'arriver à Kirk o'Field, ils avaient fait de nombreux détours, après avoir quitté la ville par une poterne sise à l'angle sud-est de ses enceintes. Les bâtiments de Kirk o'Field s'étendaient là sous un ciel bleu de glace. Le givre de la nuit précédente scintillait toujours sur les toits, les pignons et les rebords des fenêtres, comme si une fine pellicule d'argent recouvrait la résidence royale.

— Un lieu funeste, murmura Segalla, qui se maudit en silence pour s'être trahi.

— Vous êtes déjà venu, monsieur ?

Segalla jeta un coup d'œil à Janette, qui le fixait d'un air curieux.

— Non, mais je connais l'histoire de cet endroit. Henri VI, qui plus tard a été assassiné dans la Tour de Londres, n'a-t-il pas résidé ici, tout comme d'autres seigneurs lancastriens ayant fui le règne d'Édouard IV ? Et Perkin Warbeck, l'imposteur flamand qui prétendait être un des princes de la Tour ? Ne s'est-il pas lui aussi réfugié quelque temps à Kirk o'Field ?

Segalla secoua la tête.

— Non, c'est ma première visite ici.

Il pointa le doigt sur sa gauche.

— Quelles sont ces ruines ?

— L'église St. Mary's in the Fields, répondit Nelson. Pillée par les partisans de la Réforme.

Segalla observa la coquille vide de St. Mary. Ses murs et ses tours tenaient toujours debout mais n'étaient rien d'autre qu'une enveloppe noircie ; vitraux, poutres, gouttières en plomb et tuiles avaient disparu. Autour de l'église gisaient les pierres tombales éparpillées de paroissiens morts depuis des lustres.

— Et la grande maison un peu plus loin ?

— La demeure du duc d'Hamilton. C'était le vieil hôpital, jadis. Avant la rupture d'avec Rome, toute cette région était un sanctuaire pour les malades souffrant d'infections malignes ou de la peste.

Il pointa le doigt vers l'est.

— Ça, ce sont les ruines du monastère des Blackfriars. Les quartiers du roi se trouvent dans ce rectangle de bâtisses.

Il éperonna son cheval fatigué.

— Laissez-moi vous expliquer plus en détail. Le mur qui longe la face externe de Kirk o'Field est celui qu'on a bâti après la débâcle de Flodden. L'allée qui le borde porte le sobriquet de chemin aux Voleurs.

Il sourit à la vue de l'air perplexe de Segalla.

— N'ayez crainte, monsieur, aucun brigand ne se cache ici.

Nelson paraissait ravi d'étaler ses connaissances devant ses supérieurs.

— On l'appelle le chemin aux Voleurs parce qu'autrefois l'église avait le droit d'offrir l'asile : coquins et canailles s'y précipitaient pour en profiter.

— Vous parliez des quartiers du roi, le relança Vartlett, agacé.

— Oui, le bâtiment qui s'étend le long du mur de Flodden est la grande salle. Les appartements à son extrémité, dont on voit la galerie qui repose sur le mur, c'est là que loge mon maître.

— Et les autres bâtiments ? s'enquit Janette.

— De l'autre côté de la grande salle, c'est la nouvelle prévôté, nommée ainsi pour la distinguer des lieux où réside lord Darnley. Quant au reste du rectangle, au nord et à l'est, ce ne sont que des dépendances.

— Pourquoi Sa Majesté le roi ne s'y installe-t-il pas ? demanda Vartlett.

Nelson haussa les épaules.

— Pourquoi viendrait-il s'y reposer ? L'ancienne prévôté offre à monseigneur Darnley des pièces majestueuses qui donnent sur des prés et des jardins.

Segalla poussa un soupir approbateur ; dans l'air glacial, son souffle resta en suspens, aussi lourd que de la fumée. En descendant la colline, il examina l'ancienne prévôté : haute de deux étages, elle possédait une galerie soutenue par des étançons en bois ; ses grandes fenêtres, qui surplombaient le chemin aux Voleurs et le verger qui s'étendait au-delà, étaient vitrées.

La vue devait être fort plaisante en été, songea Segalla, mais pour l'instant la pelouse était gelée, pommiers et poiriers étaient noirs et mornes, privés de feuilles et de fruits par l'hiver cruel. Ils entrèrent dans la cour, qui grouillait de serviteurs, de palefreniers et de garçons d'écurie criards. Certains s'approchèrent en hâte, intrigués par ces visiteurs. Segalla adressa un clin d'œil à Janette.

— N'oubliez pas, ma chère, chuchota-t-il en français. Aux yeux de l'archevêque Beaton, sinon de Dieu, nous sommes mari et femme.

Janette lui saisit la main et battit des paupières.

— *Toujours, mon cher, toujours**.

— Pour toujours ? la taquina Segalla en lui adressant un clin d'œil que Janette se contenta de lui rendre.

Nelson emmena leurs chevaux à l'écurie et revint, son ballot toujours à la main.

— Venez, les pressa-t-il. Ne restons pas plantés là.

Ils entrèrent par une porte de derrière dans la grande salle : les murs y étaient blanchis à la chaux, le plafond bas soutenu par des poutres noires. Nelson les précéda dans un escalier en colimaçon : au premier étage, une galerie semblait conduire à une pièce pour l'instant fermée par une lourde porte cloutée.

— C'est ici que loge la reine, chuchota Nelson. Parfois, elle vient passer la nuit avec son mari.

— Ils ne partagent pas la même chambre ? demanda Janette, avant de faire une pause pour reprendre son souffle tant l'escalier était raide.

— Demain, c'est son dernier jour d'isolement, dit Nelson, qui passa son fardeau à Symonds, toujours taciturne. Comme je vous l'ai expliqué, lundi, la reine et lui seront de nouveau mari et femme et partiront pour Seton.

Il les emmena plus haut encore, poussa une porte entrouverte, et pénétra dans une petite antichambre. Là, des archers vautrés tendaient leurs doigts frigorifiés vers de petits braseros ou jouaient aux dés. Un grand blond de forte carrure, au corps en partie protégé par une armure, vint à leur rencontre. Arborant une moustache bien taillée et une barbiche en pointe, il avait les yeux d'un bleu froid et un visage sillonné de rides qui s'illumina à la vue de la ravissante Janette.

— Je suis John Steward de Traquair, annonça-t-il. Capitaine de la garde de Sa Majesté.

Il jeta un coup d'œil aux sauf-conduits que lui tendait Segalla, examina sceaux et écrits en français, puis s'empressa de les lui rendre.

— Suivez-moi.

Il les conduisit dans la salle, où l'atmosphère était étouffante. Sur la droite saillait une galerie comblée de torchis et de grandes vitres. C'était celle, se souvint Segalla, qui reposait sur des étais de bois juste au-dessus du mur de Flodden. À l'autre bout de la salle se trouvait une autre vaste fenêtre qui devait donner sur les jardins et les ruines des Blackfriars. Segalla parcourut les lieux des yeux cependant que le capitaine se frayait un passage dans la multitude, où certains interrompaient leur conversation pour les gratifier d'un regard curieux. Segalla fut surpris par la petitesse de la salle : elle ne dépassait pas vingt-quatre mètres carrés, mais était richement meublée. Il examina les rideaux de lit en velours et les tapisseries frangées d'or, les petites tables, les fauteuils et les tabourets verts ou violets eux aussi couverts de velours, et le trône à deux places revêtu de taffetas rayé rouge et or. Nicholas jeta un coup d'œil aux hommes et femmes présents. Il en reconnut certains d'après les potins qui circulaient à la cour de France et les descriptions de Beaton : les Quatre Marie, les dames d'honneur de la reine, vêtues de robes à haut col orné de satin et de voiles assortis. À côté de la cheminée monumentale se tenait lord Moray, à la barbe rousse et au visage de renard. Le comte posa sur Segalla un regard froid avant de reprendre son conciliabule avec un homme de grande taille et de forte carrure qui, d'après son allure et sa prestance, devait être soldat de carrière. Segalla vit aussi les couleurs des lords Argyll et Huntly. Traquair, qui les avait précédés, revint et pria Segalla et ses compagnons d'avancer. L'espace devant le grand lit à baldaquin était désert. On avait même écarté la couche du mur, et Segalla entraperçut une femme mince aux cheveux cuivrés assise dans la ruelle, un jeu de cartes à bord argenté dans les mains. L'homme affalé sur le lit se détourna pour faire face aux visiteurs. Segalla et les autres s'agenouillèrent.

— Des sujets français ? fit-il d'une voix traînante et haut perchée.

Par-dessous ses paupières baissées, Segalla l'examina et s'efforça de rester impassible. Darnley portait une chemise de batiste, des chausses noires et des pantoufles soyeuses garnies de fourrure. Une cape rouge doublée d'hermine était jetée sur ses épaules ; un bonnet serti de joyaux couvrait son crâne dégarni, et un masque de velours dissimulait son visage oblong. Même d'où il se tenait, Segalla vit les pustules pourpres sur les joues de Darnley. Il remarqua son air irascible et ses doigts qui trituraient les draps de lin.

— Êtes-vous choqué de voir votre roi ainsi ?

— Votre Majesté, répondit Segalla avec tact, nous avons fait un long voyage pour vous apporter, à vous et à Sa Majesté la reine, des messages d'amitié de la part de l'archevêque Beaton ainsi que ses compliments pour l'amélioration de votre santé.

Darnley se redressa, poussa de côté le livre d'heures posé sur ses genoux, ainsi qu'une coupe d'argent et un dé incrusté d'ivoire.

— Oui, je suis remis, et lundi je pars pour Seton. N'est-il pas ?

Darnley se tourna vers la femme toujours assise dans l'ombre de l'autre côté du lit.

Segalla maudit en silence l'arrogance de Darnley et perçut le sourire narquois sur ses lèvres. Toute la salle s'était tue pour observer la scène. Selon l'étiquette, Darnley n'avait aucun droit d'interrompre des émissaires officiellement envoyés auprès de sa femme, la reine. Après tout, il ne portait que la couronne matrimoniale. Segalla sentit la tension et observa la femme. Il n'osa pas s'adresser à elle. Darnley y verrait une insulte, car aucun émissaire ne pouvait saluer un monarque sans y avoir été invité. Darnley s'assit sur le bord du lit. Il avança sa main gantée de noir et, du bout du doigt, effleura le menton de Janette.

— Quelle femme magnifique, monsieur !

— Merci, sire.

Segalla serra ses sauf-conduits et lettres de crédit un peu plus fort. Il avait la ferme intention de ne pas les lui présenter.

— Monsieur Segalla, je vous prie de vous lever.

Segalla leva les yeux vers la reine. Elle se tenait à présent dos à la fenêtre : la lumière se reflétait sur ses cheveux couverts d'une calotte de linon et scintillait sur les joyaux de sa splendide robe de taffetas cramoisi. Elle s'approcha. Segalla jeta un coup d'œil à sa ceinture d'argent, à laquelle pendaient une pomme d'or parfumée et un livre d'heures miniature orné de pierres précieuses, qui entourait sa taille fine.

— Monsieur Segalla, dit la reine d'un ton amusé, vous êtes le bienvenu.

Segalla se leva en priant pour ne pas se prendre les pieds dans le tapis ou trébucher et tomber sur le roi. La reine, manipulant sa croix pectorale en or sertie de diamants et rubis, lui sourit. Surpris, il lui rendit son sourire. Déjà stupéfié par la taille de Marie, c'était pourtant son visage qui le fascinait le plus : teint lumineux, grande bouche généreuse, yeux rieurs qui semblaient passer du marron clair à la couleur noisette. Segalla se souvint que Beaton avait comparé Marie à un faon. Lorsqu'il remarqua son air timide sous ses paupières lourdes, il comprit pourquoi.

— Monsieur, chuchota-t-elle, votre regard s'attarde !

Segalla inclina la tête.

— Votre Majesté, je pensais à la façon dont le poète Ronsard a dépeint votre beauté.

Le visage de Marie se fit grave, mais Segalla distingua l'espièglerie dans ses yeux.

— Que voulez-vous dire, monsieur ?

Elle murmurait d'une façon que Janette, qui se tenait derrière Segalla, ne put que jalouser.

— Votre Majesté, il ne vous a pas décrite à votre juste valeur.

Marie pencha la tête en arrière et partit d'un rire rauque et chaleureux. Elle tendit la main pour qu'il la lui baise. Il s'en saisit avec douceur et entraperçut des bagues d'émeraude et de diamant, dont l'une représentait une magnifique sirène. Il effleura ses doigts des lèvres et, comme l'exigeait la courtoisie, allait relâcher son étreinte quand la reine lui pinça soudain la peau. Segalla leva brièvement la tête : les yeux de la reine étaient devenus alertes et, d'un geste, elle lui indiqua le sol. Segalla comprit. Marie ne souhaitait pas qu'il lui parle ou qu'il lui présente ses lettres en public, mais il devait attendre qu'elle donne l'ordre de se retirer.

Comme il se devait, Segalla présenta ses compagnons. Marie n'était pas à cheval sur l'étiquette : elle s'empara des mains de Janette, l'attira près d'elle, l'appela « ma mie » et l'embrassa avec douceur sur chaque joue. Vartlett s'agenouilla devant elle ; Marie lui caressa la nuque puis le fit se lever tout en lui remettant des pièces d'argent.

— Vous venez de très loin, dit-elle à voix basse, mais ce n'est ni le moment ni l'endroit.

Une fois encore, elle croisa le regard de Segalla et jeta un bref coup d'œil là où son mari était assis comme un petit garçon gâté. Elle se pencha vers Darnley et lui posa un baiser sur le front.

— Cher mari, je dois savoir ce que m'adresse ce bon archevêque.

— Ne puis-je être présent ? demanda Darnley d'un air grognon. Madame, je suis depuis trop longtemps à l'écart des affaires de l'État.

— Vous y reviendrez bientôt, chuchota Marie.

Elle tapa doucement des mains.

Un jeune homme vêtu d'un pourpoint de velours noir, d'une chemise blanche qui en dépassait au col et des chausses les plus moulantes que Segalla ait jamais vues, sembla sortir de nulle part. Il devait avoir dix-huit ou dix-neuf printemps. Son visage effilé et grêlé dégageait une étrange impression de sensualité sous une tignasse noir de jais en désordre. La reine lui sourit.

— Monsieur Segalla, permettez-moi de vous présenter mon premier valet de chambre, Hubert, ou Paris le Français, comme nous aimons à l'appeler.

— Le petit Français de Bothwell ! siffla Darnley.

La reine préféra ne pas prêter attention à cette remarque, même si Segalla vit un sourire de mépris sur les lèvres de Paris. Il ignora le roi et adressa un salut des plus élégants à la reine.

— Sa Majesté s'en va ?

— Oui, Paris.

Le page s'avança jusqu'au centre de la pièce.

— Messires, gentes dames ! cria-t-il d'une voix étonnamment puissante. Sa Majesté la reine va maintenant se retirer dans ses appartements pour recevoir l'émissaire de Son Excellence l'archevêque Beaton !

Les bavardages cessèrent sur-le-champ. Segalla se rendit compte que tous les regards étaient braqués sur lui. Marie empoigna le devant de sa robe et la souleva légèrement. Traquair apparut, flanqué de deux hallebardiers.

— Monsieur Segalla, veuillez vous joindre à nous, chuchota la reine. Votre femme – elle insista sur le mot – et votre serviteur seront entre de bonnes mains avec Paris. Nous nous entretiendrons seuls !

CHAPITRE IV

Précédée par Traquair et les deux hallebardiers, Marie quitta la salle. Après avoir chuchoté des excuses à Janette, Segalla lui emboîta le pas. Ils redescendirent l'escalier en colimaçon. Le capitaine les fit entrer dans la chambre de la reine et ferma la porte. L'espace d'un instant, Segalla resta à observer la pièce, intimidé, alors qu'à l'évidence Marie, à présent libérée de l'atmosphère oppressante de la salle du haut, se détendait. D'un élégant geste de la main, elle désigna les épaisses tentures murales et les quelques meubles.

— Ce n'est pas une pièce digne d'une reine, n'est-ce pas, monsieur Segalla ?

Elle se glissa dans un fauteuil à haut dossier près d'un couffin assez étroit couvert d'une étoffe jaune et vert. Segalla vit Marie presser son flanc droit en grimaçant.

— Votre Majesté ne se sent pas bien ? demanda-t-il.

Toute la hauteur et la rigidité s'évaporant de son corps, Marie s'affala sur le siège. L'air inquiète, elle se mordit la lèvre inférieure, puis croisa les bras sur sa poitrine en serrant le corsage en lourd brocart de sa robe. Elle respira profondément et sourit à Segalla.

— Sa Majesté va très bien. Ce n'est qu'un léger élancement.

Elle se massa le côté du crâne.

— Je ressens une douleur semblable à un cerceau de feu, ici.

— Votre Majesté, vous devriez vous détendre.

Segalla, qui possédait une grande connaissance de la pharmacopée et des effets des médicaments, estima que la tension de la reine pouvait expliquer ses violentes douleurs.

— Votre Majesté, remuez doucement le cou et les épaules.

Marie poussa un soupir mais suivit les instructions de Segalla. Elle s'interrompit un instant et le fixa du regard.

— Il faudrait qu'on me masse le cou.

Toujours en le regardant, elle reprit ses mouvements ; Segalla comprit pourquoi elle avait brisé tant de cœurs. Elle usait de son pouvoir de séduction, mais avec naturel et aisance. Elle parvenait à garder dignité et grâce tout en lui permettant de se sentir son égal, son confident.

— Êtes-vous médecin, monsieur Segalla, en plus d'être prêtre ?

Elle s'esclaffa à la vue de sa surprise.

— Oui, je sais. L'archevêque Beaton m'a fait parvenir une missive pour me prévenir de votre venue.

Elle se leva et alla jusqu'à une petite table, où elle remplit deux gobelets au pourtour bordé de pierres précieuses, et en apporta un à Segalla.

— Du bourgogne, annonça-t-elle. Généreux et bouqueté. Si vous le buvez lentement, monsieur Segalla, et songez au soleil – ses yeux se voilèrent –, vous revoilà en France. Les vignes mûrissent. L'air est encore chargé du parfum de la floraison, le soleil va monter et devenir plus vif et, assis sous la tonnelle d'un jardin, vous entendez le bourdonnement des abeilles qui butinent.

Segalla vit la lumière changer dans le regard de la reine. Marie cligna des paupières et lui tapota la main avec douceur.

— Je vous remercie pour votre indulgence, monsieur.

Elle leva légèrement la tête comme pour indiquer le plafond.

— Le roi n'est pas de bonne humeur, aussi je vous demande de le pardonner. Allons, voyons, ce n'est pas assez.

Elle posa son gobelet sur la table et, avant que Segalla ait pu l'arrêter, s'agenouilla devant lui.

— Bénissez-moi, mon père, chuchota-t-elle. Si j'en avais eu le temps, je vous aurais demandé de célébrer la messe. Enfin, votre bénédiction suffira.

Surpris, Segalla se hâta de poser son gobelet, puis bénit la reine cependant qu'elle récitait la prière adéquate. Il lui tendit ensuite la main pour l'aider à se redresser. Marie se leva avec grâce mais garda les doigts de Segalla entre les siens.

— Savez-vous, monsieur Segalla…

Son visage n'était plus à présent qu'à quelques centimètres du sien, et elle le scrutait avec autant d'attention que si elle se rappelait chacun de ses cheveux, de la couleur de sa peau, de la texture de sa barbe et de sa moustache. Ce n'était plus la figure d'une femme faussement timide, mais celle d'une jeune enfant, innocente et franche.

— Oui, Votre Majesté ?

Marie secoua la tête.

— Appelez-moi « madame ». Nous nous sommes déjà rencontrés, monsieur. N'étiez-vous pas au service de ma mère ?

Segalla détourna le regard.

— N'êtes-vous jamais venu en Écosse, auparavant ?

— Madame, je n'ai jamais été au service de votre mère.

— Non, non, pas ici. Lorsqu'elle était petite fille, en France, avant qu'on la promette à mon père. Elle est ensuite venue vivre ici et a tâché de régner sur ce beau pays désolé.

La reine entoura son gobelet de ses mains comme s'il s'agissait d'un globe magique permettant d'invoquer le passé. Elle revint vers Segalla d'un pas alangui.

— Monsieur, j'en ai la certitude ! Ma mère possédait des portraits peints par Corneille de Lyon. Il a exécuté bon nombre de tableaux à la cour de France. Au départ de ma mère pour l'Écosse, on les a entreposés dans une mansarde du palais du Louvre tels des souvenirs perdus.

Marie trempa le doigt dans son vin et le passa sur ses lèvres sèches.

— Quand on m'a fiancée au Dauphin, j'ai pris l'habitude d'y monter pour contempler durant des heures le portrait de ma mère. Juste derrière, il y en avait un autre, bien plus petit, d'un homme comme vous, avec une figure et une moustache identiques. Et surtout, les mêmes yeux, ce même regard habité. Comme celui que vous avez en ce moment, monsieur Segalla.

Gêné, il haussa les épaules.

— Madame, c'est impossible. Je viens d'avoir trente-deux ans.

La reine regagna son fauteuil et observa Segalla.

— Tout va par cycles. Ma mère a grandi en France mais est morte en Écosse, le ventre et les jambes gonflés par l'hydropisie. À présent, je marche sur ses pas : élevée en France, suis-je revenue en Écosse, monsieur Segalla, pour y mourir ? La fin sera-t-elle le début pour moi ? Ou le début la fin ?

Marie se tut un instant comme pour écouter la rumeur qui provenait de la salle du dessus.

— J'ai épousé un premier mari, qui est mort. J'en épouse un deuxième, et lui aussi se meurt, spirituellement du moins.

La monarque se mit soudain à secouer la tête.

— Monsieur Segalla, pour une reine, mes manières sont exécrables.

De la main, elle désigna un siège derrière lui.

— Veuillez le tirer par ici. Montrez-moi les lettres de l'archevêque.

Il s'exécuta. Pendant que Marie rompait le cachet de cire et ouvrait les documents, Segalla l'observa de près. Il distingua une légère mèche grise parmi les cheveux cuivrés ; des rides de souci se dessinaient près de sa bouche, et sa peau ne paraissait plus dorée mais pâle. De temps à autre, Marie s'agitait sous l'effet de la douleur. Ses longs doigts fins étaient sans cesse en mouvement : ils tapotaient sur la lettre, tiraient sur sa robe ou lissaient l'accoudoir poli de son fauteuil. Segalla parcourut la pièce des yeux. Une broderie aux couleurs vives recouvrait un tabouret de l'autre côté du lit ; dans un coin, il vit un rebec et une viole. Segalla se souvint que beaucoup considéraient la reine comme une artiste, capable de jouer de l'épinette, d'écrire un poème ou de pratiquer l'art délicat de la broderie. Il se détourna pour regarder l'écritoire derrière lui, incrustée de nacre et couverte d'une pile de parchemins, de pots d'encre, de plumes et de pierres ponces. Des bouts de cire à cacheter tachaient les tapis de laine et le sol. Il reporta son attention sur la reine, mais elle était en train d'étudier les lettres, sourcils froncés. Elle leva brusquement les yeux, et la dureté de son regard fit tressaillir Segalla.

— Savez-vous ce qu'il y est inscrit, monsieur Segalla ?

— Madame, ces lettres sont rédigées selon le chiffre secret de l'archevêque.

Marie sourit, même si elle ne se départit pas de son air morne.

— J'ai lu tellement de lettres de l'archevêque que son chiffre n'a plus rien de secret pour moi.

Elle se leva, fit signe à Segalla de rester assis et alla devant le feu qui brûlait dans l'âtre. Elle se pencha pour jeter les lettres sur les braises et ne revint pas avant que les flammes les aient réduites en cendres. Elle se rassit et fixa un point au-dessus de la tête de Segalla.

— Voyez-vous, monsieur, j'ignorais si je devais détester ou adorer ce pays. Les landes désolées, la bruyère qui prend une teinte dorée au soleil, les cours d'eau glacés, les vallées fertiles et les bois épais. Le peuple aspire à vivre en paix, chaque homme dans sa maison ne veut que s'occuper de son jardin, mais les nobles sont différents. Ils adorent la guerre : incendier le chaume, brûler les terres ou répandre le sang sur les pavés des places de marché. Êtes-vous passé par la campagne d'Édimbourg ?

Segalla secoua la tête.

— Empruntez les grands chemins, dit la reine d'une voix rauque. À chaque croisée se dresse un gibet : pendaisons et punitions au fouet sont des pratiques communes. Ce ne sont qu'une bande de brutes cruelles et barbares. Au moment de sa capture, un seigneur rebelle est tombé raide mort de peur. Savez-vous ce qu'ils ont fait, monsieur Segalla ?

Il se contenta de la regarder dans les yeux.

— Ils ont estimé qu'il devait quand même être jugé par ses pairs, et on a donc ouvert son cadavre pour le vider comme un porc. On l'a rempli d'herbes, embaumé, puis on l'a emmené au Sud pour le juger. Imaginez-vous pareille horreur, monsieur ? Un cadavre assis dans un fauteuil face à mes juges ?

Marie se frotta les yeux et remua dans son siège.

— Dans sa lettre, Beaton évoque un grand danger, dit-elle d'un ton sardonique, se penchant en avant et jouant avec sa croix pectorale avant de triturer les bagues à ses doigts. Ce danger, quel est-il, monsieur ?

Segalla posa son gobelet par terre.

— Madame, les dangers sont partout. Votre mari sera bientôt rétabli, mais vous restera-t-il fidèle ? Voilà ce qui inquiète Beaton.

Marie détourna brièvement le regard.

— Je l'ignore. Darnley est un enfant. Il a le corps d'un bel homme mais l'esprit d'un garçon gâté.

Elle indiqua d'un geste l'écritoire.

— Il envoie des lettres à son terrible père, le comte de Lennox, où il m'y décrit comme très douce et aimante, mais…

— Mais quoi, madame ?

— Il envoie aussi des lettres à Philippe d'Espagne pour lui demander de masser des troupes dans les Flandres.

Segalla en eut le souffle coupé.

— À n'en pas douter, mon père, le taquina-t-elle, vous, un jésuite, accueillerez avec bienveillance une telle décision. Une armée catholique débarquant à Leith. L'Inquisition prête à anéantir l'hérésie et rendre à l'Écosse son ancienne foi.

— Cela causerait une guerre civile sanglante.

— Bien sûr !

La colère brûlait dans les yeux de Marie.

— C'est évident ! Aucune femme, mon père, n'est plus attachée que moi à notre sainte mère l'Église. Pourtant je me rends compte qu'on ne peut imposer une religion à quelqu'un ni ouvrir des fenêtres dans son âme.

— Et c'est votre mari qui ourdit tout cela ?

— D'après la rumeur, oui. Il fomenterait des plans délirants pour prendre le château d'Édimbourg ! On murmure qu'un navire l'attend dans l'estuaire de la Clyde, à côté de Glasgow ! Pas étonnant que les lords complotent contre lui.

— Ils l'ont avoué, madame ?

— Oui, ils m'ont tout d'abord demandé de divorcer de lui, mais comment est-ce possible ? Eh bien, monsieur Segalla ? Demandez donc à l'archevêque Beaton si la sainte Église accepterait d'annuler mon mariage. Même si c'était le cas, qu'adviendrait-il de mon fils ? Le déclarerait-on illégitime, perdrait-il la couronne ?

Elle donna un coup de pied dans le tapis étendu devant son siège avec son élégant soulier bordé d'argent.

— Cela plairait peut-être à Darnley, reprit-elle.

Soudain, son visage se tendit sous l'effet de la fureur.

— Il entache sans cesse mon honneur. Il est le père de mon enfant, et pourtant il est à l'origine de la rumeur qui dit que son propre fils, Jacques, est le fruit d'une débauche contre nature entre David Rizzio et moi.

Segalla observa la reine, fasciné par ses changements d'humeur : la souveraine régnante, la princesse coquette, l'épouse amoureuse, la femme tolérante, et à présent la mère en colère contre celui qui risquait de souiller sa dignité et celle de son enfant.

— N'existe-t-il pas d'autres moyens, madame ?

Marie regarda la bague qu'elle portait au doigt.

— L'automne dernier, les grands lords Moray, Argyll, Bothwell et les autres se sont réunis sous un if, à Whittingham. Ils ont prêté serment et se sont engagés à se débarrasser de mon mari. Ils ont même eu l'audace d'envoyer un messager pour me demander mon approbation.

Marie soutint le regard de Segalla.

— Par le Saint-Esprit, mon père, je le jure, je leur ai répondu que je ne le tolérerais pas, et que je considérerais les assassins comme des traîtres.

— Pourtant ils continuent à comploter ?

— Oui, répondit-elle d'un ton las. Ils continuent. Ils reprochent à Darnley de les avoir trahis. Il était de leur côté, pour le cas de Rizzio, et voilà qu'il leur tourne le dos. D'après eux, la couronne matrimoniale ne lui suffit pas, il veut la couronne absolue.

— Il aurait peut-être été plus sage de le laisser parmi ses proches ? s'enquit Segalla.

— Non, non. Darnley venait de tomber malade. Certains ont lancé la rumeur que j'avais tenté de le faire empoisonner.

Elle partit d'un demi-rire.

— Darnley s'est empoisonné tout seul. Il a couché avec toutes les catins de la ville.

Elle se frotta le côté du visage.

— On prétend même qu'il aurait couché, chuchota-t-elle, avec l'évêque d'Orkney ! Darnley a autant de morale qu'un chat de gouttière.

L'air défiant, elle leva les yeux vers Segalla.

— Pourtant, il reste mon mari, et le père de mon enfant. Tant qu'il sera à mes côtés, aucun lord ne s'en prendra à lui.

— Mais, madame, l'archevêque Beaton parle d'un grand complot contre lui.

Marie secoua la tête.

— Monsieur Segalla, vous êtes ici pour me conseiller. D'où le danger pourrait-il provenir ?

— Il y a des espions anglais : un homme portant le nom de maître aux Corbeaux. D'après Beaton, ce serait un de vos proches.

Marie lui lança un regard solennel, éclata de rire, puis se pencha et lui prit la main.

— Monsieur, je ne me moque pas de vous.

Du doigt, elle désigna le plafond.

— La plupart des nobles, sauf James Hepburn, comte de Bothwell…

Segalla la vit rougir légèrement.

— … sont à la solde des espions d'Élisabeth. Donc, comme l'a formulé le Psalmiste, « Rien de neuf sous le soleil ». Quel danger peut-il y avoir ? Celui qui lèvera la main sur mon mari se rendra coupable de trahison.

— Il existe le poison, madame.

La reine secoua la tête.

— Henry Darnley, dit-elle d'une voix indifférente, se montre très prudent quant à ce qu'il mange et boit.

Segalla bougea sur son siège.

— Et si le complot vous visait tous les deux, madame ?

Marie se mordilla la lèvre.

— Eh bien, fit-elle d'un ton mélancolique, presque comme si cette idée lui plaisait, cela mettrait un terme à tous nos ennuis.

— Il est possible, insista Segalla, que votre mari et vous soyez les cibles, Dieu nous en garde, d'une terrible machination.

— Vous voulez parler de mon cher demi-frère, Jacques Stuart, le comte de Moray ?

— Peut-être.

Segalla s'étonna du franc-parler de la reine. Marie sourit.

— Beaton me considère comme un faon encerclé par les loups. C'est vrai ! Il me croit candide, mais je sais ce qu'il pense : que Moray veut se débarrasser de Darnley et de moi, diriger le royaume par le biais de mon fils. Et après, monsieur Segalla, qui sait ce qui pourrait arriver ? Combien d'enfants n'atteignent pas l'âge adulte ?

Elle secoua la tête.

— Je ne crois pas que Moray se montrerait aussi cruel. En outre, les autres grands lords ne le laisseraient pas régner en paix. Pour finir, il devrait s'exiler sur le continent : même ma chère cousine Élisabeth ne tolérerait pas l'assassinat d'un autre monarque.

Segalla la fixa du regard. Malgré sa jeunesse et sa naïveté, Marie était perspicace. Ses calculs se révélaient corrects. Elle était mariée à Darnley : un rapprochement, en plus de consolider son pouvoir, lui permettrait de garder son mari à l'abri. Personne n'oserait s'en prendre à lui, le mari de la reine, le roi consacré.

— Pourtant… pourtant, il existe bien un danger, bégaya Segalla.

Du doigt, il désigna la viole posée dans un coin contre un tabouret.

— Un musicien, madame, m'a expliqué que la musique est infinie, et que les variations que l'on peut donner à une note sont illimitées.

— Venez-en au fait, monsieur.

Segalla lança un bref regard à la reine et se rappela la mise en garde de Beaton.

— Votre Majesté, et si un complot plus sournois visait à salir votre nom ?

Marie rougit de nouveau et baissa les yeux. Segalla se leva et s'agenouilla devant elle.

— Madame, il y a six ans, le favori d'Élisabeth, Robert Dudley, comte de Leicester, avait une femme. Connaissez-vous cette histoire ?

Marie soutint son regard et hocha la tête.

— Les racontars disaient, poursuivit Segalla, que Dudley aimait la reine Élisabeth et qu'elle éprouvait une forte passion pour lui. La rumeur disait aussi – Segalla s'arma de courage pour continuer – que Dudley projetait de divorcer de sa femme afin d'épouser Élisabeth.

— Comme tout le monde, je connais cette histoire.

Marie se pencha et posa la main sur la joue de Segalla.

— Monsieur, laissez parler votre cœur, faites-moi part de votre conseil.

— La femme de Dudley, reprit Segalla, est tombée dans l'escalier, chez elle, à Cumnor Place, dans l'Oxfordshire : elle s'est brisé la nuque alors que la coiffe qu'elle portait ce jour-là a été à peine défaite. D'aucuns croient que Dudley l'a tuée pour être libre d'épouser la reine. D'autres prétendent qu'on l'a supprimée de façon que le scandale de sa mort empêche le mariage.

Marie pencha la tête sur le côté.

— Qu'entendez-vous par là, monsieur ?

— Si Élisabeth avait épousé Dudley après la mort mystérieuse de sa femme, on les aurait tous les deux accusés d'assassinat. Dieu sait ce qui se serait passé.

Marie se leva d'un mouvement vif et entrelaça ses doigts. Elle passa derrière Segalla, comme pour dissimuler ses émotions et maîtriser l'expression de son visage.

— Je vous ai parlé en toute franchise, déclara Segalla.

— Et qui est mon Dudley ?

— On parle de James Hepburn, comte de Bothwell.

Il entendit la reine se retourner et approcher de lui. Elle lui caressa les cheveux, passa le doigt sur sa joue et lui tendit la main pour l'aider à se relever. Segalla fut surpris de la voir réprimer un éclat de rire.

— Le comte de Bothwell est un rustre séduisant, mais il n'est en rien mon époux, et il n'est certainement pas mon amant. À votre retour à Paris, dites à monseigneur Beaton que j'ai besoin de Bothwell. Il a beau être extravagant et passionné, il n'est pas corrompu, et il est tenu en haute estime par les troupes que nous pouvons réunir et les capitaines des quelques vaisseaux en ma possession.

On frappa à la porte ; Marie se tut et son visage se fit grave.

— Entrez.

Jacques Stuart, comte de Moray, entra dans la pièce, salua Segalla, puis se posta dos à la porte, son bonnet à la main.

— Chère sœur.

Il afficha un sourire forcé.

— Vous vous attardez ici depuis longtemps.

— Votre chère sœur est très occupée ! rétorqua Marie. Par une affaire d'État, cher frère.

Moray fit un salut.

— Madame, je viens demander la permission de quitter la cour.

Marie avança d'un pas.

— Pourquoi ? Demain, c'est dimanche de carnaval. Nous devons faire nos adieux à l'ambassadeur de Savoie. Et il y a aussi les fêtes du mariage à Holyrood. Ne vous joindrez-vous pas à nous ?

— Vous voudriez que je festoie, madame, alors que ma femme, souffrante, a dû rester à Fife ?

Marie lui saisit le poignet.

— Oh, cher frère, je suis navrée. Transmettez-lui mes bons vœux. Avez-vous besoin de quoi que ce soit ?

Moray leva la main en signe de refus.

— Madame, je reviendrai au plus vite.

Il recula d'un pas, lui adressa un salut des plus élégants et, sans un mot ni un autre regard, quitta la pièce en hâte.

— Voilà, commenta Segalla. Le comte de Moray vous laisse seule.

Marie haussa les épaules et se tourna vers lui.

— Mon cher frère a ses caprices. Il n'aime pas Henry Darnley.

— Certes, madame, et il ne vous aime guère non plus !

— Vous ne mâchez pas vos mots.

Marie alla s'appuyer contre son écritoire.

— Monsieur Segalla, souvenez-vous, Moray est un enfant illégitime, le fils de la maîtresse de mon père, Margaret Erskine : fils de roi mais jamais roi lui-même.

Elle pianota sur le bois du petit meuble.

— Assez parlé affaires, monsieur Segalla. Joignez-vous à nous à Holyrood. Souhaitez-vous y être logé ?

— Nous avons déjà trouvé des chambres en ville, madame.

Marie ne répondit rien : quelqu'un d'autre frappant à la porte, elle traversait déjà la pièce à grands pas. Segalla entendit une voix bourrue suivie des exclamations ravies de Marie.

— Jamie, vous n'allez pas nous quitter à votre tour ?

Le comte de Bothwell entra d'une allure de conquérant. Il sourit à Marie et alla serrer la main de Segalla. Alors que Moray s'était présenté vêtu d'une tenue sobre, après un seul regard à Bothwell, Segalla dut se mordre la lèvre pour réprimer un sourire. Un plaisantin avait décrit le comte comme un singe en habits violets, et il y avait du vrai dans ce mot d'esprit. Il portait un pourpoint doré en soie côtelée aux épaules bouffantes, que de petits boutons en or fermaient jusqu'à une fraise étroite qui serrait son cou maigre et musculeux. Il avait des cheveux châtains courts et hirsutes, et des yeux foncés, aux orbites profondes, sans cesse en mouvement. Son aspect simiesque était renforcé par sa grosse lèvre supérieure protubérante et son épaisse mâchoire carrée que même sa barbe fournie ne parvenait à cacher.

— Vous me dévisagez, monsieur ?

— *Monsieur le comte**...

Segalla prit grand soin d'employer le titre français.

— Vos exploits sont connus jusqu'en France.

Derrière Bothwell, Marie partit d'un rire clair et joyeux. Le comte lui lança un regard soupçonneux.

— Madame, que se passe-t-il ? Allez-vous passer la journée avec ce Français ?

Bothwell balaya la pièce d'un air furieux, ses longs bras pendant, ses jambes puissantes, couvertes de chausses moulantes, très écartées, évoquant à Segalla un capitaine sur le pont de son navire.

— Jamie, vous n'êtes satisfait que lorsque vous êtes en mouvement.

Marie donna une tape sur le large poitrail du comte.

— Je ne supporte plus tout ça, déclara Bothwell en désignant le plafond.

— Le roi sera bientôt rétabli, dit Marie, qui présenta sa main à Segalla pour qu'il la lui baise. J'étais justement sur le point de partir. Jamie, vous m'accompagnez, n'est-ce pas ?

Segalla lui baisa la main. Elle lui étreignit l'épaule avec douceur et lui lança un bref regard. Bothwell alla ouvrir la porte d'un pas pressé, et Segalla les suivit hors de la pièce.

Il était familier des usages princiers. Marie l'avait reçu et avait écouté ses mises en garde, mais là prenait fin sa visite. Puisqu'on ne l'avait pas invité à retourner auprès du roi, lorsque Archibald Bethon, le chambellan de la reine, ferma la porte à clé derrière lui, il redescendit l'escalier jusqu'à la longue salle vide.

Janette et Vartlett l'y attendaient, en grande conversation avec Paris le Français ; à côté d'eux, se tenait un jeune homme roux au visage parsemé de taches de rousseur, que Vartlett lui présenta : Alexander, ou « Sandy », Durham, portier de la maison du roi.

— La vie ici est très mouvementée, déclara Segalla. Sa Majesté est fort occupée.

— Pour sûr, dit Sandy Durham avec un accent mélodieux des basses terres. Qu'est-ce que ce sera quand le roi sera remis…

Janette ignora cette remarque salace, et Vartlett se contenta de glousser. Durham, Paris et lui avaient déjà sympathisé au point de s'appeler par leurs prénoms. Lorsque Segalla, Janette et Vartlett s'en allèrent pour récupérer leurs chevaux dans la cour, Thomas Nelson les rattrapa. Segalla lui certifia qu'ils assisteraient aux festivités prévues pour le lendemain.

Puis, après lui avoir donné un coup de poing amical sur l'épaule, Nelson disparut dans l'escalier.

Lorsqu'ils furent sur le chemin de Netherbow Gate, Janette poussa un grand cri de soulagement.

— Dieu merci, nous sommes sortis de là !

— Qu'y a-t-il ?

Segalla fit avancer son cheval à sa hauteur.

— Oh, en apparence, tout n'est que paix et amitié.

Elle se tamponna la bouche à l'aide d'un mouchoir.

— Mais sous la surface couvent de noirs desseins. Les lords ont beau discuter, ils ne se regardent pas dans les yeux. Il règne une atmosphère de…

Elle fit ralentir sa monture et se retourna vers les tourelles à pignons bas de Kirk o'Field.

— … d'oppression, de haine, de tension.

— N'oubliez pas, intervint Segalla, que le meurtre de Rizzio ne remonte qu'à un an. Maître Vartlett, qu'avez-vous pensé des domestiques ?

— Ce sont tous des serviteurs dévoués, répondit lentement Vartlett. Ce ne sont pas des valets ou des servants ordinaires, mais davantage des écuyers de confiance.

Il caressa son cheval à l'encolure.

— Bethon, Paris et Durham sont les hommes de la reine, mais Darnley est bien protégé lui aussi. Il a Nelson à son service, Symonds, un écuyer du nom de Taylor, qui pour l'instant est sorti acheter des vivres, et trois valets. J'en ai rencontré deux, Glen et MacCaig. Tous jeunes et triés sur le volet. Ils forment la garde rapprochée de Darnley.

— Mais il n'est pas vulnérable ? demanda Janette.

Vartlett haussa les épaules.

— La reine et lui le sont, même si elle est sous la protection de ses archers, de ses hallebardiers et du capitaine de la garde. Bothwell a aussi ses miliciens, et des patrouilles de dix à quinze hommes surveillent les rues de la ville. Tant qu'ils resteront à Édimbourg, la reine et son mari seront en sécurité, mais que se passera-t-il à leur départ ? Dieu sait ce qui pourrait arriver.

— Et le maître aux Corbeaux ? s'enquit Segalla. Est-il ici ?

— Je n'en sais rien. Je soupçonne Walsingham d'avoir corrompu un des grands lords. Il pourrait s'agir de Moray, mais je le dis avec prudence, car ça pourrait tout aussi bien être Bothwell.

— Pourquoi un lord ? voulut savoir Segalla.

— Si quelqu'un doit porter un coup au roi ou à la reine, ce sera un homme de pouvoir, qui possède les clés des forteresses et peut lever des troupes.

— Quoi d'autre ?

Segalla avait perçu le ton hésitant de Vartlett.

— Il y a les Douglas. Le comte de Morton a beau se morfondre à St. Andrews, la ville grouille de ses hommes de main. Ils n'ont aucune estime pour la reine, et s'ils tombaient sur Darnley au milieu d'une lande isolée, celui-ci passerait l'arme à gauche dans l'heure.

Segalla le remercia, talonna son cheval et se perdit dans ses pensées.

— Nicholas, cher mari ?

Segalla sursauta et lança un regard à Janette, qui le fixait d'un drôle d'air. Elle sourit. Ils venaient de pénétrer dans la cour de la taverne.

— Nicholas, qu'est-ce qui vous tracasse ? chuchota-t-elle en plissant les paupières. Êtes-vous tombé sous le charme de la reine ?

Segalla sourit et mit pied à terre, puis l'aida à descendre de cheval. Alors qu'il s'apprêtait à l'emmener à l'intérieur, le tavernier sortit en trombe.

— Monsieur Segalla, j'ai un message pour vous. C'est un pauvre petit mendiant qui l'a apporté.

— Eh bien, l'ami, où est-il ?

— Non, non, c'était un message oral. Le mendiant a seulement dit : « Prévenez monsieur Segalla que le corbeau qui vole haut dans le ciel voit tout. »

CHAPITRE V

Le dimanche 9 février 1567, la nuit tomba tôt sur Édimbourg. Dans la journée, la reine avait assisté au dîner d'adieu de l'ambassadeur de Savoie, où l'on avait festoyé et fait bombance. La reine et ses invités, vêtus de leurs tenues de taffetas rouge et or, de costumes de damas doré, de pourpoints cousus d'argent et de coiffures brodées de fil précieux et de soie noire, s'étaient montrés splendides. On avait soupé et dansé dans les salles illuminées par le reflet des chandelles dans les miroirs de cristal, et dont les murs étaient drapés de tentures en velours et de soieries. Après la fête, la reine avait décidé de retourner à Kirk o'Field. Elle comptait y rester pour discuter avec son mari avant de se rendre au banquet organisé pour Christiana Hogg, une de ses dames d'honneur, qui épousait Bastian Pages, lequel avait souvent créé des masques subtils et des jeux de cour intelligents pour distraire la reine. Plus important encore, Christiana et lui avaient aidé Marie à s'enfuir d'Holyrood après le meurtre de Rizzio. À présent, la reine avait l'intention de les récompenser dans ce même palais en leur offrant un festin, des danses et des présents.

À neuf heures ce dimanche soir, la réception donnée en l'honneur de l'ambassadeur de Savoie était terminée. La reine se lavait les mains dans de l'eau de rose parfumée, Paris le Français se tenant derrière elle pour pourvoir à tous ses besoins. Puis Marie donna l'ordre de retourner à l'ancienne prévôté de Kirk o'Field. Elle et sa suite, précédées par des serviteurs portant des torches flamboyantes, traversèrent à vive allure les rues d'Édimbourg. Des musiciens leur emboîtaient le pas et jouaient doucement pour signaler le passage de la reine. Les courtisans grognaient à la vue de la neige qui était tombée un peu plus tôt, même si le ciel était à présent de nouveau dégagé et qu'une lune nouvelle se faufilait entre les nuages. À la lueur orangée des flambeaux, la neige se transformait en gadoue roussâtre sous le piétinement.

On avait spécialement décoré la salle de réception silencieuse de tapisseries en velours noir. Seule la reine et les grands lords, Bothwell, Huntly, Argyll et les autres, entrèrent dans la chambre du roi par l'antichambre où se dressait la chaise percée de Darnley, isolée sous un dais majestueux de soie jaune à franges rouges et vertes. Les nobles invités se massèrent à l'intérieur : Darnley, à présent vêtu pour la nuit, reposait contre les traversins et, comme l'enfant gâté qu'il était, reçut sa femme d'un air plutôt boudeur. De temps à autre, il lançait un regard aux grands lords qui, assis sur des coussins de velours rouge, jouaient aux dés. Agacé, Darnley se mordit la lèvre. Ils avaient relevé leurs masques sur le front ; c'était nuit de carnaval, où l'on cachait son identité pour mieux pouvoir échanger des baisers furtifs et se tripoter avec empressement dans l'obscurité. Demain, il serait de nouveau roi et goûterait au vrai pouvoir. Il jeta un coup d'œil dans les recoins obscurs de la galerie qui saillait au-dessus de la vieille enceinte. Ayant perçu l'irritabilité de son mari, la reine lui servit un gobelet de vin, et il retrouva enfin une meilleure humeur. Les lords brûlaient pourtant d'être libérés de cette chambre de malade et de regagner les vastes pièces et galeries du palais d'Holyrood. Au bout d'un court moment, Marie se leva.

— Mon époux, je dois partir.

Darnley, sous son masque, se renfrogna.

— Mon époux, répéta Marie, je dois m'en aller. J'ai promis à Christiana d'être présente pour jeter le bas et lui offrir mon présent.

Darnley leva les yeux vers sa reine, magnifique dans sa robe de satin blanc brodé d'or ; son teint lumineux rayonnait sous l'effet du vin et de l'agitation de la soirée.

— Madame, vous m'aviez promis de rester, râla-t-il.

— Harry…

Marie se pencha, l'embrassa sur le front et lui murmura à l'oreille :

— Je dois y aller, mais demain je vous retrouverai et nous partirons tous les deux pour Seton.

Elle ôta l'anneau qu'elle portait au petit doigt et le lui fourra dans le creux de la main.

— Voici le gage de ma sincérité.

Elle lui sourit.

— Je reviendrai.

— Ne tardez pas, alors.

Darnley regarda à l'autre bout de la pièce, où ses écuyers se préparaient à se coucher dans la petite galerie.

— Demain à cinq heures ! cria-t-il. Que mes grands chevaux soient prêts !

Les serviteurs lui adressèrent un salut.

Marie embrassa de nouveau Darnley et, précédée par les grands lords et suivie par le capitaine de la garde, descendit l'escalier pour regagner la vaste cour rectangulaire, où les attendaient leurs montures. Dans sa chambre, Darnley s'enfonça un peu plus dans ses traversins en soie et lança un regard noir en direction de la porte :

— Taylor ! hurla-t-il.

Son écuyer, un jeune blond rasé de près, avait partagé nombre d'exploits de Darnley ainsi que son lit : après tout, il était le valet personnel du roi et ne pouvait refuser ses avances.

— Votre Excellence ?

Taylor se posta près du lit.

Derrière lui, Darnley voyait Nelson, Symonds, Glen, MacCaig et le page, eux aussi prêts à se coucher. Assis en rond, ils partageaient une dernière coupe de vin en cachant leur déception de devoir rester avec leur maître alors que les autres serviteurs allaient prendre du bon temps à Holyrood.

— Monseigneur ?

Darnley fixait toujours la porte du regard.

— Pourquoi cette porte est-elle décrochée ? demanda-t-il.

— Votre Excellence, vous vous souviendrez sans doute qu'on l'a ôtée pour couvrir votre baignoire et maintenir l'eau bien chaude…

— Assurez-vous que la maison est sûre, insista Darnley au souvenir des regards sombres de plusieurs des lords. Qui reste ici, ce soir ?

Taylor sourit, toujours prompt à chasser d'un revers de la main les craintes de son maître.

— Votre Altesse est tout à fait en sécurité, ici. Après le départ de la reine, Bethon, son chambellan, a fermé les portes à clé. Bonkle le cuisinier et les autres serviteurs sont partis à leur tour. Votre Altesse, c'est dimanche de carnaval. Quelques valets et membres de votre suite logent dans les dépendances et dans les appentis.

Darnley hocha la tête et adressa un sourire discret à Taylor.

— Et personne n'est au courant ? demanda-t-il.
— Personne, chuchota Taylor.
Satisfait, Darnley attendit que ce dernier descende vérifier que tout allait bien. Les autres vinrent à son chevet. Darnley désigna le livre de prières que Nelson tenait à la main.
— Thomas, toi qui as une jolie voix, récite-nous donc un psaume.
— Votre Altesse, m'accompagnerez-vous au luth ?
Le roi secoua la tête.
— Je ne me sens pas d'humeur, mon ami.
Il remonta un peu dans son lit.
— Laissons aux autres danses et festivités, déclara-t-il d'un ton moralisateur.
Il prit le livre des mains de Nelson, l'ouvrit et choisit le Psaume V. Menés par le serviteur, ils commencèrent à réciter.

Yahvé, guide-moi dans ta justice
à cause de ceux qui me guettent,
aplanis devant moi ton chemin.
Traite-les en coupables, ô Dieu,
qu'ils échouent dans leurs projets.

Taylor revint et, lorsque le psaume fut terminé, Darnley tapa dans ses mains.
— Un dernier verre avant le coucher, ordonna-t-il.
Nelson s'empressa d'emplir les gobelets de vin puis, les nobles à présent partis, rangea la chambre. Buvant sa coupe à petites gorgées, Darnley rappela à ses serviteurs que le lendemain ils partiraient tôt. Après cela, on éteignit presque toutes les chandelles. Taylor se glissa entre les draps à côté de son maître. Les serviteurs, après avoir plié leurs vêtements, se mirent à leur aise sur les paillasses disposées dans la galerie.

Darnley resta quelques instants à fixer le clair de lune qui filtrait par la fenêtre. Dans le cimetière qui s'étendait au-delà, une chouette nichée dans les ruines de St. Mary chassait au milieu des pierres tombales sous un ciel dégagé et glacial. Darnley tendit l'oreille. De temps à autre, il percevait les faibles sons des réjouissances et entendait même des fêtards rentrer chez eux dans les faubourgs. Darnley songea à Marie et sourit. Demain, tout serait différent. Il aurait enfin le pouvoir. En attendant, il allait dormir un peu. Ses paupières se faisaient lourdes et, après s'être mouillé le bout des doigts d'un coup de langue, il moucha la chandelle de cire d'abeille posée sur la table de chevet.

Au palais d'Holyrood, le banquet de mariage se termina, mais seulement pour laisser place à une série de masques splendides où apparaissaient légions de centaures, Sarrasins, Maures d'Espagne, gens des hautes terres et démons. Tous ces personnages prenaient d'assaut ou défendaient une forteresse construite pour la pièce. Dehors, des boules de feu transperçaient le ciel obscur, et dans les galeries, les musiciens de la reine jouaient des mélodies entraînantes ; les courtisans, vêtus de magnifiques habits, étaient rassemblés autour de la reine, assise en tant qu'invitée d'honneur entre Christiana Hogg et Bastian Pages. Cris, musique et rires emplissaient tout le palais. Lorsque le marié et sa femme se retirèrent dans une chambre décorée pour l'occasion, la reine quitta brusquement les festivités pour s'isoler une heure avec le comte de Bothwell et le capitaine John Steward de Traquair. Dans la ville, des gens du commun observaient le palais et écoutaient avec envie la clameur de la fête, ou regardaient brûler les lumières derrière les vitres. D'ordinaire, Édimbourg était une ville calme : à l'approche de minuit, les clients quittèrent tavernes et auberges pour rentrer chez eux en hâte par peur d'être arrêtés par la garde qui patrouillait dans les rues.

Dans la campagne à l'est de Kirk o'Field, un groupe de cavaliers, mené par Andrew Ker de Fawdonside, approchait à une cadence tranquille. Rebelle haï de la reine et ennemi de toujours du comte de Bothwell, Ker était un tueur-né. N'avait-il pas participé au meurtre de Rizzio, un an plus tôt ? N'avait-il pas pressé le canon de son pistolet contre le ventre de la reine enceinte ? Si on le surprenait aussi près d'Édimbourg, sa présence susciterait quelques soupçons. Pour une trahison aussi odieuse, on l'avait jugé hors la loi et banni, mais voilà qu'il revenait et prenait position dans un bosquet situé à une lieue à peine de Kirk o'Field.

Jacques Stuart, comte de Moray, qui se préparait à traverser le Firth of Forth pour regagner son domaine de Fife, songeait lui aussi à Édimbourg. Moray était un homme soucieux. Il avait remarqué la bonne entente entre Marie et Darnley, et se demandait ce qu'augurait l'avenir. Comment Walsingham pouvait-il être sûr à ce point que le vent tournerait en leur faveur ? Moray avait fait exécuter les ordres de Walsingham, mais il s'étonnait encore de leur simplicité. On avait préparé un tonneau de poudre à canon, qu'on avait pris soin de cacher à Kirk o'Field, mais que se passerait-il ensuite ? Moray eut l'air sceptique. Si le cours des choses demeurait le même et que Darnley retrouvait sa place sur le trône, que pouvaient bien réserver à Moray les temps à venir, lui, fils illégitime qui avait déjà comploté, sans succès, contre sa reine ? On avait traité ce premier échec avec clémence, mais qu'adviendrait-il s'il réitérait sa tentative et échouait encore ? Moray s'enveloppa de sa cape et regarda fixement au-delà des eaux noires et glaciales. En silence, il jura que si les jours à venir n'apportaient aucun changement, il resterait chez lui pour le restant de sa vie ou franchirait la frontière et irait mettre son épée au service de la reine Élisabeth.

À Londres, Walsingham se trouvait dans ses appartements privés, une couverture de laine jetée sur les épaules. Assis devant le feu, il buvait avec lenteur une coupe de lait chaud à l'eau-de-vie et regardait les grains s'écouler dans le sablier posé sur la table devant lui. Dehors, tout était calme, même si de temps à autre il entendait le crissement d'une botte sur le gravier, signe que sa garde rapprochée accomplissait sa ronde et le protégeait d'un éventuel agent étranger. Walsingham contempla le sable qui s'écoulait. Quand il entendit les cloches d'une église sonner minuit, il retourna le sablier. Walsingham s'interrogeait sur ce qui se passait à Édimbourg. Marie devait assister à ces fameuses festivités. Darnley, renfrogné, boudeur, devait comploter à Kirk o'Field. Walsingham ressentit un soupçon de nervosité. Il avait placé toutes les pièces de l'échiquier avec précaution. Si tout se déroulait comme prévu, Élisabeth d'Angleterre serait en sécurité et Marie d'Écosse prise au piège comme un lièvre dans les foins. Walsingham ferma les yeux et pria le Seigneur de bénir sa cause et de lui apporter le succès dans ses manœuvres. Il rouvrit les paupières ; le sable s'était complètement écoulé. La lèvre supérieure de Walsingham dessina un sourire. Il éteignit le feu avec soin, souffla les chandelles et alla se coucher. C'était un homme heureux. En Écosse, le maître aux Corbeaux avait déployé ses grandes ailes noires porteuses de mort. Les dés étaient jetés, le mal était fait.

Alarmé par le message impudent du maître aux Corbeaux, Segalla se sentit assez nerveux tout le dimanche. Il se félicitait de ne pas s'être rendu à Holyrood pour participer aux festivités. Au lieu de cela, il avait soupé seul dans la salle de la taverne : Janette et Vartlett avaient disparu, semblait-il, pour accomplir une tâche mystérieuse. Segalla regagna sa chambre, où il célébra une courte messe et récita l'office. À la lueur d'une chandelle vacillante, il lut un psaume avec soin, suivi par le Benedictus de Zacharie. Ensuite, il alla dans la galerie demander à un serviteur si sa « femme » et son valet étaient rentrés. L'homme afficha un sourire penaud et fit non de la tête. Embarrassé, Segalla regagna sa chambre en jurant en silence. Il sombra vite dans un sommeil agité.

La déflagration, semblable à une décharge de vingt canons, lui fit quitter son lit d'un pas chancelant. Il s'y connaissait assez en armes à feu pour reconnaître le bruit de la poudre, aussi s'habilla-t-il en hâte en se demandant si des armées hostiles attaquaient la ville ou assiégeaient le palais d'Holyrood. Dans les galeries au-dehors et en bas dans la cour, il entendait des serviteurs et d'autres clients courir en poussant des cris. Il saisit sa cape et ouvrit violemment la porte. Janette, les paupières lourdes de sommeil, vêtue d'une pelisse en fourrure, la figure livide et stupéfaite, arriva d'un pas pressé.

— Que se passe-t-il ?

Segalla jeta un coup d'œil au suçon sur son cou et se demanda ce que sa « femme » avait fait de sa soirée. Vartlett, tout aussi dépenaillé, les rejoignit : un seul regard à ses cheveux ébouriffés et à ses yeux fatigués donna une réponse à Segalla.

— Vous deux, les tourtereaux, lâcha-t-il sèchement, allez vous vêtir.

Il prêta l'oreille pour entendre malgré le tohu-bohu.

— Que se passe-t-il ? répéta Janette.

— J'ai tout d'abord cru qu'il s'agissait d'une canonnade, mais il n'y a pas eu d'autre détonation, alors ce doit être une explosion. Habillez-vous vite et rejoignez-moi. Je vais tâcher d'apprendre où cela s'est produit.

Segalla dévala l'escalier. Dans la grande salle, il fit une pause pour respirer à fond et calmer son cœur qui battait à se rompre. Le sentiment de péril qui le hantait depuis leur arrivée à Édimbourg prenait désormais une forme plus concrète. Il saisit par le bras un serviteur qui revenait précipitamment de la cour.

— Que se passe-t-il, l'ami ?

— Que le Seigneur nous protège ! C'est la vieille demeure du roi à Kirk o'Field.

Segalla sortit et exigea qu'on lui apporte sa monture. Il tomba sur un palefrenier à moitié endormi.

— Mon cheval ! hurla-t-il.

L'homme posa sur lui un regard trouble.

— Un cheval, n'importe lequel ! rugit Segalla en lui glissant une pièce dans la main.

Le garçon d'écurie partit d'un pas vif. Segalla le suivit. On lui harnacha un hongre à la crinière hirsute. Segalla bondit presque sur la selle et franchit au galop les portes de la cour de la taverne, si vite que certains durent se jeter de côté pour se mettre à l'abri. Dehors, les ruelles étaient plongées dans l'obscurité et les pavés rendus glissants par la glace et une fine couche de neige. Le vent glacial lui fouettait le visage et les cheveux, mordait son cou nu couvert de sueur. Tenant les rênes d'une main, Segalla resserra sa cape, se maudissant pour son imprudence tout en criant à ceux qui sortaient de chez eux de s'écarter. Il atteignit Netherbow Gate et continua au triple galop sur les chemins de campagne qui menaient droit à Kirk o'Field. De temps à autre, Segalla dépassait un individu qui se hâtait dans la même direction. Il tourna à un croisement et entraperçut les contours de la vieille enceinte de la ville et de l'église St. Mary. On courait en tous sens, les flambeaux dessinaient de faibles points de lumière dans la nuit.

Segalla vit aussi un gros nuage blanc. Au clair de lune, on aurait dit de la neige ou de la fumée – soudain Segalla ralentit.

— C'est de la poussière ! s'exclama-t-il. Seigneur, que s'est-il passé ?

Le nuage s'éleva et s'étendit. Un homme saisit la monture de Segalla par la bride.

— Ce sont les appartements du roi ! cria-t-il. Il ne reste rien qu'un tas de ruines : plus une pierre ne tient sur l'autre !

Segalla hocha la tête, descendit de cheval, l'attacha et continua à pied. Quelqu'un longeait l'enceinte et coinçait des torches dans ses fissures : de l'endroit où auparavant se dressait la demeure résonnaient des cris. Segalla franchit une poterne qui menait directement du chemin aux Voleurs à l'ancienne prévôté. Il demeura un instant sur le seuil, bouche bée, presque insensible à la poussière qui lui irritait les yeux et le fond de la gorge. L'homme qui l'avait interpellé n'avait pas exagéré, comme Segalla l'avait cru d'abord : au contraire, sa description était en deçà de la réalité. Des appartements du roi, il ne restait plus rien, juste un tas de débris recouvert de la poussière du plâtre qui habillait les murs depuis des siècles. Alors que parvenait à ses narines l'odeur âcre de la poudre, Segalla parcourut les alentours du regard : la demeure avait été rasée. À la lumière des flambeaux, il voyait comment l'édifice, y compris d'épais blocs de pierre provenant des fondations, avait été disséminé comme de vulgaires grains de blé.

— Vous comptez rester planté là toute la nuit ? lui cria une voix. Pour l'amour du Ciel ! Nous avons besoin d'aide, le roi en personne est peut-être enseveli sous les décombres !

Segalla toussa, se racla la gorge et tira sa cape sur le bas de son visage : il gravit avec prudence le tas de gravats. L'homme qui venait de l'interpeller l'attendait à présent à l'angle de l'ancienne prévôté, là où se dressait naguère la galerie.

— Il y a du monde, ici.

Il agita sa torche en direction de Segalla.

— Suivez-moi, l'ami !

Glissant et dérapant, Segalla traversa les ruines en hâte et aida le bailli à soulever une lourde poutre. Dessous, dans un trou, les serviteurs de Darnley, Nelson et Symonds, les cheveux et la figure couverts de poussière, levaient des yeux implorants vers lui. Le bailli, avec le concours de Segalla, les extirpa tous deux. Nelson et Symonds s'éloignèrent tout de suite d'une démarche de somnambules. Le bailli saisit Segalla par le bras et lui indiqua une main qui dépassait de dessous une grosse pierre.

— Ils ont eu de la chance ! Les autres pauvres bougres sont sans doute morts !

Segalla hocha la tête mais se hâta de rejoindre Nelson et Symonds. Tous deux, les bras croisés contre la poitrine, s'étaient recroquevillés contre l'enceinte. Symonds murmurait à part soi ; Nelson se contentait de fixer les décombres du regard en remuant les lèvres en silence. Ils ne portaient qu'une chemise et une culotte en lin. Couverts de poussière, ils ressemblaient à des spectres, mis à part leurs yeux écarquillés de frayeur et le sang qui coulait de leurs égratignures aux mains, aux pieds et aux genoux. La lèvre inférieure de Nelson était fendue, il avait un hématome sous l'œil droit et de petites coupures sur le front et les joues.

Segalla le saisit par les bras.

— Nelson, que s'est-il passé ?

— Je n'en sais rien. Je dormais. Il y a eu un terrible vacarme, comme si les cieux nous tombaient sur la tête.

Il jeta un coup d'œil à Segalla.

— J'ai d'abord cru à un cauchemar, et puis je me suis réveillé : toute la demeure s'effondrait autour de moi. Symonds hurlait.

Il baissa les yeux sur son compère.

— Ensuite, ç'a été le noir complet et la poussière menaçait de nous étouffer.

Il regarda en direction des ruines.

— Mon maître, gémit-il. Le roi !

Si Segalla ne l'en avait empêché, Nelson aurait couru vers les décombres.

— Je dois y aller, l'implora Nelson. Sa Majesté le roi…

— Ô, Seigneur, ce que j'ai froid !

Symonds se mit à trembler, autant à cause de la peur et du choc que de l'air glacial.

— Suivez-moi ! ordonna Segalla. Tous les deux. D'autres arriveront bientôt. Le roi s'en sortira.

Segalla releva Symonds, poussa les deux serviteurs vers la poterne et les emmena dans le chemin aux Voleurs. À présent, le sentier grouillait d'individus qui allaient d'un pas pressé. On jeta des capes sur les épaules de Nelson et de Symonds, on leur tendit une outre à vin, on ramassa du petit bois pour allumer un feu. D'autres vinrent se joindre aux recherches. Segalla retourna avec eux et regarda extraire des gravats les cadavres de Glen, de MacCaig et du jeune page de Taylor. À la lueur des flambeaux, leurs corps meurtris étaient terribles à voir : tête, bras et jambes broyés, yeux fixes et bouche couverte de sang séché. On les enveloppa en vitesse dans des draps, puis on les emmena sur des civières de fortune jusqu'à une bâtisse adjacente. Les secours se poursuivirent, et d'autres vinrent aider à chercher la dépouille du roi. Vartlett arriva et expliqua à Segalla qu'il avait conseillé à Janette de rester à l'auberge.

Le serviteur évalua les dégâts et siffla.

— Monsieur Segalla, dit-il hâtivement en français. Ceci n'a rien d'un accident.

— Vous avez des connaissances en matière d'explosifs ?

— Quelques-unes. J'ai servi comme sapeur dans les armées du duc de Lorraine, contre le Saint Empire romain germanique. Pour détruire une bâtisse telle que celle-ci…

Vartlett désigna la cour à présent éclairée par des flambeaux.

— Regardez, là-bas, ces énormes briques. Elles proviennent des fondations mêmes. On a dû utiliser un gros tonneau de poudre.

— Une mine ? s'enquit Segalla, en entraînant Vartlett dans l'ombre de la vieille enceinte.

— Pas forcément, répondit Vartlett d'une voix forte pour se faire entendre malgré les cris et les bruits des gravats et des pierres qu'on déblayait. Une grande quantité de poudre dans un espace confiné peut provoquer des dégâts colossaux. Qui peut s'en procurer autant ?

— Le comte de Moray ?

Vartlett émit un son grossier avec les lèvres, et proposa :

— Et ce bon vieux Bothwell ?

Segalla sentit un frisson lui parcourir l'échine. Jusqu'à présent, on s'était concentré sur les recherches pour retrouver le roi, mais on ne tarderait pas à s'interroger, et on commencerait à se perdre en conjectures.

— Je vais parler sans détour, monsieur, chuchota Vartlett. Sa Majesté la reine a accès aux réserves de poudre. Bothwell est un soldat chevronné – la ville regorge de ses miliciens – et tout le monde sait que la reine a laissé le roi à Kirk o'Field afin de participer aux festivités à Holyrood.

Segalla leva la tête vers le ciel.

— La reine, dit-il, ne s'abaisserait jamais à un tel acte.

— Peut-être que non. En tout cas, maître, le roi a disparu.

— Mais est-il mort ? demanda Segalla en montrant du doigt ceux qui déambulaient avec difficulté dans les décombres. Pour l'instant, on n'a retrouvé aucune trace de lui. Ils ont cherché à l'endroit où était son lit : ils en ont découvert les restes, mais aucun signe de Darnley ni de Taylor.

Ils furent forcés d'interrompre leur conversation lorsque Bothwell et le capitaine de la garde arrivèrent, protégés du froid par leur manteau à capuche. Des hallebardiers du château et d'autres serviteurs robustes les accompagnaient. Bothwell ordonna sur-le-champ qu'on déblaye les ruines, et demanda aux baillis de renvoyer la foule. Il montra Nelson du doigt, qui depuis le mur d'enceinte pressait les autres de creuser pour retrouver le roi.

— Descends, l'ami, lui ordonna Bothwell d'un ton acerbe. Si le roi n'est pas ici…

Il lança un bref regard à Segalla, toujours dans l'ombre.

— … Dieu seul sait où il est !

Après une grande agitation, la multitude commença à se disperser. Les soldats, sous le commandement de Traquair et les indications précises de Nelson, se mirent à creuser à l'endroit où se trouvait le dernier étage de l'ancienne prévôté. Vartlett s'éclipsa dans la pénombre lorsque Bothwell, le visage enfoui dans sa capuche, s'approcha de Segalla.

— La reine est-elle au courant ? questionna ce dernier.

— Non. Pour l'instant, je n'ai parlé que d'un accident. J'ai évoqué la possibilité que la foudre se soit abattue sur un bâtiment.

Il lança un regard noir à Segalla, qui était parti d'un rire sec.

— Je vous amuse, monsieur ?

— Non, pas le moins du monde, mais de telles balivernes n'aideront la reine en rien.

D'un geste circulaire, Segalla désigna les décombres.

— Seul un enfant ou un imbécile refuserait de reconnaître qu'on a délibérément fait exploser Kirk o'Field. Dans quel but, et qui, Dieu seul le sait !

— Maître !

Vartlett, livide, le souffle court, arriva en courant par la petite poterne. Les lèvres en mouvement, il pointa le doigt en direction du grand verger et des prés qui s'étendaient au-delà du chemin aux Voleurs.

— Maître…

Il s'appuya contre le mur.

— Je suis allé faire un tour pour m'éloigner de la foule et de la poussière, dit-il d'une voix rauque. Darnley et son écuyer. Ils sont dans le verger.

Il secoua la tête.

— On les croirait endormis.

Bothwell s'empara d'un flambeau coincé dans une niche du mur, puis Segalla et lui suivirent Vartlett sur le chemin pavé. Ils pénétrèrent dans le verger et traversèrent l'étendue d'herbe couverte d'une fine couche de neige. Ils se frayèrent un chemin à travers les arbres en glissant et trébuchant jusqu'à une petite clairière, à une quarantaine de pas. Bouche bée, Segalla observa le sinistre spectacle : Darnley, vêtu d'une pelisse fourrée, gisait sur le dos. Sa chemise de nuit, remontée au-dessus du bas-ventre, laissait apparaître son corps nu. Quelques mètres plus loin, Taylor était étendu face contre terre, les mains sous le menton, la chemise remontée sur les reins. Entre eux se trouvaient une cape en fourrure, une chaise, une paire de pantoufles, une dague et ce qui ressemblait, dans la pénombre, à un tas de cordage.

— Miséricorde ! murmura Segalla.

Il s'agenouilla à côté du roi et tira la chemise de nuit vers le bas pour lui rendre sa décence. Vartlett fit de même avec Taylor. Segalla resta à fixer la scène du regard : livide, les yeux fermés, le roi avait la bouche entrouverte comme s'il dormait.

— On dirait qu'on les a portés de leur lit jusqu'ici, chuchota Vartlett. Il n'y a pas une seule trace sur les corps.

Segalla s'empara du flambeau que tenait le serviteur et, l'approchant du cadavre, examina avec soin le visage, le cou et le torse du roi.

— Pas la moindre marque. Ni égratignure ni ecchymose.

Il leva les yeux vers Bothwell, qui se contenta de lui rendre un regard étrange.

— Il est possible, déclara le comte, que l'explosion les ait soufflés jusqu'ici.

— Absurde ! rétorqua Segalla. Il n'y a aucune brûlure, aucune rougeur, aucune trace de poudre sur sa dépouille.

Il s'approcha de Taylor, qui offrait les mêmes caractéristiques que le roi : visage d'un blanc cireux, lèvres entrouvertes, yeux fermés. Son cadavre ne portait aucune marque non plus. Segalla lui palpa le cou, puis celui du roi.

— Quelle heure est-il ?

Le visage gris à la lueur de la torche, Vartlett haussa les épaules.

— Entre quatre et cinq heures du matin.

— Les corps sont froids, annonça Segalla. Complètement.

Il se releva.

— Ils doivent être morts depuis des heures. Mais pourquoi ici, hein ? Si l'explosion était destinée à tuer le roi, ce qui ne fait aucun doute, pourquoi ne pas laisser les corps dans la bâtisse ? Pourquoi les amener ici ?

Vartlett désigna la chaise et les autres objets dispersés entre les cadavres.

— Ils se sont enfuis, dit-il. Ils ont dû se servir de la chaise et de la corde pour descendre par la fenêtre. Ensuite ils ont fui dans la nuit, mais sont tombés nez à nez avec leurs assassins qui, d'une façon ou d'une autre, les ont étranglés ou étouffés.

Segalla regarda Bothwell.

— Monsieur le comte, voici une nuit fort sanglante. Ceux qui ne sauront justifier leurs mouvements seront tenus pour coupables.

Bothwell se contenta de lui rendre son regard puis, serrant sa cape, tourna les talons et s'éloigna à grands pas dans les ténèbres.

CHAPITRE VI

Segalla s'efforça d'éviter de regarder les deux morts. Sur l'herbe couverte de givre, les cadavres avaient une apparence effrayante, et la lumière vacillante des flambeaux leur conférait une fausse impression de vie. Il se détourna et examina avec soin la dague, les pantoufles et la fourrure disposées à côté des corps. La corde n'eut droit qu'à un bref coup d'œil de Segalla, qui cherchait des indices sur les raisons qui avaient poussé les meurtriers à assassiner ces deux hommes en silence et à les déposer dans ce verger enténébré.

Bothwell revint avec une compagnie de soldats munis de civières de fortune. Faisant taire leurs exclamations d'horreur, le comte ordonna qu'on emmène les morts dans la haute chambre de la nouvelle prévôté. Les soldats obéirent – deux d'entre eux fournirent des capes en piteux état pour recouvrir les cadavres.

— Devons-nous rentrer aussi, monsieur ? demanda Vartlett.

Segalla regarda le cortège d'hommes vêtus de noir disparaître parmi les arbres : il entendit de nouveaux cris d'horreur cependant que la foule massée autour de la bâtisse en ruine découvrait les cadavres à son tour.

— Dites-moi, Vartlett, fit Segalla. Vous qui avez vu la chambre où dormait Darnley... Si vous vous réveilliez en pleine nuit, persuadé que des assaillants encerclent votre demeure, bien décidés à vous anéantir, comment réagiriez-vous ? Souvenez-vous, ajouta-t-il, que vous possédez les clés de la chambre, et que seule la reine, partie pour Holyrood, détient le deuxième trousseau. Souvenez-vous aussi que vous disposez de quatre serviteurs robustes dans votre chambre, et de quelques autres dispersés dans les différentes dépendances qui bordent la cour.

Segalla montra du doigt le portique par lequel le cortège venait de passer.

— Taylor portait une dague, et on disposait sans doute d'autres armes dans la demeure. Alors, Vartlett, comment réagiriez-vous dans ce contexte ?

D'un doigt, ce dernier se frotta les lèvres.

— Si je descends et ouvre les portes, je risque de tomber sur mes ennemis. Qui plus est, le bruit de leur approche aurait dû réveiller toute la maisonnée, mais pourtant Nelson et les autres n'ont pas ouvert l'œil.

Segalla hocha la tête.

— Bon, reprit Vartlett en se grattant le crâne. Nous savons que Darnley n'a pas choisi cette issue. D'où la chaise et le cordage. Il a dû descendre la chaise, nouer l'autre extrémité de la corde à un crochet ou à un quelconque point d'attache, puis se glisser par la fenêtre.

Il se tut un instant et désigna d'un geste le petit bosquet d'arbres.

— Darnley devait se méfier : une fois sur le chemin aux Voleurs, ils se sont enfuis, mais les assassins les ont pourchassés et rattrapés.

— Et ensuite ?

Le serviteur fit la grimace.

— Ils ont dû se battre, lutter, résister.

Malgré l'obscurité, Segalla vit l'évidence s'abattre sur Vartlett.

— Pourtant, on n'a retrouvé aucun signe de violence et de combat. Pas la moindre marque sur les corps !

— Exact ! Et s'ils fuyaient, pourquoi emporter la chaise et la corde ? À n'en pas douter, ils les auraient abandonnées, n'est-ce pas ?

Vartlett, ahuri, secoua la tête.

— Darnley a dû s'échapper par la fenêtre qui surplombait le chemin aux Voleurs, même si nous ne pouvons l'affirmer, ajouta Segalla d'un ton sec, car toute la bâtisse a été réduite en poussière. Quoi qu'il en soit, si ç'a bien été le cas, il a fallu que le roi et Taylor enjambent Glen, MacCaig, Nelson et Symonds. En outre, ils les auraient sans doute réveillés pour les avertir du danger, mais il n'en a rien été.

Vartlett se mordilla le coin de la lèvre puis s'esclaffa.

— Ils sont peut-être sortis par l'autre fenêtre, celle qui donne sur le jardin, qui s'étend jusqu'aux ruines du monastère des Blackfriars.

— Dans ce cas, mes questions tiennent toujours. Pourquoi avoir emporté chaise et corde, et pourquoi ne pas avoir réveillé Nelson et les autres ?

Vartlett écarta les mains en signe d'impuissance.

— Monsieur, je ne connais pas la réponse.

— Moi non plus, avoua Segalla en fixant à travers les branches squelettiques d'un arbre le ciel obscur à présent tacheté des premières lueurs du jour.

Soudain fatigué, il se frotta les yeux.

— Croyez-moi, Vartlett, le meurtre de Darnley a été prémédité, organisé et exécuté par un esprit des plus habiles.

Segalla sursauta lorsqu'un oiseau, ses grandes ailes noires déployées, traversa le verger comme un éclair.

— À Londres, dit-il, Walsingham doit rire à gorge déployée, préparer primes et récompenses pour son maître aux Corbeaux. Quant à nous, nous devons écrire à l'archevêque Beaton et lui rendre compte de notre échec.

— Nous n'avons pas échoué, monsieur.

Vartlett s'approcha d'un pas. Segalla sentit son haleine chargée de mauvais vin.

— Darnley est peut-être mort, mais la reine et son fils sont sains et saufs. Nous avons transmis la lettre de Beaton ainsi que ses mises en garde. Ce complot, ces assassinats ont été préparés des semaines à l'avance. Nous n'y pouvions rien.

Vartlett resserra le ceinturon où pendait son épée.

— La cour d'Écosse, déclara-t-il d'une voix râpeuse, est cernée par la puanteur de la mort. Les racines du crime de cette nuit s'enfoncent loin dans le temps. Marie n'aurait jamais dû quitter la France. Elle n'aurait jamais dû épouser Darnley, et encore moins lui accorder son pardon.

Segalla dévisagea Vartlett, mal rasé et couvert de poussière.

— Ai-je l'air aussi peu présentable que vous ?

Vartlett se fendit d'un sourire carnassier et se détourna. À cet instant, Segalla perçut le léger parfum de Janette Lindsay.

— Êtes-vous amants ? lui demanda-t-il brusquement.

Vartlett partit d'un petit rire.

— Nous sommes bien plus que cela, monsieur. L'archevêque Beaton ne vous a pas mis au courant ? Aux yeux du monde, Janette Lindsay et vous êtes mari et femme. Aux yeux du Seigneur, en revanche, son mari, c'est moi.

La surprise qui se peignit sur le visage de Segalla le fit sourire de toutes ses dents.

— Cela fait au moins douze mois. Nous nous sommes mariés le jour de la Saint-Blaise, dans une petite chapelle de l'abbaye de Fontevrault.

— Et vous ne vous êtes pas opposé à ce subterfuge ? s'enquit Segalla.

La main de Vartlett se posa sur le pommeau de sa dague.

— Vous êtes quelqu'un de très mystérieux, Segalla. L'archevêque Beaton s'interroge ouvertement sur vos origines. Quoi qu'il en soit, vous m'avez l'air d'un homme honorable, un prêtre, jésuite qui plus est. Je ne pense pas que vous chercherez à abuser de ma femme.

Il tapota le manche de son arme.

— De temps à autre, chuchota-t-il, il m'arrive de tuer non parce qu'on m'en a donné l'ordre, mais pour Janette.

Il fixa Segalla de ses yeux noirs.

— Quiconque lui fait du mal !

Vartlett tourna de nouveau le regard vers le verger.

— Bon, et maintenant ? Darnley est mort. Walsingham doit être aux anges, et le maître aux Corbeaux mène le jeu.

— Nous allons attendre. Comme je l'ai déjà fait auparavant. Ils nous ont conduits sur la piste de danse, Vartlett. Ils ont eu beau siffler leur mélodie, nous restons maîtres de nos pas.

— Où allons-nous, alors ? Nous rentrons à la taverne ?

— Non. Je vais examiner une dernière fois le cadavre de Darnley avant que les chirurgiens n'entament leur travail sanglant.

Il resserra sa cape et partit vers les grilles du verger, mais il marqua une pause et saisit Vartlett par le poignet.

— Ce n'est pas nouveau pour vous, n'est-ce pas ?

Perplexe, le serviteur lui lança un regard en biais.

— Des services, des missions, expliqua Segalla. Pour l'archevêque.

Vartlett sourit et haussa les épaules.

— Bien sûr, en France, aux Pays-Bas, et à une occasion outre-Rhin.

— N'ayez crainte, déclara Segalla. Janette est en toute sécurité avec moi, quoi qu'il arrive dans les prochains jours. Je me demande seulement…

— Monsieur ?

— Pourquoi Beaton m'a-t-il envoyé avec vous, cette fois-ci ?

Vartlett détourna brièvement le regard.

— Vous êtes français, marmonna-t-il. Prêtre catholique. Il y a des chances que la reine se confie à quelqu'un comme vous. Pourquoi cette question ?

Segalla haussa les épaules et repartit.

Ils atteignirent le chemin aux Voleurs, où la foule finissait de se disperser. Segalla s'aperçut que les conjectures allaient bon train : on prononçait çà et là les mots « régicide », « meurtre » et « mystérieux assassin ». Segalla les ignora et, suivi de Vartlett, pénétra d'un pas hâtif dans la nouvelle prévôté.

Au sommet de l'escalier, sur la gauche, se trouvait une pièce aux murs blanchis à la chaux, dépourvue de tout meuble à l'exception de deux grandes tables à tréteaux, où reposaient Darnley et Taylor. Les curieux se massaient déjà dans la salle, pressés de voir la dépouille du monarque. Bothwell, jusqu'alors occupé ailleurs dans la maison, arriva à l'étage et prit Segalla à part.

— Quelle nuit sanglante, monsieur ! chuchota-t-il. J'ai examiné le corps du roi.

Segalla perçut une authentique surprise dans le regard de Bothwell.

— Sa chair est aussi tendre et intacte que celle d'un nouveau-né, déclara le comte. Il en est de même pour Taylor.

Segalla montra les curieux du doigt.

— Voilà qui déplairait à la reine, monsieur le comte. Quant à moi, au nom de mes maîtres à Paris, je dois étudier à mon tour la dépouille.

Bothwell acquiesça : quelques minutes plus tard, il avait fait évacuer la pièce et posté devant la porte deux de ses hommes lourdement armés, dont le visage tanné comme du cuir et mal rasé n'affichait aucune surprise ni aucun désarroi à l'idée de garder le cadavre d'un roi assassiné. Lorsque Bothwell eut fermé la porte, Segalla souleva la cape sale et se pencha sur le corps.

— Alors, voyez-vous ce que je veux dire ? demanda-t-il avec un fort accent écossais.

Segalla frémit en sentant l'haleine fétide de Bothwell, chargée de l'odeur de la vinasse.

— C'est en effet un grand mystère.

Il examina chaque cadavre : blancs et d'aspect cireux, ils ne portaient aucune ecchymose sur le visage, le torse, les jambes ou la gorge. Il renifla la bouche des deux morts mais ne sentit rien d'autre que l'odeur piquante et riche du vin. Puis il inspecta leurs ongles, mais ne repéra aucune abrasion ni coupure, ni même le moindre signe de lutte. La plante de leurs pieds nus n'était couverte que d'une fine couche de poussière et d'herbe. Segalla termina son examen et recouvrit les corps.

— On les croirait endormis ! commenta Bothwell, presque à part soi.

Segalla le saisit par le bras.

— Monsieur le comte, vous qui êtes soldat de carrière, avez-vous déjà vu pareille chose ?

Bothwell haussa les épaules mais évita de croiser le regard de Segalla, comme si les chandelles et les flambeaux qui illuminaient la pièce le gênaient.

— C'est faisable.

— Qu'entendez-vous par là ?

— Si on les a étouffés ou étranglés à l'aide d'un morceau de soie, ou si on leur a enfoncé un bout de tissu imbibé d'eau dans la gorge.

— Ils se seraient débattus, non ?

— Pas si on les a maintenus. Qu'allons-nous dire à la reine, monsieur ?

Cette fois, Bothwell planta son regard dans celui de Segalla, qui perçut la panique dans les yeux du gentilhomme.

— Annoncez-lui la vérité. Son mari est mort, assassiné par un ou plusieurs inconnus pendant qu'on réduisait Kirk o'Field en poussière.

Segalla s'interrompit un instant, le temps de conduire Bothwell à l'autre bout de la salle, là où les gardes ne pouvaient l'entendre. Il se souvint de l'avertissement du maître aux Corbeaux, aussi décida-t-il d'agir avec prudence. Il avait beau ne posséder ni preuve ni pièce à conviction, il sentait la gêne de Bothwell, et se demandait ce que ce seigneur frontalier avait à cacher.

— La reine, murmura Segalla, doit se poser quelques questions. Tout d'abord, l'explosion était-elle destinée à la tuer aussi ? Ensuite, comment a-t-on assassiné son mari avec tant d'adresse, à quelque quarante pas de la maison ? Troisièmement, qui a le pouvoir d'obtenir une telle quantité de poudre, de l'entreposer sans mal, puis d'accéder à Kirk o'Field pour allumer la mèche ? Quatrièmement, à qui va profiter ce crime ?

Il vit Bothwell tressaillir.

— Enfin, dites à Sa Majesté d'agir avec prudence. Elle sait où me trouver. Mes conseils et mon épée sont à son service.

Segalla quitta la chambre et redescendit. Vartlett l'attendait sur le chemin aux Voleurs. Deux silhouettes à la tête couverte d'une capuche noire se tenaient près de lui. En s'approchant, Segalla s'aperçut qu'il s'agissait de femmes, assez âgées et vêtues de capes en loques ; la surexcitation animait leur visage.

— Vous avez de nouvelles admiratrices, Vartlett ? plaisanta Segalla.

Le serviteur sourit et haussa les épaules.

— Monsieur Segalla, je vous présente maîtresse Barbara Meyton et maîtresse May Stirling. Elles habitent Blackfriars Wynd, une rue qui mène à la route ouest de Kirk o'Field.

— Celle d'Édimbourg ? s'enquit Segalla.

— Voilà. Écoutez donc, elles ont une histoire intéressante à raconter.

Une des vieilles dames, sans attendre qu'on lui ait demandé de parler, saisit Segalla par le bras et se mit à déblatérer à une telle cadence, d'un accent si haché et chantant, que Segalla sourit et secoua la tête pour l'arrêter.

— Vartlett, je ne comprends rien.

Vartlett fourra une pièce dans la main de chacune des femmes, les remercia vivement et, attrapant à son tour son maître par le bras, l'éloigna de Kirk o'Field : derrière lui, les femmes lui adressèrent un déluge de remerciements pour sa générosité.

— Avancez, monsieur, chuchota Vartlett. Ces femmes, peu avant l'explosion, ont regardé par leurs fenêtres, qui donnent sur la rue conduisant à Kirk o'Field. Elles ont vu une troupe d'hommes masqués approcher. Après l'explosion, elles ont vu ces mêmes inconnus s'enfuir en courant. Barbara Meyton a poursuivi l'un d'entre eux et s'est emparée de sa cape, qui était en soie pure.

— Et ?

— Elles ont entendu prononcer le nom de Bothwell.

Segalla s'arrêta et siffla doucement.

— Il faisait nuit noire. Comment ont-elles pu y voir ?

Vartlett se contenta de hausser les épaules et resta silencieux jusqu'à ce qu'ils aient franchi Netherbow Gate.

— Il y a autre chose, reprit-il. L'une d'elles affirme qu'un certain William Blackadder, capitaine de navire et ami de Bothwell, a été surpris par la garde qui se précipitait à Kirk o'Field. On l'a logé à la prison du Tolbooth.

Segalla tenta de réprimer un frisson d'inquiétude : si Bothwell était impliqué, qu'en était-il de la reine ?

Ils arrivèrent à la *Crucible Inn*, où Janette les attendait. Segalla ordonna au tavernier bougon de leur apporter du vin frais et quelque chose à manger, puis examina la salle qui sentait le renfermé : l'aube pointait à peine, mais l'établissement était ouvert. Certains habitants de la ville, dérangés dans leur sommeil par l'explosion, chuchotaient entre eux, assis dans les coins. Janette suivit le regard de Segalla.

— Toute la ville en parle, dit-elle. J'ai payé un petit messager pour qu'il me conduise jusqu'au Tolbooth. L'explosion à Kirk o'Field et la découverte du roi étranglé sont sur toutes les lèvres.

— Étranglé ? s'étonna Segalla. De qui tenez-vous ça ?

— Des deux plus grands ennemis de la vérité : la rumeur et les racontars.

— Qu'est-ce que ces vilains vous ont raconté d'autre ?

Janette se tut le temps qu'un serviteur ensommeillé leur apporte un plateau de fromage et de pain accompagné de vin coupé d'eau.

— Vous n'avez rien de chaud ? grommela Vartlett.

Le garçon marmonna quelques mots. Segalla comprit vaguement : les fourneaux n'étaient pas encore allumés. Qui plus est, à quoi s'attendaient-ils quand de bons chrétiens étaient jetés hors du lit par une mystérieuse explosion et un meurtre infâme ?

Janette regarda le garçon s'éloigner.

— Vous voyez, mon mari ?

— Je ne suis pas votre mari.

Segalla sourit.

— Vartlett m'a raconté la vérité.

Elle se contenta de secouer la tête en riant.

— Ce n'était pas qu'un jeu, monsieur. Si je vous l'avais dit, vous n'auriez peut-être pas joué votre rôle comme il fallait.

Elle lança un regard malicieux à Vartlett.

— Enfin, il fallait bien que vous l'appreniez un jour ou l'autre.

— Alors, la rumeur et les racontars ?

Janette mordit dans une petite boule de pain blanc.

— On répand la nouvelle dans tout Édimbourg : Kirk o'Field pulvérisée, et le roi et son valet étranglés dans un jardin.

Elle présenta le plateau à Segalla, qui prit un morceau de pain.

— Est-ce la vérité ? demanda Janette.

Segalla lui décrivit l'état de dévastation de l'ancienne prévôté, raconta qu'on avait tiré Nelson et Symonds hors des ruines, et qu'on avait retrouvé les corps sans vie de Darnley et Taylor dans un verger voisin.

— On les a étranglés ?

— Ils ne portaient pas la moindre trace de violence sur eux. Ils étaient allongés, comme endormis, portaient leur chemise de nuit, et près d'eux, il y avait un manteau fourré, une chaise, une paire de pantoufles, une dague et une corde.

Sous l'effet de la surprise, Janette ouvrit la bouche et la referma aussitôt.

— Comment sont-ils morts, alors ?

— Je n'en sais rien. Enfin, ce n'est ni le moment ni l'endroit pour en discuter. Qu'est-ce que la rumeur raconte d'autre ?

— On parle d'un groupe d'hommes traversant la ville, menés par Bothwell, qui aurait provoqué l'explosion. On a trouvé un tonneau de poudre : la rumeur va bon train que Darnley a supplié qu'on l'épargne.

Segalla prit une gorgée de vin.

— Quelle heure est-il ? demanda-t-il.

— Autour de sept heures, hasarda Vartlett.

— Dites-moi, Janette, comment avez-vous entendu toutes ces rumeurs ?

Elle grimaça.

— Comme vous, j'ai été réveillée par l'explosion. Je suis restée ici deux ou trois heures. Dès que le ciel a commencé à s'éclaircir, j'ai décidé d'aller voir ce qui se passait. J'ai dû quitter la taverne vers cinq heures. À votre retour, j'étais rentrée depuis au moins une heure.

Segalla pesta dans sa barbe.

— Qu'y a-t-il ? s'enquit Vartlett.

— L'explosion s'est produite aux environs de deux heures. On a retrouvé le corps du roi à peu près trois heures plus tard. Maîtresse Lindsay a commencé à entendre ces racontars au moment même où nous découvrions le corps de Darnley. Je veux bien que les rumeurs circulent vite…

Il poursuivit un ton plus bas :

— … mais à notre arrivée, Janette en savait autant que nous.

Segalla compta sur ses doigts pour appuyer ses explications.

— Tout d'abord, il y a une explosion à Kirk o'Field. Deuxièmement, Darnley et son valet ne sont pas tués dans cette explosion, mais on les retrouve morts dans un verger voisin. Troisièmement, dans un intervalle de temps très court, on désigne déjà Bothwell comme le vilain de l'affaire, qui aurait profité de l'obscurité pour perpétrer son crime.

Il se frotta les yeux d'un air las.

— Enfin, et c'est le plus important, ces rumeurs démontrent que le meurtre était bel et bien prémédité. Il est le résultat de stratagèmes subtils et de desseins diaboliques.

— Pour l'amour du Ciel ! s'agaça Vartlett. Cessez de tourner autour du pot !

— C'est évident, intervint Janette. Alors qu'on faisait sauter Kirk o'Field et qu'on assassinait Darnley, les commérages se répandaient dans la ville. Le crime à peine accompli, on jette déjà la pierre à Bothwell.

— Ce qui signifie, ajouta Segalla d'un ton posé, que nous avons affaire à un cercle de conspirateurs bien organisés : une partie se charge de l'explosion, d'autres s'occupent de Darnley, pendant que le reste attise les flammes de la rumeur dans la ville. D'ici midi, tous les ivrognes d'Édimbourg se targueront de connaître l'origine de l'explosion et de savoir comment on a tué cet incapable de Darnley. Pourtant, ce ne sera que le commencement.

— Le commencement de quoi ? s'enquit Vartlett.

— De son vivant, Darnley était mal-aimé de tous. Je mettrais ma main à couper qu'à la fin de la semaine on le décrira comme un héros de tragédie, un agneau pur mené à l'abattoir, alors que d'autres, peut-être innocents, seront dépeints comme ses meurtriers.

— Pourraient-ils agir aussi vite ? demanda Vartlett.

Segalla observa la salle. Ici et là, il croisa le regard d'un mendiant ou d'un colporteur dépenaillé, et il se rendit compte que leurs voix fortes et leur usage fréquent du français devaient attirer l'attention.

— Pas ici.

Ils se retirèrent dans la chambre de Segalla. Vartlett et Janette s'assirent au bord du lit. Segalla tira la table vers eux et y disposa parchemin, corne à encre et instruments d'écriture.

— Bien, dit-il en prenant place sur un tabouret. Commençons.

Janette observa Segalla écrire avec soin sur la feuille de vélin.

— Pourquoi ? demanda-t-elle d'un ton abrupt.

Segalla releva la tête.

— Pourquoi quoi ?

— Pourquoi vous impliquer ? Vous avez transmis la lettre de l'archevêque Beaton. Vous avez transmis sa mise en garde. Vous avez conseillé la reine. Redoutez-vous tant l'échec, monsieur Segalla ?

Il afficha un sourire en coin.

— Tout d'abord, parce que la partie n'est pas terminée. Deuxièmement…

Il marqua une pause et regarda fixement la lumière du jour qui filtrait à présent à travers les volets.

— Deuxièmement, il y a fort longtemps…

Sa voix se fit murmure.

— … bien plus longtemps que vous ne l'imaginez, j'ai trahi la confiance de quelqu'un.

La colère se peignit sur son visage. Janette vit sa peau se crisper : ses lèvres ne formèrent plus qu'une ligne ténue, comme si ce souvenir précis rouvrait une cicatrice au tréfonds de son être.

— Je ne trouverai jamais le repos, dit-il, à moins de garder la foi en ce que j'ai reçu.

Il soupira.

— Pour terminer, il y a Marie : Marie la reine, Marie la femme. Je sais bien que j'ai communiqué les instructions de Beaton, dit-il en esquissant un sourire timide, mais elle m'a touché.

Janette se pencha vers lui, l'air amusé.

— Vous êtes donc épris de la reine, monsieur Segalla, vous, un prêtre jésuite ?

Elle brandit un doigt en feignant la réprimande.

— Un prêtre, Janette, renonce à son droit de connaître et épouser une femme, mais pas à son attirance pour elle. Bon.

Il saisit sa plume.

— Combien de temps Darnley a-t-il passé à Kirk o'Field ?

— Une semaine, répondit Vartlett.

Il lança un regard curieux à Segalla, surpris lui aussi que cet homme dénué de passion puisse tant se soucier de découvrir la vérité ou de protéger une reine qu'il venait de rencontrer.

— Résumons.

Segalla posa le bras sur la table, la plume en l'air.

— Nous savons que des traîtres gravitent autour de Marie, pas seulement le maître aux Corbeaux, mais aussi les grands lords, comme son demi-frère, le comte de Moray. Ils ont disposé d'une pleine semaine pour entreposer de la poudre à canon dans les caves.

— En ont-ils eu la possibilité ? questionna Janette. Si la maison, comme vous l'affirmez, a été détruite jusqu'à ses fondations…

Elle resta silencieuse cependant que Segalla la dévisageait d'un air intrigué.

— Parce que, reprit-elle, cela impliquerait une énorme quantité de poudre. On ne peut pas entrer comme ça dans une demeure royale et déposer sans encombre une marchandise aussi dangereuse. Si la bâtisse a été soufflée de la sorte, la poudre se trouvait forcément au sous-sol. Pourtant, nous savons de la bouche des serviteurs que les caves servaient de cuisines.

— De plus, ajouta Vartlett, Marie a beau être entourée de traîtres, d'autres lui veulent du bien. Le capitaine de sa garde, Steward de Traquair, semble compétent. On a sans doute procédé à des fouilles, non ?

Les doigts croisés, Segalla les écoutait.

— Si je suis votre raisonnement, on aurait placé la poudre à Kirk o'Field quelques heures à peine avant l'explosion.

Tous les deux acquiescèrent d'un signe de tête.

Segalla se gratta le front.

— Laissons cette énigme de côté pour l'instant, dit-il. Concentrons-nous sur la mort de Darnley.

Il traça un plan grossier de Kirk o'Field, qu'il brandit.

— Regardez. Voici le chemin aux Voleurs, l'ancienne prévôté, la nouvelle, le verger, la cour et le mur de Flodden. Maître Vartlett, si vous étiez un assassin, par où pénétreriez-vous dans les appartements de Darnley ?

— En passant par la cour, je risquerais de réveiller les serviteurs, et l'autre côté est fermé par le vieux mur d'enceinte ainsi que la façade de brique des deux bâtisses. Le seul chemin sensé, dans ce cas, c'est d'arriver par Netherbow Gate.

— Oui, c'est juste.

Segalla retourna la feuille.

— Les meurtriers ont dû chercher à entrer par le chemin le plus discret.

— Pour ce faire, intervint Janette, d'où qu'ils viennent, il leur fallait quand même les clés de la demeure.

— Il y a un autre moyen, dit Segalla d'un air songeur. Et s'il existait un passage, par les caves, qui relierait la nouvelle prévôté à l'ancienne ?

— Qui relierait les caves, c'est ça ? demanda Vartlett.

— Peut-être. Ce serait une façon d'introduire la poudre. Les assassins auraient pu l'y entreposer, puis la déplacer seulement quelques heures avant l'explosion.

Il sourit.

— Mais cette solution soulève d'autres questions : à moins que ce passage soit secret, quelqu'un aurait pu remarquer cette activité, et même s'ils sont parvenus à entrer dans les caves, il leur fallait quand même les clés pour pénétrer plus loin dans la maison.

— C'est là le cœur du problème, déclara Vartlett. Que s'est-il passé dans la chambre de Darnley ? On ne l'y a pas tué, cela coule de source, car les assassins n'auraient pu entrer sans déranger sa suite.

— Comment Darnley est-il sorti, alors ? demanda Janette.

— Il y a deux fenêtres, expliqua Segalla, qui reprit son esquisse. L'une d'elles donne sur les ruines des Blackfriars, et l'autre sur le chemin aux Voleurs, juste en face de la porte qui mène au petit verger où l'on a retrouvé le corps de Darnley. Je pense qu'il est passé par cette dernière.

Il poussa un soupir exaspéré.

— Mais pourquoi sa fuite n'a-t-elle pas réveillé les autres ?

Tous trois restèrent silencieux un moment. Segalla fixait le parchemin des yeux. Il en prit un autre et se mit à dessiner, dans les moindres détails, un plan de Kirk o'Field et du verger. Ses compagnons l'observaient, admiratifs. Segalla ouvrit ensuite sa boîte et se servit d'aquarelles pour parfaire son croquis.

— Quel talentueux artiste ! commenta Janette.

Segalla se frotta les yeux et posa sa plume.

— Face à cette grande énigme, dit-il, c'est tout ce que je puis faire. Il semble n'exister aucune solution.

CHAPITRE VII

Segalla termina son dessin. Janette poussa une exclamation d'enthousiasme à la vue de celui-ci, qui représentait Kirk o'Field détruite et les corps à demi nus de Darnley et de son valet. Elle se pencha si près que Segalla sentit l'eau de rose qu'elle utilisait pour se laver les mains.

— Vous avez un don, monsieur.

Segalla lui sourit. Il prit un autre morceau de parchemin et se mit à croquer la scène une deuxième fois.

— Qu'allez-vous en faire ? s'enquit Vartlett, soudain jaloux de l'admiration non dissimulée de sa femme pour le jésuite.

— Je vais en garder un et envoyer l'autre à l'archevêque Beaton.

Janette emporta le premier exemplaire à la fenêtre et, à la lumière croissante, l'examina minutieusement.

— Vous vous êtes même souvenu de la chaise et de la corde ! s'exclama-t-elle avant de secouer la tête. Je ne comprends pas. Pourquoi Darnley et son serviteur se seraient-ils enfuis, vêtus de leur seule chemise de nuit, par une nuit glaciale de février ? Qui plus est, en prenant la peine de se charger de fardeaux tels qu'une chaise et une corde ?

— Ils s'en sont servis pour s'échapper, commenta Vartlett. Quand la reine a fui Holyrood après l'assassinat de David Rizzio, elle a employé la même méthode : sur une chaise descendue à l'aide d'une corde. N'oublions pas que Darnley, après sa longue maladie, était faible.

À les écouter, une idée encore vague germa dans l'esprit de Segalla. Il posa sa plume.

— Nous devons accepter, commença-t-il lentement, et tous les éléments en notre possession mènent à cette conclusion, que Darnley et son valet ont quitté Kirk o'Field de leur propre chef.

— Pourquoi partir en vêtement de nuit ? demanda Vartlett.

Segalla se mordit la lèvre.

— Nous ignorons si c'était le cas, s'empressa-t-il de préciser. Et si Darnley et Taylor avaient quitté leur chambre en secret, s'étaient habillés, puis étaient partis ailleurs ? Mais oui, bien sûr !

Il se leva d'un bond.

— Ils croisent alors leurs assassins qui, Dieu sait comment, les étouffent ou les étranglent. On leur ôte ensuite leurs habits, on leur remet leur chemise de nuit, on les emmène dans le verger et on les y abandonne, avec la chaise et la corde pour donner l'illusion qu'ils sont morts lors de leur fuite.

— Pourquoi l'explosion, dans ce cas ?

Segalla sourit.

— Un certain nombre de pistes s'offrent à présent à nous. Darnley a-t-il lui-même fait sauter la demeure avant d'être assassiné ?

Vartlett secoua la tête.

— J'en doute : n'oubliez pas, monsieur, que tout de suite après l'explosion des gens se sont précipités à Kirk o'Field.

Segalla leva la main.

— C'est juste, mais Darnley a pu fuir et tomber sur ses assassins, qui les tuent, Taylor et lui, se débarrassent des corps, puis détruisent l'ancienne prévôté.

Enthousiaste, Segalla tapa des mains.

— Voilà, c'est ça, pour cacher que le roi s'est enfui !

— Qu'en est-il de toutes ces histoires concernant lord Bothwell ?

— C'est peut-être lui qui l'a tué, répondit Segalla, qui marqua une pause. Ou quelqu'un d'autre ?

Il fit les cent pas dans la pièce.

— C'est possible ! Souvenez-vous, quand nous avons visité la chambre du roi, Darnley a demandé qu'on prépare ses grands chevaux pour le voyage jusqu'à Seton.

— Mais il devait partir avec la reine, commenta Janette.

Segalla secoua la tête et contempla son dessin.

— C'est sûr, dit-il. Darnley savait que c'était dimanche de carnaval, et que sa femme assisterait au mariage de Bastian Pages. Tous les serviteurs se trouveraient soit à Holyrood pour se gaver des restes, soit dans les tavernes de la ville. Darnley a délibérément choisi cette nuit-là pour fuir.

Janette reposa le dessin. Elle lança un bref regard interrogateur à Vartlett.

— Monsieur Segalla, je crois que vous avez raison.

Elle tapota avec élégance sa lèvre inférieure.

— Lors de notre visite à Kirk o'Field, il manquait quelque chose. Darnley avait une forte conscience de son statut. Porteur de la couronne matrimoniale, il voulait la couronne absolue. Jeune homme vaniteux et sans cervelle, il aimait les avantages du pouvoir, et pourtant à Kirk o'Field, son escorte était très limitée. Bien sûr, il disposait d'une protection : Nelson,

Symonds et les autres. Mais où étaient ses musiciens et le reste de sa suite ?

Elle poussa un soupir.

— En tout cas, la question majeure demeure. Avec qui Darnley conspirait-il pour s'enfuir ?

Segalla secoua la tête et retourna à son croquis. Ses compagnons et lui s'accordèrent pour dire que le départ de Darnley faisait partie de son plan secret pour échapper à la reine. Mais qui avait-il rencontré ? Comment l'avait-on tué ? Et qui avait fait sauter la prévôté ?

Plus tard, Vartlett descendit aux cuisines et rapporta un pichet de vin, du ragoût de rognons et de petites miches de pain de seigle grossier. En plein repas, alors qu'ils débattaient toujours des diverses possibilités, ils entendirent dans l'escalier les pas d'un homme en cotte de mailles, puis des coups à la porte. Vartlett dégaina son épée et Segalla saisit sa dague cependant que la porte s'ouvrait brusquement et que Steward de Traquair entrait à grands pas. Derrière lui, Segalla aperçut les plastrons en cuir bouilli de sa troupe d'archers.

— Vous auriez pu vous faire annoncer ! cria Vartlett.

Traquair lui lança un regard méprisant – à sa figure revêche et mal rasée, ainsi qu'à ses yeux rougis, on devinait qu'il n'avait pas dormi. Il salua Segalla puis Janette.

— Monsieur, pardonnez mon intrusion peu courtoise, mais le temps presse. Sa Majesté la reine exige que vous vous rendiez à Holyrood sur-le-champ.

À la vue de la main de Segalla toujours posée sur le manche de sa dague, Traquair afficha un sourire forcé.

— Soyez sans crainte. La reine souhaite s'entretenir en privé avec vous. Madame…

Il salua Janette une seconde fois.

— Je dois vous demander de rester ici.

Segalla s'empara de son manteau et s'adressa à Janette.

— Prenez soin de mes dessins, dit-il en souriant.

— Ne vous aventurez pas dans la ville, les avertit Traquair. La mort du roi est à présent connue de tous, et la populace est d'une humeur à la fois noire et imprévisible. La plupart du temps, nous, Écossais, n'aimons guère les étrangers !

Il tourna les talons. Segalla passa en hâte son ceinturon d'armes et le suivit dans la cour.

Traquair n'était pas disposé à supporter la moindre résistance. Clients et serviteurs déguerpissaient devant ce soldat maussade, en demi-armure, qui tenait son heaume sous un bras tandis que son autre main restait tout près de la poignée de sa grande épée. Les soldats de sa troupe étaient eux aussi en armes, et des archers vêtus aux couleurs de la reine les attendaient dans la cour de l'écurie avec des chevaux. On sella vite la monture de Segalla puis, Traquair en tête, ils pénétrèrent dans Édimbourg et remontèrent High Street en direction du palais d'Holyrood. Les archers à cheval formaient un bouclier protecteur autour de Segalla, qui comprit vite pourquoi. Malgré le froid glacial, les rues grouillaient de badauds venus autant pour les ragots que pour le commerce, et il aperçut les regards noirs que suscitaient les livrées royales. De temps à autre retentissaient quelques sifflets ; un caillou, suivi par des poignées de fumier, manqua de près la tête de Traquair. Le capitaine de la garde se détourna, imité par l'escorte de cavaliers qui encochèrent une flèche à leur arc, et les trublions déguerpirent. Ils entrèrent sur la grande place du marché qui s'étendait devant le Tolbooth. Sur leurs étals, les bouchers présentaient pièces de viande, abats de volaille, quartiers de porc saumurés et monceaux de bœuf haché, qu'ils recouvraient d'une épaisse couche de sel et d'herbes pour cacher l'état avarié de leur marchandise.

Le négoce allait bon train, mais derrière ces échanges, on bavardait, on jasait, on racontait des histoires. Segalla avait assisté à des scènes similaires à Paris dès qu'une crise d'État éclatait, et il se rappela sa conversation avec Vartlett et Janette. Ces ragots et ces regards noirs étaient encouragés avec soin par des agents secrets, dont les paroles malveillantes se répandaient dans les venelles et les ruelles de la ville et attisaient la colère. Mais qui se cachait derrière tout cela ? Moray se trouvait à des lieues dans le comté de Fife, et le comte de Morton vivait dans un exil volontaire à St. Andrews.

Segalla secoua la tête pour s'éclaircir les idées et observa les alentours. Ils se trouvaient dans l'impossibilité de traverser la place à cause des châtiments et des exécutions qui s'y déroulaient. On était en train de pendre deux pirates : on leur fit gravir l'échelle, et leurs corps à moitié nus jetés dans le vide se balancèrent et furent secoués de convulsions, pendant qu'en contrebas la multitude se délectait de voir la figure des condamnés noircir, leur cou se tordre et leur langue saillir entre les dents. Sur une estrade voisine, on infligeait des châtiments mineurs. On clouait au pilori les oreilles d'un blasphémateur ; on tranchait le nez d'une prostituée débraillée qu'on venait de prendre pour la troisième fois.

Pendant ce temps-là, un écervelé amusait la foule en se targuant de pouvoir boire un gallon de bière en une minute et de tout vomir aussitôt. Segalla dut se tenir fermement à sa selle : la puanteur, la populace et la rapidité brutale des exécutions lui rappelaient *L'Enfer* de Dante. Au bout d'un moment, les châtiments prirent fin.

— On punit ainsi quiconque perturbe la paix du royaume ! rugit le bailli depuis les marches du Tolbooth.

— Va donc ! cria quelqu'un. Et si Sa Majesté tombe en disgrâce ?

— Pauvre Darnley ! hurla une femme. Assassiné dans son propre lit !

La rumeur de la multitude se mua en cri, et la foule se détourna comme pour prendre Traquair à partie. Le capitaine de la garde lâcha un ordre ; on tira les épées, et la masse de badauds se dispersa comme de l'eau tourbillonnante, fuyant devant les lames brandies et les sabots acérés des chevaux. Lorsqu'ils eurent passé la place et repris High Street, Segalla se porta à hauteur de Traquair.

— Était-ce le meilleur chemin à emprunter ? demanda-t-il.

— Monsieur, répondit le soldat, nous sommes les soldats de la reine, et ceci est sa ville.

— Savez-vous ce qui se passe ? insista Segalla, qui avait du mal à maîtriser son cheval.

Traquair s'en aperçut et ralentit. Il rangea son épée dans son fourreau et, du revers de son gantelet, essuya la sueur qui perlait sur son visage.

— Pour sûr. Ceci n'a rien d'une manifestation de colère spontanée, Français. Les ennemis de la reine se sont escrimés dans toute la ville.

— Comment va Sa Majesté ?

— Elle est renfermée, pâle comme un linge.

Traquair jeta un regard en biais à Segalla.

— Elle me rappelle les histoires que l'on raconte sur son père. Après la défaite de Solway Moss, il est devenu comme un enfant, il geignait de peur et restait prostré.

— La reine va-t-elle se rétablir ?

Traquair se racla la gorge et cracha.

— Dieu seul le sait, Français. La mort de Darnley nous a tous choqués.

— Quand la reine est-elle partie pour Holyrood ?

— Environ une heure avant minuit. Je l'ai vue chanter et danser.

Traquair s'autorisa un demi-sourire.

— Un spectacle magnifique, Français. Dommage que vous n'ayez pas été là. Tous ces flambeaux et toutes ces chandelles qui illuminaient les salles. Enfin voilà, je doute que la reine danse de nouveau un jour.

— Sir John, fit Segalla en s'approchant de lui. Comme moi, vous êtes dévoué à la reine. Vous êtes aussi un soldat. D'après vous, que s'est-il passé à Kirk o'Field ?

Traquair fit la grimace.

— Vous avez raison, monsieur, je suis un soldat. J'obéis aux ordres. Ce n'est pas mon rôle de spéculer sur les faits et gestes des puissants, mais voilà ce que je puis vous dire : j'ai fouillé moi-même l'ancienne prévôté de fond en comble. Aucun tonneau de poudre ne s'y trouvait hier.

— Qui possédait les clés des salles ?

Traquair haussa les épaules.

— Le roi en avait un jeu, ainsi que Bethon, le chambellan de la reine. Avez-vous entendu les rumeurs ?

— Plusieurs, oui.

— Moi aussi. Voilà qu'on parle de doubles des clés.

— Vous n'y croyez tout de même pas ?

— Bien sûr que non ! répliqua sèchement Traquair. Jamais de la vie.

— Avez-vous vu le corps du roi ?

— C'était un bel homme de son vivant, et même mort il semble le rester.

— Alors, comment l'a-t-on tué ?

Traquair secoua la tête d'un air dépité.

— Si on l'avait étranglé, il aurait eu des marques sur le cou.

Cette fois, il sembla perdre un peu de son calme.

— Même si je n'en ai rien dit à la reine, j'ai déjà vu des cadavres semblables. Il y a deux ans, un de mes soldats a étouffé sa femme en lui plaquant un traversin sur la figure. Si vous voulez la vérité, Français, c'est ce qui est arrivé à Henry Darnley.

— Mais comment ?

— Dieu seul le sait.

— Et cette nuit, rien de fâcheux ne s'est produit ?

Traquair fit accélérer son cheval, et Segalla l'imita.

— Monsieur, je vous ai posé une question.

— Je suis soldat, répondit Traquair. C'est à Sa Majesté qu'il faudra vous adresser.

— Lord Bothwell a-t-il quitté Holyrood hier soir ?

— Pas à ma connaissance, mais là encore, monsieur, c'est lui qu'il faudrait interroger.

En silence, ils franchirent les portes du palais. Des palefreniers vinrent prendre leurs montures, et Segalla fut frappé par le changement d'atmosphère. Là où quelques jours plus tôt tout n'était que gaieté, la morosité régnait. Ils gravirent l'escalier et parcoururent les galeries qui menaient aux appartements de la reine. Les serviteurs suspendaient déjà aux murs des tapisseries noires ; drap fin et bougran couvraient chaises et meubles en signe de deuil.

Traquair les conduisit dans une petite antichambre où l'on avait aussi accroché des soieries funèbres. On avait fermé les volets, et à la lueur vacillante des flambeaux, la pièce ressemblait à un mausolée. Assis tête contre tête sur un banc, deux hommes levèrent les yeux lorsque Segalla entra.

— Monsieur Segalla.

Nelson sur les talons, Paris vint serrer la main du Français.

— Dieu soit loué, monsieur, vous êtes venu. La reine a besoin de bons conseils.

Tous les deux paraissaient effrayés. Nelson portait toujours les marques de la nuit précédente : il ne cessait de masser son bras gauche et boitait un peu, mais s'efforçait d'afficher un air courageux.

— La reine est à l'intérieur, expliqua-t-il. Lord Bothwell est avec elle.

— Monsieur Segalla.

Traquair le regardait depuis la porte qui menait à la chambre de Marie.

— Sa Majesté vous attend.

Traquair le fit entrer et ferma la porte derrière lui. L'attention de Segalla fut sur-le-champ attirée par la reine, assise sur une haute chaise au bout d'une longue table ovale. Vêtue comme une nonne de crêpe et de satin noir, elle avait la face cachée par un voile de dentelle. Segalla perçut la tension qui saturait la pièce comme une fumée invisible et la vit se refléter sur les visages des hommes présents autour de la table : les comte d'Argyll, d'Huntly et de Cassalis, ainsi que d'autres nobles de la cour.

— Monsieur, dit la reine d'une voix ferme. Je vous sais gré d'être venu si vite.

— Madame, je suis à votre service.

Segalla se prosterna sur un genou alors que la reine tapait dans ses mains et ordonnait à lord Bothwell de faire évacuer la salle. Segalla resta agenouillé pendant que les lords sortaient l'un après l'autre.

— Nicholas !

Il fut touché que la reine l'appelle par son prénom.

— Levez-vous, je vous prie. Asseyez-vous ici, à ma gauche.

Segalla se releva. La salle était vide, à présent. Seul Bothwell, lui aussi vêtu de noir, demeurait immobile, sa figure hâlée devenue plus pâle. Alors que Segalla prenait place, Marie souleva son voile, et il dut cacher sa stupeur. Ce n'était plus la jolie princesse française ou l'élégante monarque : son visage semblait taillé dans la porcelaine la plus blanche et prêt à se briser au moindre contact. Ses lèvres fines étaient livides, sa peau tendue sur ses pommettes saillantes, mais ce furent ses yeux cernés de noir qui effrayèrent le plus Segalla. On aurait dit ceux d'une femme sous l'emprise d'un opiacé puissant.

— Ma... madame, bégaya Segalla, choisissant ses mots avec soin. Madame, mes plus sincères condoléances.

Bothwell se pencha au-dessus de la table.

— Sa Majesté est sous le choc. Elle n'accepte pas la mort de son mari.

Marie soutenait toujours le regard de Segalla.

— Vous m'avez mise en garde, monsieur, et je ne vous ai pas écouté, dit-elle d'une voix douce. Je me croyais en sécurité. Je n'ai jamais songé que...

Segalla eut envie de s'agenouiller devant elle.

— Votre Majesté, c'est moi qui ai échoué.

Marie se contenta de secouer la tête et esquissa l'ombre d'un sourire.

— Monsieur, si l'archange Gabriel lui-même était descendu du ciel, qu'aurait-il pu faire pour prévenir cette tragédie ?

Segalla jeta un bref regard à l'autre bout de la table. Évoquer la présence d'un agent secret anglais le tentait, mais il se méfiait trop de Bothwell. Était-il au service de la reine ? Ou bien servait-il Walsingham ? Nourrissait-il ses propres ambitions secrètes ? Malgré le désastre, ce seigneur frontalier, affalé dans sa chaise, affichait un air possessif. Bothwell parut lire dans ses pensées.

— Français...

De ses doigts épais, il tapota sur le bois.

— Personne n'est au-dessus des soupçons. Il s'agit d'un crime ignoble.

— Ils voulaient me tuer, intervint brusquement la reine. Oui, ils voulaient me tuer tout autant que mon mari, s'emparer de mon enfant et gouverner le royaume en son nom.

Segalla, qui perçut la fureur dans les yeux de Marie, choisit de ne pas la contredire pour l'instant.

— Ils ont fomenté ce complot.

Elle regardait dans le vague comme si elle parlait toute seule.

— Personne, même Beaton, n'aurait pu les arrêter.

— Votre Majesté, dit Segalla, de qui parlez-vous ?

Marie s'esclaffa.

— Les grands lords de la Congrégation. La bande de traîtres de Moray et de Morton ! cracha-t-elle.

— Votre Majesté, vous devez surveiller vos propos, lui conseilla Segalla sans ménagement. N'oubliez pas qu'à la mort de votre mari Moray, Morton et Maitland de Lethington se trouvaient à des lieues de Kirk o'Field. Je vous conjure, Votre Majesté, de ne pas formuler de conjectures que vous ne pouvez prouver.

Marie enfouit son visage dans ses mains et se mit à sangloter en silence, puis elle laissa retomber ses bras le long de son corps.

— Je ne comprends pas : je le jure devant Dieu, je suis prête à quitter ce pays en y abandonnant tout et à m'exiler.

— Monsieur Segalla, intervint Bothwell, Sa Majesté vous a convoqué pour vous demander conseil. Tout le continent va attendre sa réaction !

— Eh bien, que le continent attende ! rétorqua sèchement Segalla. Votre Majesté, vous devez nommer une commission d'enquête.

De la manchette de sa robe, Marie épongea les larmes sur ses joues.

— C'est déjà fait, dit-elle. Demain, le comte d'Argyll va présider une commission au Tolbooth. Nous ferons savoir par avis à la population que nous offrirons la grâce à quiconque passera aux aveux, ainsi qu'une récompense de deux mille livres pour l'arrestation des assassins de mon mari.

Elle lança un regard perçant à Segalla.

— Vous pouvez parler sans crainte en présence du seigneur Bothwell.

Elle esquissa un sourire.

— Il a à cœur de me servir au mieux.

Soudain, Segalla eut froid. Il jeta un bref coup d'œil à Bothwell. Soit, ce dernier était peut-être un puissant laird, mais Segalla n'était pas convaincu de son innocence dans cette affaire. La reine, elle, avait l'air perdu, préoccupé. Segalla se rendit compte que son esprit vagabondait : elle concentrait parfois son énergie sur la question à régler, mais à d'autres moments paraissait s'égarer dans ses pensées. Segalla se rappela le sort du père de Marie et savait que ce serait sa capacité à réagir qui scellerait son destin. Si elle affrontait ses problèmes, elle pouvait l'emporter. Si elle battait en retraite, si elle confiait son avenir à Bothwell et consorts, tout serait perdu.

Segalla décida que la franchise était la meilleure attitude à adopter.

— Votre Majesté, je ne crois pas que les assassins aient eu l'intention de vous tuer. Ils ont choisi exprès la nuit du dimanche de carnaval, sachant pertinemment que vous vous absenteriez au palais d'Holyrood pour assister aux noces d'une de vos suivantes.

— Que voulez-vous dire ? s'écria Bothwell.

— Votre Majesté, monsieur le comte, je vais vous parler sans ambages. On n'a pu introduire la poudre dans Kirk o'Field avant votre départ pour Holyrood. Comment on l'a déplacée et allumée reste une énigme.

Satisfait d'obtenir enfin l'attention de la reine, il leva la main pour faire taire Bothwell.

— Votre Majesté, le plus grand mystère, c'est pourquoi on a retrouvé le corps de votre mari, sans la moindre trace sur lui, vêtu de son vêtement de nuit, étendu dans un verger à quarante pas de l'ancienne prévôté, et entouré d'objets tels qu'une corde, une chaise et une dague. L'explosion à Kirk o'Field n'est qu'une question mineure, en comparaison. C'est la mort de votre mari qui soulève toutes les interrogations. Je crois, Votre Majesté, que votre mari avait l'intention de s'enfuir de Kirk o'Field. Alors qu'il quittait la prévôté en secret, il est tombé sur ses assassins, pensant qu'ils l'aideraient à s'échapper. Au lieu de cela, ils l'ont emmené ailleurs. Ils l'ont étouffé et déposé dans le verger avec la chaise et la corde pour donner l'impression qu'on l'avait surpris en train de fuir l'explosion. Cette même explosion qui devait effacer toute trace de sa fuite.

— Ce sont bien des paroles de Français, railla Bothwell.

Segalla le foudroya du regard.

— Monsieur le comte, ma nationalité n'a aucune importance. Je suis le serviteur dévoué de Sa Majesté, et le loyal émissaire de son ambassadeur à Paris.

— Qui aurait encouragé Darnley à prendre la fuite ? rétorqua Bothwell.

— Je l'ignore, monsieur.

Sur quoi, Segalla leur résuma les conclusions auxquelles il était parvenu : la fuite de Darnley, qui n'avait réveillé aucun autre serviteur, ne s'expliquait que si le roi était parti de son plein gré. La reine l'écouta avec la plus grande attention.

— Vous dites vrai, déclara-t-elle. Lord Bothwell, vous savez qu'il dit vrai.

Les larmes aux yeux, elle adressa un sourire à Segalla.

— J'admire votre capacité de raisonnement, monsieur : vous avez atteint une conclusion correcte avec très peu de preuves. Des preuves que nous possédons en partie.

Le cœur de Segalla fit un bond dans sa poitrine.

— Quelles preuves, Votre Majesté ?

De ses longs doigts, Marie se frotta les commissures des lèvres puis tritura sa bague en forme de sirène.

— Quelques éléments mineurs, répondit-elle. Tout d'abord…

Elle s'interrompit et promena son regard autour de la table.

— Qu'allais-je dire ?

Elle leva les yeux vers Segalla.

— Je devrais sans doute être auprès de la dépouille de mon mari, ne pensez-vous pas ?

Bothwell se pencha vers elle et lui pressa le bras avec douceur.

— Votre Majesté, on fait pour lui tout le nécessaire. Il est primordial que nous entendions ce que vous avez à dire.

— En premier lieu…

Marie sourit à Segalla, qui dissimula son inquiétude face à l'ascendant que Bothwell semblait avoir pris très vite sur la reine.

— En premier lieu, répéta-t-elle, nous savons que feu mon mari avait un navire plein de vivres ancré dans la Clyde. Nous ignorons s'il comptait s'en servir, et si oui, où il se serait enfui. Toujours catholique convaincu, Darnley avait déjà parlé de demander la protection des troupes de Philippe d'Espagne basées dans les Flandres.

Elle regarda fixement sa bague.

— Nous ne savons pas s'il s'agissait de paroles en l'air ou non.

Elle marqua une pause et se balança doucement sur son siège.

— Quoi d'autre, Votre Majesté ?

— En deuxième lieu, nous avons reçu ce matin des renseignements indiquant que la nuit dernière le père de Darnley, le comte de Lennox, faisait route vers le Sud mais a dû rebrousser chemin après qu'on eut attenté à sa vie.

Bouche bée, Segalla s'interrogea sur le sens de cette nouvelle.

— Votre Majesté, en êtes-vous sûre ?

— Ce renseignement nous est parvenu tôt ce matin, intervint Bothwell. Alors, Français, que vous souffle votre esprit acéré ?

— On peut considérer cette tentative d'assassinat de plusieurs points de vue. Les assassins avaient-ils l'intention de supprimer Darnley et son père dans la même soirée ? Avec tout le respect que je vous dois, Votre Majesté, ils auraient fait d'une pierre deux coups en se débarrassant de deux perturbateurs.

La reine secoua la tête pour indiquer qu'elle savait que les propos de Segalla n'avaient rien d'insultant.

— Quoi d'autre, monsieur ?

— Darnley et son père conspiraient peut-être de concert. Lennox projetait-il de retrouver son fils quelque part afin de provoquer une rébellion, voire de s'emparer du prince Jacques ?

Il marqua une pause.

— Comment le comte de Lennox a-t-il été attaqué ?

— On a tiré un coup de feu, expliqua Bothwell.

— Dans ce cas, ça pouvait être de la simulation. Une ruse pour faire croire que quelqu'un en Écosse voulait se débarrasser de Darnley et de Lennox dans un but inconnu.

— À qui pensez-vous ? demanda Bothwell.

— Monsieur, promenez-vous en ville. Parcourez les rues, flânez devant le Tolbooth et écoutez ce que l'on raconte. Votre Majesté, je vais vous parler avec une franchise proche de la grossièreté : tous les doigts sont pointés vers lord Bothwell. Il ne fait aucun doute que, d'ici quelques jours, c'est vous qu'on accusera.

En rage, Bothwell se leva d'un bond.

— Vous devriez surveiller vos propos, Français !

— Monsieur, vous vous trompez de cible. Peu importe ce que je pense, ce qui compte, c'est ce qui se dit.

— Asseyez-vous ! ordonna la reine, qui se redressa et laissa son voile retomber sur son visage.

— Jamie, asseyez-vous. Monsieur Segalla ne fait que confirmer ce que nous avons déjà entendu.

Rivant toujours un regard noir sur Segalla, Bothwell reprit sa place.

— Messire de Bothwell, chuchota la reine, expliquez à monsieur Segalla ce que vous savez sur Ker de Fawdonside.

Bothwell ricana.

— Il y a un an de cela, commença-t-il, ici, à Holyrood, le secrétaire de la reine, David Rizzio, a été assassiné à coups de poignard.

Il agita la main d'un air désinvolte.

— Oui, je sais, le roi a joué un rôle dans cette infamie. Il y a peu, on a aperçu aux abords d'Édimbourg un des gredins qui l'ont assassiné, un enragé, un seigneur frontalier nommé Andrew Ker de Fawdonside. Nous nous sommes étonnés de cette audace. John Shaw, le serviteur qui nous a porté la nouvelle, a aussi déclaré qu'on avait même vu Ker dans des tavernes de la ville, où il se vantait qu'il y aurait bientôt du changement à la cour.

— Pourquoi aurait-il osé revenir d'exil pour se rendre dans une ville royale où il encourait la peine de mort ? demanda Segalla.

— Nous en avons été surpris, dit Marie. J'ai demandé qu'on apporte mon registre des Petits Sceaux. Parmi les documents, j'ai découvert un acte de pardon délivré à Andrew Ker de Fawdonside. Pour être tout à fait franche, monsieur, ce n'est pas moi qui ai rédigé une telle ordonnance. Le seul qui a pu s'en charger, c'est mon mari.

— Sa Majesté s'en est inquiétée, poursuivit Bothwell. Avec quelques-uns de mes hommes, j'ai quitté Holyrood pour vérifier que Kirk o'Field était sûre. Arrivés à Netherbow Gate, nous avons vu que tout allait bien, aussi sommes-nous rentrés.

— Qu'est-il advenu de Ker de Fawdonside ?

— Nous l'ignorons, répondit Bothwell. Il a disparu. En revanche, nous en sommes venus à penser que Darnley avait gracié Ker dans le but d'obtenir son aide.

Segalla fixa la croix couverte de crêpe noir suspendue au mur de la salle du Conseil. Était-ce la vérité ? Ou est-ce que Bothwell, voire la reine, lui cachait quelque chose ? Cette histoire était-elle destinée à justifier les déplacements de Bothwell la nuit de l'explosion ?

— Donc, monsieur le comte, vous croyez que Ker est venu aider Darnley à s'enfuir ?

— Plus que cela ! lâcha sèchement Bothwell. Il se peut que Darnley l'ait rejoint quelque part. Ker est un tueur impitoyable. Pourquoi n'aurait-il pas assassiné Darnley et Taylor, déposé leurs corps dans le verger et déclenché l'explosion avant de prendre la fuite ?

— Parce que, déclara Segalla en énumérant les différents points sur ses doigts : premièrement, pourquoi Darnley et Taylor se seraient-ils enfuis, vêtus de leur chemise de nuit, sans déranger les autres serviteurs ? Deuxièmement, comment Ker aurait-il pu pénétrer dans Kirk o'Field sans rencontrer d'opposition ? Troisièmement…

Segalla adressa un sourire désolé à la reine.

— … et c'est là le plus grand mystère, Votre Majesté : je peux comprendre, sans pour autant l'approuver, l'animosité de certains lords à l'égard de votre mari, paix à son âme. Mais pourquoi le tuer pour ensuite faire sauter Kirk o'Field et ainsi risquer d'être capturé ou reconnu ?

Il tapota la table du plat de la main.

— Ce dernier élément est au cœur de l'énigme. Quelqu'un comme Ker a pu assassiner un homme vulnérable et son serviteur, même si je m'étonne qu'il y soit parvenu sans laisser la moindre trace sur les corps. En revanche, réduire en poussière un palais royal et s'en tirer sans encombre ?

— Je suis content, railla Bothwell, de constater que vous paraissez aussi déconcerté que nous, Français.

— Et vous, messire ? rétorqua Segalla. Je vous le demande d'homme à homme, vous réjouissez-vous de la mort de lord Darnley ?

Segalla perçut un éclair de triomphe dans le regard de Bothwell.

— Ce n'est pas un secret, Français. Je l'avoue, oui, devant Sa Majesté la reine, aucun seigneur en Écosse n'ira pleurer sur la tombe de Darnley.

CHAPITRE VIII

— Monsieur ?

Alors qu'il quittait la salle du Conseil, Segalla fit volte-face.

Le jésuite plissa les yeux pour mieux voir dans la pénombre.

— Oui, maître Nelson, que se passe-t-il ?

Tâchant de maîtriser son malaise après sa récente entrevue, Segalla fit un pas en avant.

— Comment ça se passe ? demanda Nelson d'un ton curieux.

Segalla fit claquer ses gants de cuir contre sa paume.

— Pas très bien, à vrai dire. En fait, maître Nelson, j'aimerais vous parler en privé.

Il perçut la nervosité dans le regard fatigué du serviteur.

— Rassurez-vous, ce n'est rien de grave.

Segalla sourit.

— Et vous, que me vouliez-vous ?

— Vous parler aussi. Et peut-être vous demander votre protection.

— Comment puis-je vous protéger ?

Portant un doigt contre ses lèvres, Nelson prit Segalla par le coude avec douceur pour lui signifier qu'ils feraient mieux de ne pas rester là. Intrigué par l'inquiétude flagrante de Nelson, Segalla obtempéra. Ils descendirent aux écuries. Nelson amena leurs chevaux, et ils regagnèrent la ville.

Du menton, Segalla désigna le palais et les maisons en bois qui le bordaient.

— Nous sommes à l'abri des espions de la cour, ici, maître Nelson. Alors, pourquoi auriez-vous besoin de moi ?

Nelson rapprocha sa piteuse monture de Segalla.

— Vous êtes français, commença-t-il. L'émissaire officiel de l'archevêque Beaton. Avec Symonds, Standon, Hudson et les autres, nous sommes tous serviteurs de Darnley, un seigneur anglais, que l'on vient d'assassiner. Qui va se soucier de nous, monsieur ?

— La reine vous a-t-elle offert sa protection ?

— Le conseil m'a interrogé, ce matin, répondit Nelson d'une voix chevrotante. J'ai répondu mot pour mot ce que je vous ai raconté.

Il détourna le regard.

— Enfin, il reste quelques détails que je ne pourrai révéler, euh, que lorsque mon avenir sera plus sûr.

— Quels détails ?

Nelson tira sur les rênes et indiqua la taverne du *Blue Mantle*, une hostellerie spacieuse sise à l'angle de High Street, à présent pleine de marchands et de commerçants rassemblés pour déjeuner et échapper un court instant au labeur de la journée. Ils mirent pied à terre, laissèrent leurs chevaux aux écuries, et s'assirent à une table dans un coin au fond de l'arrière-salle. Segalla commanda du vin, du pain, du fromage et du porc séché – ce dernier était si salé qu'ils n'y touchèrent pas. Segalla remarqua les ecchymoses et les coupures sur la figure de Nelson, et vit qu'il avait les mains égratignées.

— Vous avez peur, maître Nelson ?

— Bien sûr. Les lords du Conseil m'ont demandé ce qui s'était passé, et j'ai tout expliqué. Et voilà que demain je dois paraître devant lord Argyll, au Tolbooth. Monsieur Segalla, que puis-je raconter ? Je me suis endormi. Le roi, mon maître, dormait avec Taylor. C'est l'explosion qui m'a réveillé.

Il posa sa coupe et écarta les mains en signe d'impuissance.

— Je devine ce qu'on va me demander, geignit-il. « Qui possédait les clés de Kirk o'Field ? » « Eh bien, monseigneur, que je vais répondre, les proches de la reine. »

Nelson regarda Segalla d'un air pitoyable.

— Une telle réponse va déplaire à lord Bothwell.

— La reine vous protégera, insista Segalla.

— Sa Majesté nous a offert, à moi, Symonds et aux autres, une place dans sa suite.

Nelson secoua la tête.

— Je ne pense pas accepter. Pourquoi des Anglais serviraient-ils au sein d'une cour étrangère où l'on a assassiné leur maître ?

— À part vous, qui y a-t-il d'autre ?

— Symonds et les musiciens du roi, dirigés par Hudson. Ils sont toujours à Glasgow, tout comme les frères Standon.

— Que font-ils là-bas ? s'enquit Segalla, intrigué. Ils auraient dû être auprès de leur maître, non ?

Nelson évita son regard.

— Alors, qu'allez-vous faire ?

— Nous allons tous prendre la route du Sud.

— Le père de Darnley, le comte de Lennox, ne vous offrirait-il pas sa protection ?

Nelson fit un bruit grossier avec la bouche.

— Tel père, tel fils, monsieur. Ah non ! En revanche, la mère de Darnley, lady Lennox, se trouve à

Londres. C'est une femme intègre. Elle nous protégera, elle.

— Pourquoi êtes-vous effrayé à ce point, alors ? demanda Segalla avec brusquerie.

— Parce que je connais les questions à l'avance. Si mon maître, le roi, a été assassiné dans sa chambre, pourquoi ne nous a-t-on pas supprimés aussi ? S'il a tenté de s'échapper, pourquoi ne nous a-t-il pas réveillés ?

— Votre maître essayait de s'enfuir, n'est-ce pas ?

— Oh oui, répondit lentement Nelson. Monsieur, nous sommes pauvres – nous donnerez-vous des pièces d'argent, de quoi passer la frontière ? Peut-être une lettre de crédit, pour nous permettre d'atteindre au moins Berwick ?

Segalla sourit et lui tapota la main.

— Racontez-moi donc ce que vous savez.

Nelson but son vin goulûment.

— Le roi est venu à Kirk o'Field… commença-t-il d'un débit précipité.

Il s'interrompit le temps qu'un garçon remplisse leurs verres.

— Il craignait pour sa vie et préparait sa fuite. Comme il voulait garder le petit Jacques auprès de lui, il prévoyait de l'enlever.

Nelson plongea le regard dans son vin.

— On ne nous racontait rien, mais nous savions que Darnley était en liaison avec son père et Ker de Fawdonside. Il a donné l'ordre à Glen et à MacCaig de préparer ses chevaux pour ce matin. C'est tout ce que nous savions.

— Que s'est-il passé, à votre avis ?

— Hier soir, le roi nous a parlé un moment et nous avons bu du vin ensemble. Nous étions tous épuisés et nous sommes tous très vite endormis : Glen, MacCaig le page, Symonds et moi. Toutes les portes étaient verrouillées. À part la reine, seul Darnley possédait les clés.

Nelson souffla entre ses lèvres.

— Nous avons tous sombré dans un profond sommeil, mais je ne crois pas qu'il en ait été de même pour mon maître et Taylor. Ils ont dû se lever juste après, s'habiller et quitter Kirk o'Field pour retrouver ceux qui devaient les aider à s'enfuir. Mais ils sont tombés sur leurs assassins, qui après les avoir tués ont placé les charges de poudre dans la maison et l'ont fait sauter.

Lorsqu'il reposa son gobelet sur la table, ses mains tremblaient.

— Vous comprenez à présent pourquoi j'ai peur, monsieur. Si les meurtriers n'ont eu aucun scrupule la nuit dernière, pourquoi en auraient-ils maintenant ?

— Avez-vous des preuves ?

Nelson eut un sourire pincé.

— Des preuves, toujours des preuves… bougonna-t-il. Voyez-vous, monsieur, avant d'entrer au service de lord Darnley, j'appartenais à la troupe d'acteurs de lord Chamberlain. Ces mots, « Des preuves, toujours des preuves », apparaissaient dans bon nombre des pièces que nous jouions dans les villes et villages des environs de Londres. Je n'aurais jamais cru qu'un jour ma vie en dépendrait. Oui, j'ai des preuves, et j'ai aussi entendu des rumeurs. Enfin bon…

Il tapota sa besace.

— … à présent, j'ai besoin d'argent.

Segalla lui passa quelques pièces.

— Les projets de Darnley n'étaient pas un secret, reprit Nelson. Oh, pour sûr, nous savions que tous les seigneurs du royaume voulaient sa mort. Vous a-t-on raconté comment, sur la route de Kirk o'Field, quand la reine y a emmené Darnley dans une litière, un grand corbeau a jeté son ombre sur notre cortège ?

— Un présage ?

— Plutôt une prophétie. Vendredi dernier, les hommes du comte de Moray ont averti Darnley qu'il n'était pas en sécurité.

Segalla se pencha en avant.

— Quoi ? On a prévenu Darnley du danger qui pesait sur lui ?

Nelson le regarda d'un drôle d'air.

— Bien sûr, monsieur. Sa Majesté ne vous en a-t-elle pas fait part ? Une confrontation violente a éclaté entre Darnley et les hommes du comte de Moray, qui ont porté la main à leurs dagues jusqu'à ce que la reine exige la paix.

Segalla s'adossa au mur et contempla le sol couvert de jonchée de la petite arrière-salle encombrée. Il entendit les mots « Kirk o'Field » et « meurtre odieux », et se rendit compte que le sujet était sur toutes les lèvres. Le malaise de Segalla grandit. Nelson avait raison. Si l'on était capable d'assassiner le prince consort de façon aussi barbare, quelle protection pouvait-on accorder à des laquais anglais ? Ou même à des émissaires venus de Paris ? Et à lui en particulier, un jésuite, au beau milieu d'une ville réputée pour son attachement à la Réforme ?

— Monsieur ? fit Nelson en français.

Segalla réprima un sourire face à ce curieux changement de langue.

— Nous devons tous redoubler de prudence, maître Nelson. S'il vous faut quitter l'Écosse au plus vite, alors moi aussi.

Il se souvint des cernes noirs sur le beau visage de la reine.

— À votre avis, qui a tué votre maître ? demanda-t-il.

— Oh, les grands lords, répondit Nelson sans hésiter, avant de ricaner. Dans la plupart des affaires de meurtre, la question que l'on se pose c'est : « Qui est le coupable ? » Dans le cas de Darnley, ce serait plutôt : « Qui ne voulait pas sa mort ? »

— Mais comment s'y sont-ils pris ? L'organisation, la rapidité, l'efficacité de la manœuvre… Tout aurait pu mal tourner. Il y avait des serviteurs et des soldats plein Kirk o'Field. Ceux qui sont venus déposer la poudre auraient pu les réveiller. Ils auraient pu voir Darnley s'enfuir. Et lui, pourquoi ne s'est-il pas défendu ? S'est-il laissé mener à l'abattoir sans broncher ? Et si son cadavre, ainsi que celui de Taylor, sans parler de la chaise et de la corde, ont été emportés jusqu'au verger, pourquoi personne n'a-t-il rien vu ? Malgré l'énorme risque qu'ils ont pris, les assassins ont réussi.

Il lança un regard perçant à Nelson.

— En revanche, vous vous en êtes sortis, Symonds et vous.

— Certes, parce que nous dormions dans la galerie. Symonds et moi y avons réfléchi : elle a dû tomber en dernier. Sinon, nous aurions sans doute été ensevelis comme les autres…

Nelson se pencha davantage.

— Il circule d'autres rumeurs, chuchota-t-il. Avez-vous remarqué, monsieur, que personne ne voulait rester à Kirk o'Field ? Tous, y compris les serviteurs, ont accompagné Sa Majesté à Holyrood pour les festivités. Il y en a…

Il marqua une pause.

— … comme Sandy Durham, qui n'ont jamais caché leur peur de rester à Kirk o'Field.

Segalla se souvint du jeune homme qu'il avait rencontré le samedi précédent.

— C'est le portier de la maison du roi ?

— Oui.

Segalla but une gorgée de vin. Que faire ? Nelson disait vrai. Tout le monde souhaitait la mort de Darnley ; Marie paraissait avoir été au courant qu'on projetait de le tuer. Comment cela pouvait-il sauver sa réputation ? Segalla se rendit compte des conséquences indirectes de ce drame. Comment allait-on prendre la nouvelle dans les cours d'Europe ? Marie qui dansait et festoyait à Holyrood pendant que son mari était assassiné.

— Vous avez parlé de preuves, dit Segalla.

Nelson termina son verre.

— Vous devez m'en faire part en échange de ma protection, monsieur.

Il saisit Nelson par le poignet et fut surpris par la force du jeune homme lorsque, de peur, il rétracta le bras.

— Dans ce cas, accompagnez-moi. J'ai le brouillon d'une lettre, dans ma chambre. Je l'avais dans ma besace quand Kirk o'Field a explosé. C'est la preuve que Darnley correspondait avec son père et espérait le rejoindre bientôt.

Ils mirent leurs capes et récupérèrent leurs chevaux. Segalla laissa Nelson le devancer, mais il s'arrêta quand il vit un groupe sur les marches du Tolbooth. Il ordonna à Nelson de l'attendre, puis s'approcha. Par-dessus les têtes, Segalla lut l'affiche clouée aux portes de l'édifice.

NOTRE ROI A ÉTÉ VICTIME D'UN CRIME ODIEUX, disait-elle en lettres rouges. L'AUTEUR DE CE PLACARD DÉSIGNERA, EN TEMPS VOULU, SES PERFIDES ASSASSINS.

Segalla avait des difficultés à comprendre le puissant murmure des badauds qui l'entouraient, et il n'osa trahir son accent en posant des questions. Il entendit néanmoins prononcer le nom de Bothwell et, de la bouche d'une femme bien habillée : « Ça oui, et la maîtresse de Bothwell. »

« Ils se donnent du mal, se dit Segalla. Ceux qui ont ourdi le meurtre de Darnley répandent le poison dans la ville à toute vitesse. » Il fit faire demi-tour à son cheval et suivit Nelson dans une ruelle jusqu'à une taverne confinée et crasseuse ; sous ses avant-toits disloqués, on avait coincé une enseigne indiquant qu'on servait de la bière.

— On n'a pas trouvé mieux, s'excusa Nelson.

Ils entravèrent leurs chevaux et payèrent un valet d'écurie en guenilles pour les garder. Nelson précéda Segalla à l'intérieur. Sur les marches bancales, un rat téméraire qui rongeait un bout de nourriture s'en alla d'un pas paresseux à leur approche. En montant, Segalla remarqua que les vitres étaient couvertes de morceaux de parchemin ; crasse et graisse formaient une épaisse couche sur les bords des fenêtres, les étagères et la balustrade branlante. Au sommet, Nelson s'arrêta devant la porte d'une mansarde et cogna doucement.

— Symonds ! Ouvre. C'est moi, Thomas. Nous avons de la visite.

Pas de réponse. Nelson essaya d'actionner la clenche en métal cabossé, sans succès.

— Symonds ! appela-t-il de nouveau, plus fort cette fois.

Il adressa un sourire d'excuse à Segalla.

— Il doit dormir. Il a été blessé, et il est encore sous le choc.

Il frappa encore.

— Il est peut-être sorti, suggéra Segalla.

— Qu'est-ce qui se passe, ici ?

Une vieille mégère débraillée apparut derrière eux. Ses cheveux noirs et gras pendaient. Son visage large était en sueur, et une grosse cicatrice violette s'étendait au-dessus de sa bouche à la place de son nez.

— Sale gredin ! grogna-t-elle, les mains sur les hanches. Vous vous rendez donc pas compte du vacarme que vous causez ?

Segalla plongea la main dans sa poche et en sortit une pièce. La femme changea d'humeur sur-le-champ. Ils eurent droit à un sourire, et même à une révérence.

— Mon ami est là ? s'enquit Nelson.

— L'est pas parti, répondit la femme, les yeux rivés sur la pièce.

— Pourtant il ne répond pas !

— Poussez-vous donc !

Elle les bouscula, leva le pied droit et donna un coup juste sous le loquet. La porte trembla sur ses gonds de cuir mais refusa de bouger. La femme tendit la main pour obtenir sa récompense. Segalla la lui donna. De nouveau, la botte de la femme heurta la porte avec violence et l'ouvrit dans un grand fracas. Segalla et Nelson la suivirent à l'intérieur. La tenancière jeta un coup d'œil à Symonds, étendu sur le lit, puis se détourna, prise d'un haut-le-cœur à la vue de l'entaille irrégulière qui s'étendait d'une oreille à l'autre et du sang qui trempait son pourpoint et les draps sales. Elle jura et s'enfuit. Nelson s'écroula en poussant une plainte discrète, les bras croisés sur la poitrine. Segalla se pencha au-dessus du lit et lutta contre la nausée qui l'assaillait. La puanteur était terrible. Il sentit son estomac se soulever quand il vit un rat s'échapper de sous un traversin crasseux et disparaître sous le lit. Il posa les doigts sur la joue froide de Symonds, puis regarda la fenêtre ouverte.

— Qui pouvait en vouloir à ce pauvre Symonds ? demanda Nelson dans un souffle.

Au prix d'un gros effort, Segalla détacha son regard du cadavre ensanglanté et indiqua le coin à l'autre bout de la pièce où étaient éparpillés les biens des deux compères.

— Ils cherchaient quelque chose.

Titubant, Nelson alla fouiller dans le tas de vêtements. Il en sortit une ceinture abîmée pourvue d'une besace en cuir.

— Vide, geignit-il. Ils ont pris les quelques pièces que nous avions et la copie de la lettre.

Segalla ferma les yeux, ramassa par terre une couverture usée jusqu'à la trame et en recouvrit Symonds. Il alla à la fenêtre et contempla la ruelle fangeuse en contrebas. Les murs de la taverne, en plus d'être irréguliers, comptaient de nombreuses fissures et brèches grâce auxquelles il devait être facile d'entrer ou sortir par la lucarne. Il observa la porte et vit qu'en forçant le passage ils avaient fait sauter les verrous.

— Qui savait que vous logiez ici ?

Abattu, Nelson s'était assis par terre et secouait la tête.

— Je n'en ai aucune idée. Nous avons réuni le peu que nous possédions et sommes venus ici ce matin. À Kirk o'Field, un des hommes de Bothwell, je ne me rappelle plus lequel, m'a enjoint de me présenter à Holyrood.

Du menton, il désigna le lit.

— Symonds était encore faible et il avait peur. Je lui ai dit d'être prudent. Il a verrouillé la porte.

— La fenêtre était-elle ouverte ?

Nelson traversa la pièce et ferma la fenêtre.

— Il n'y a ni crochet ni serrure, commenta-t-il d'un ton désespéré.

Il plaqua les bras contre sa poitrine et revint face à Segalla.

— Monsieur, je m'en vais. L'Écosse et ses sales pratiques, ça suffit, maintenant.

Segalla le saisit par les épaules.

— Nelson, regardez-moi !

Le serviteur leva vers lui des yeux apeurés.

— Les assassins de Darnley vous ont suivis jusqu'ici, Symonds et vous. Ils ont escaladé le mur, forcé la fenêtre et l'ont égorgé. Ils ont fouillé vos biens pour récupérer tout ce que vous avez pu emporter de Kirk o'Field.

Segalla laissa retomber ses bras.

— Ils sont peut-être venus vous supprimer parce que vous avez vu un détail compromettant. Détail qui nous conduirait aux meurtriers. De quoi s'agit-il, Thomas ?

Nelson alla jusqu'au lit. Il regarda la couverture grossière qui recouvrait son compagnon.

— Je l'ignore. Dieu m'en soit témoin, je n'en sais rien du tout.

Il lui lança un bref regard.

— En tout cas, je ne m'attarde pas ici, monsieur.

— Vous pouvez venir avec nous, lui proposa Segalla, qui ramassa sa cape.

— Et Symonds ?

— Vous avez lu les Évangiles : laisse les morts enterrer leurs morts.

Segalla, cependant, se sentait mal à l'aise. En tant que prêtre, il aurait dû bénir le corps ou murmurer les paroles de l'absolution à l'oreille du défunt. Le droit canon lui imposait aussi de s'assurer que la dépouille bénéficierait d'obsèques dignes de ce nom. Il plongea la main dans sa bourse et en sortit une pièce, remerciant le Seigneur en silence d'avoir reçu les fonds nécessaires pour son voyage de la part de Beaton.

— Tenez, descendez remettre ceci à la tenancière. Ce qui s'est passé va éveiller sa curiosité. Dites-lui de faire en sorte qu'on emmène le corps de Symonds, qu'on l'habille et qu'on lui offre un enterrement convenable. Allez, hâtez-vous !

Dès que Nelson eut quitté la chambre, Segalla s'agenouilla près du petit lit et abaissa la couverture. Les yeux du mort posaient sur lui un regard sans vie ; il avait la mâchoire pendante, soulignée par son affreuse entaille à la gorge. Segalla regarda la fenêtre, puis reporta son attention sur le cadavre. Il imaginait sans mal la scène : Symonds dormant à poings fermés après le traumatisme de la nuit, l'assassin qui s'introduit en silence dans la pièce et l'égorge avant même qu'il ait le temps de se réveiller. Après s'être signé, Segalla surmonta sa répugnance et se pencha pour donner l'absoute, demandant au nom du Christ que l'âme du défunt aille retrouver son créateur. Segalla le bénit en hâte, puis saisit sa cape et descendit. La vieille logeuse avait acquiescé à la requête de Nelson sans se faire prier.

— Je vérifierai, lui annonça Segalla en approchant son visage à quelques centimètres du sien. Un des hommes de lord Bothwell viendra ici s'assurer que la dépouille aura bénéficié de vraies funérailles chrétiennes. Vous avez la pièce ?

La femme hocha la tête.

— Dans ce cas, faites en sorte que tout se passe comme je l'ai demandé.

Il marqua une pause.

— Vous n'avez entendu aucun vacarme ? Aucun bruit de lutte ?

La femme contempla d'un air avide la pièce qu'elle tenait dans sa paume crasseuse. Elle montra Nelson du doigt.

— J'ai entendu l'Anglais partir. J'étais dans l'escalier, et il parlait avec son compagnon.

Elle s'essuya la bouche de la manche de sa robe sale.

— Que Dieu m'en soit témoin, brama-t-elle, j'ai plus rien remarqué avant votre retour !

Segalla la remercia. Nelson et lui enfourchèrent leurs montures et se frayèrent un chemin dans les rues encombrées pour regagner la *Crucible Inn*. Dès leur arrivée, Segalla demanda une chambre à l'aubergiste pour Nelson.

— Vous pouvez loger ici quelque temps, Thomas, dit-il d'un ton bienveillant, mais après ?

Nelson haussa les épaules.

— Je vais obtenir un laissez-passer de la part de la reine, et soyez sûr que je m'empresserai de quitter Édimbourg.

Segalla acquiesça d'un signe de tête et monta dans sa chambre. On l'avait balayée et nettoyée. Des roses d'hiver, petites et blanches, trônaient dans un pot sur la table près de son lit. Devinant là la touche de Janette, Segalla sourit, puis se demanda où étaient sa « chère femme » et son serviteur. Fatigué, il s'allongea et fixa le ciel de lit.

« Je devrais dire la messe », songea-t-il, mais il choisit de n'en rien faire. En cas de danger, ou si l'endroit et les circonstances rendaient dangereuse la célébration de la messe, un prêtre pouvait se dispenser de procéder à l'office quotidien. Segalla articula une prière silencieuse et laissa son esprit vagabonder. Des images lui apparurent : le tas de décombres à Kirk o'Field, le corps de Darnley gisant dans le verger glacial, Bothwell, nerveux et agité, la reine en état de choc. Puis Nelson, pressé de partir, Symonds, la gorge béante. Segalla glissa les mains sous sa tête. Il avait une certitude : Darnley avait fui Kirk o'Field. On lui avait offert protection et assistance, puis ses assassins lui avaient tendu un piège ingénieux avant de faire sauter l'ancienne prévôté.

Mais de qui s'agissait-il ?

Tout le monde voulait sa mort. Néanmoins, souhaiter la mort de quelqu'un ne signifiait pas qu'on allait commettre le crime soi-même. Était-ce Bothwell ? Était-il vraiment sorti s'assurer que tout allait bien à Kirk o'Field ? Ou alors ses hommes et lui, tombant sur Darnley et Taylor, les avaient-ils étranglés en toute discrétion en pleine campagne ou ailleurs ? S'il s'agissait de Bothwell, la reine avait-elle laissé faire ? Ou était-ce Ker de Fawdonside ? Ou encore le comte de Moray ? Pourtant, ce dernier n'était-il pas à Fife au moment des faits ? Les autres grands lords, eux, avaient pris soin de ne pas se trouver dans les environs. Segalla se mordilla les lèvres. Beaton l'avait mis en garde contre l'agent de Walsingham, le maître aux Corbeaux. Celui-ci était-il le véritable tueur ? L'assassin, en tout cas, avait agi avec une efficacité brutale. Comment un espion anglais pouvait-il se procurer une telle quantité de poudre et l'introduire en toute impunité dans une résidence royale ? Le maître aux Corbeaux était-il un espion ou un seigneur écossais à la solde de Walsingham ? Beaton avait évoqué un proche de la reine, comme Bothwell. Nourrissait-il des desseins secrets ? Segalla se rappela le message que le maître aux Corbeaux lui avait laissé et admira l'audace et le sang-froid de cet homme.

On frappa à la porte et Segalla glissa la main sous le traversin, où il cachait sa dague.

— Entrez ! Entrez donc ! cria-t-il.

Une souillon maigre et blême pénétra dans la pièce. Nerveuse, elle s'arrêta un instant sur le seuil, la figure cachée par des mèches grasses. Segalla s'assit au bord du lit.

— Qu'y a-t-il, ma fille ? N'ayez pas peur.

Elle s'avança.

— Quelqu'un a laissé ça pour vous.

— Qui ça ?

— Un homme, en bas.

Elle lui tendit un pli cacheté. Il le retourna : tracé à l'encre bleu-vert par une main énergique, y figurait son nom. Segalla se figea. On avait aussi inscrit les initiales « S. J. », qui signifiaient « Société de Jésus ». Segalla dissimula son trouble et sourit à la jeune fille.

— C'est à vous qu'on l'a remis ?

— Oui, monsieur. J'étais en train de nettoyer la table. L'homme est entré, il portait une cape.

— Comment s'exprimait-il ?

— D'une voix douce, en écossais. Le patron m'a dit de vous le monter.

Segalla la remercia.

— Savez-vous ce qu'il y est inscrit ?

Elle esquissa un mouvement vers la porte.

— Ça non. Je sais pas lire, mais il m'a donné votre nom.

Elle partit en s'empressant de fermer derrière elle.

Segalla observa le pli. Qui connaissait son identité ? Seulement la reine ? Il l'ouvrit. À l'intérieur, il trouva deux plumes noires et brillantes. Sur le parchemin, figurait un message simple. « Priez pour Symonds, priez pour vous, et priez pour la reine. » On avait signé avec style « le maître aux Corbeaux ».

Segalla peina à maîtriser sa colère. Il examina le mot avec plus d'attention, puis alla dans le coin de la pièce où un brasero diffusait un faible rougeoiement. Il en souleva le couvercle et y jeta la feuille. D'un geste hâtif, il se servit un gobelet de vin et le but avec avidité sans se soucier qu'il fût amer et éventé. Il resta debout quelques instants à faire rouler le verre entre ses mains, en tâchant de maîtriser sa panique. Le maître aux Corbeaux connaissait non seulement son identité mais aussi chacun de ses mouvements. Sans doute responsable du meurtre de Symonds, voilà qu'à présent il raillait Segalla en toute impunité. L'audace du maître aux Corbeaux n'avait rien de la simple vantardise mais servait à démontrer qu'il menait la partie.

Segalla se rassit sur son lit.

— Sa Majesté est au courant, se dit-il à voix haute, que je suis jésuite. D'autres le savent-ils ?

Walsingham, peut-être : ses agents à la cour de France devaient surveiller tout le monde et avaient dû le reconnaître malgré son déguisement. Soudain, Segalla frémit. Deux autres connaissaient son identité : Janette Lindsay et Thomas Vartlett.

— Impossible ! dit-il à l'intention du mur nu, puis il se ravisa. Rien n'est impossible, reconnut-il.

Il alla verrouiller sa porte et regagna le lit. Pourquoi avait-on envoyé Lindsay et Vartlett avec lui ? Pour l'aider ? Pour lui servir de couverture ? Vrai, la reine était plus disposée à lui parler à lui plutôt qu'à eux, mais Beaton leur faisait-il vraiment confiance ? Était-ce pour cette raison que l'archevêque l'avait enjoint de ne se fier à personne ? Se pouvait-il que Lindsay et Vartlett soient à la solde de Walsingham ? Ils connaissaient sa véritable identité. Ils restaient toujours entre eux ; Dieu seul savait où ils allaient. À Kirk o'Field, il les avait trouvés en grande conversation avec des serviteurs tels que Paris et Durham. Et la nuit de l'explosion ? Segalla se retourna sur le lit d'un mouvement nerveux.

— Est-ce possible ? se demanda-t-il. Janette et Vartlett ont-ils joué un rôle dans la mort du roi ?

Il se leva et sortit son encrier, sa plume et une feuille de parchemin, puis son livre d'heures. Il ouvrit ce dernier vers la fin et, à l'aide du chiffre que lui avait enseigné Beaton, rédigea le brouillon d'une lettre destinée à l'archevêque pour lui décrire l'explosion de Kirk o'Field et la mort mystérieuse de Darnley. Il s'en tint à un style brut et factuel, et détailla avec précision ce qu'il avait vu, la réaction de la reine et les dangers qu'elle courait à présent. Lorsqu'il eut terminé, il la rédigea de nouveau, en s'efforçant de formuler des phrases plus incisives. Il prit ensuite un exemplaire du dessin qu'il avait réalisé, le joignit à sa missive, roula le tout et le cacheta.

Il terminait à peine quand il entendit les voix de Janette et Vartlett dans le couloir, suivies par de petits coups à sa porte. Tâchant de recouvrer une contenance assurée, il alla ouvrir. Janette entra et ôta sa capuche ; elle avait un air enjoué. Vartlett, lui aussi, paraissait revigoré ; il frappait ses mains l'une contre l'autre et soufflait sur ses doigts. Janette s'affala sur le lit.

— Cher mari, pourquoi verrouiller la porte ?

Segalla haussa les épaules et sourit.

— Nous vivons une époque troublée…

— Et comment va Sa Majesté ?

Segalla relata sa visite à Holyrood et son entretien avec la reine et Bothwell. De façon délibérée, il dressa le portrait d'une reine plus forte et plus déterminée qu'en réalité. Janette l'observa d'un air curieux.

— Qu'y a-t-il ? Ne me mentez pas, prêtre ! chuchota-t-elle. Votre sourire est faux : il n'atteint pas vos yeux. Vous nous fermez votre âme. Pourquoi ?

— Est-ce la mort de Symonds ? s'enquit Vartlett. Nous avons croisé Nelson dans la salle de la taverne qui s'empiffrait, comme un coq en pâte. Il croit que vous allez le protéger.

— Oui, c'est ça, la mort de Symonds, répondit Segalla, d'une voix plus morne qu'il n'en avait eu l'intention. Nelson craint pour sa vie, à présent, comme je crains pour la mienne. Le maître aux

Corbeaux – il soutint le regard de Janette – connaît mon identité. Par deux fois, il m'a adressé des menaces.

— Dans ce cas, partons, rétorqua-t-elle. Nous avons remis à la reine les lettres de l'archevêque. Nous avons accompli notre tâche.

Segalla alla jusqu'à la fenêtre de façon à leur dissimuler son visage.

— Avant que nous quittions Paris, dit-il lentement, Beaton nous en a confié une autre.

— Clouer les ailes du maître aux Corbeaux, déclara Vartlett.

Segalla se retourna.

— Oh que non, maître Vartlett, nous ferons bien plus. Dieu m'en soit témoin, je compte le tuer !

Janette se leva d'un bond.

— Le tuer ? Avez-vous perdu l'esprit, monsieur ?

Toute trace d'amusement avait quitté ses yeux. Elle croisa ses doigts.

— Nous sommes des émissaires, pas des assassins !

— Nous sommes venus vous annoncer une nouvelle, intervint Vartlett. On est sur le point d'embaumer le corps du roi. Et…

— Et quoi ?

— On a retrouvé le tonneau qui contenait la poudre, près de Kirk o'Field.

CHAPITRE IX

À Kirk o'Field, la désolation paraissait encore plus frappante à la lumière du jour. La poussière retombée dévoilait un spectacle de dévastation. Des foules de curieux venus de la ville se pressaient pour voir l'endroit où leur roi avait trouvé la mort. Un cordon de soldats en interdisait l'accès, pendant que des serviteurs de la reine, menés par Archibald Bethon, son chambellan, passaient les décombres au crible.

— Rasée jusqu'aux fondations, commenta Janette dans un souffle. Comment est-ce possible ?

Segalla lui jeta un regard en biais. Depuis leur départ de la taverne, il avait à peine parlé à ses deux compagnons. Les soupçons à leur égard le tenaillaient encore.

— Attendez ici ! ordonna-t-il.

L'air inquiète, Janette le saisit par le bras.

— Nicholas, quel est le problème ?

Elle désigna les ruines d'un geste circulaire.

— Nous n'y sommes pour rien.

Segalla se libéra et s'aventura avec grande précaution sur les décombres. Un archer lui barra la route, mais Archibald Bethon, couvert de poussière, lui cria de le laisser passer. Accroupi, le chambellan creusait dans un monceau de plaques de plâtre sans se soucier de la saleté qui souillait ses vêtements. Son visage allongé et mélancolique paraissait encore plus lugubre que d'ordinaire.

— Monsieur Segalla, plus une pierre ne tient sur l'autre.

Le chambellan plissa les paupières.

— Vous étiez à Holyrood, ce matin ?

Segalla hocha la tête et s'accroupit à côté de lui.

— La reine accorde un grand crédit à vos conseils. Elle souhaite vous revoir bientôt.

Bethon jeta au loin un débris.

— Ainsi, vous m'évitez un voyage en ville. J'ai perdu assez de temps comme ça, ici.

— Que cherchez-vous ? demanda Segalla.

— Oh, tout ce qui pourrait avoir de la valeur.

Bethon le conduisit là où l'on avait creusé un grand trou.

— Si mes souvenirs sont bons, la chambre de la reine était située sous celle de son mari, donc les biens de Darnley devraient se trouver par là.

— Avez-vous retrouvé quelque chose ?

Bethon regarda la multitude massée derrière le cordon d'archers.

— Les badauds viennent ici pour piller, déclara-t-il. C'est la raison de ma présence. Nous avons bien trouvé quelques bibelots et babioles, mais tout est en mille morceaux. Ce qui me paraît étrange, c'est que j'ai découvert les restes de l'écritoire de la reine, mais aucune trace des parchemins, de l'encrier ou des plumes qu'elle y gardait.

Il se releva, épousseta ses chausses et leva la tête vers le ciel couvert.

— S'il se met à neiger, il nous sera impossible de continuer.

— Croyez-vous qu'on a cambriolé la maison avant l'explosion ? demanda Segalla.

Bethon gratta sa barbe roussâtre négligée.

— En un mot, monsieur, oui. Mais comment ? C'est moi qui détiens les clés de la reine, et le roi possédait les siennes.

— C'est peut-être Darnley qui a emporté les objets disparus ?

— En prenant la fuite ?

— Et s'il n'avait pas pris la fuite, rétorqua Segalla, mais avait quitté les lieux de son propre chef ?

— Dans ce cas, pourquoi emporter les ustensiles d'écriture, les plumes et les sceaux de la reine ? Il existe un coffret, poursuivit Bethon. Un coffret en argent. La reine le gardait sur son secrétaire, et pourtant on n'en a pas retrouvé la moindre trace.

Segalla le laissa poursuivre ses recherches et alla retrouver ses compagnons.

— Qu'y a-t-il ? s'enquit Vartlett.

— Le mystère s'épaissit, répondit Segalla. D'après Bethon, la chambre de la reine et peut-être aussi celle de Darnley ont été cambriolées avant l'explosion. Mais…

Il sourit d'un air ironique.

— … toujours d'après Bethon, c'est impossible, à moins que le roi s'en soit chargé en personne.

Il épousseta sa cape.

— Bon, où est ce fameux tonneau ?

Vartlett interrogea un des archers, et ils traversèrent les jardins pour gagner la petite cour. En son centre, se trouvait un puits couvert d'un toit chargé d'ornements, et à côté, ils virent un gros tonneau cerclé de fer.

— D'après l'archer, expliqua Vartlett, accroupi à côté de la barrique, on l'a retrouvée près de l'entrée qui mène de la cour à l'ancienne prévôté.

Segalla examina le tonneau. Il passa le doigt sur le pourtour interne, puis renifla la fine couche de poussière grisâtre. Il reconnut l'odeur du soufre. Il s'essuya les mains sur son pourpoint.

— C'est de la poudre à canon, mais si elle a servi à faire sauter la demeure, d'où provient-elle ?

Il allait traverser la cour quand Janette, flanquée de Vartlett, lui barra le chemin. Elle semblait réfléchir à toute vitesse.

— Allons, mon cher mari, chuchota-t-elle. Ni vous ni moi ne croyons à ces billevesées.

— Qu'entendez-vous par là ?

Janette lui montra le tonneau.

— On l'a mis là exprès pour qu'on le trouve. Vous le savez aussi bien que moi. Les assassins n'ont jamais cambriolé la chambre de la reine, quant à Darnley, malgré sa veulerie, il n'était pas idiot. Jamais il ne se serait enfui vêtu de sa seule chemise de nuit, qui plus est en emportant une chaise, s'il savait que ses ennemis l'attendaient au-dehors.

Elle fit un pas vers Segalla.

— Il est parti de son propre chef, n'est-ce pas ? Pourquoi vous méfiez-vous de nous, mon mari ?

— Je ne suis pas votre mari, rétorqua sèchement Segalla. Et je ne me méfie pas de vous. En revanche, dame Lindsay, depuis notre arrivée à Édimbourg, Vartlett et vous avez suivi votre route et moi la mienne. Vous êtes bien mystérieux, tous les deux. Pourquoi Beaton vous a-t-il envoyés avec moi ?

Segalla fit un pas en avant à son tour, mais ni Vartlett ni Janette ne lui cédèrent le passage.

— Dites-nous la vérité, mon mari, se moqua Janette.

— Je vous livrerai mes secrets, madame, quand vous vous déciderez à me confier les vôtres !

Janette regarda Vartlett, qui acquiesça d'un signe de tête presque imperceptible.

— Nous pensons, commença Janette, que Darnley avait l'intention de quitter Kirk o'Field. Il avait élaboré des plans insensés pour enlever le prince Jacques et fuir à l'étranger, ou bien pour fomenter une révolte avec l'aide de son père. L'archevêque nous en a fait part avant notre départ de Paris.

Elle perçut l'expression d'irritation qui se peignit sur la figure de Segalla.

— Non, n'en voulez pas à votre maître. On vous a confié la tâche de mettre la reine en garde. De notre côté, nous avions nos propres instructions. Si Darnley s'échappait, et j'insiste sur le *si*, nous devions feindre d'adhérer à sa cause, de lui apporter notre aide et nos conseils jusqu'à…

Janette s'interrompit comme pour choisir ses mots avec soin.

— … jusqu'à ce que le danger qu'il représentait soit maîtrisé. Darnley mort, il n'est plus une menace pour la reine. Notre mission est terminée. Si vous souhaitez que nous restions avec vous, soit. Si en revanche vous ne le voulez pas, monsieur Segalla, nous quittons l'Écosse *illico presto* !

Segalla la fixa du regard.

— Oui, je crois que Darnley s'est enfui de Kirk o'Field, dit-il. Ceux qui prétendaient l'aider l'ont tué, lui ont peut-être passé son vêtement de nuit et ont abandonné son corps dans le verger. Ensuite, ces mêmes personnes ont fait sauter Kirk o'Field. On a laissé cette barrique ici de façon délibérée. Qu'on l'ait utilisée ou non n'est pas la question. Le décor est à présent planté – dans les jours à venir, nous saurons comment se déroulera la pièce.

— Et si Darnley avait lui-même dissimulé de la poudre dans une des dépendances, puis disposé la charge et fait exploser la maison ? suggéra Janette. Après tout, voilà qui aurait occupé les esprits pendant qu'il prenait la fuite. Mais ses soi-disant alliés l'ont assassiné.

Segalla tâcha de dissimuler sa surprise.

— Mon cher mari, vous n'êtes pas le seul à réfléchir. Et s'il existait, poursuivit-elle, d'autres variations sur ce thème ? Darnley fait sauter Kirk o'Field pour masquer son départ ou comme stratagème pour prétendre plus tard qu'il a échappé de peu à la mort. Les possibilités sont infinies.

Segalla s'apprêtait à répondre quand il entendit appeler son nom – Bethon, encore en train d'épousseter ses habits, avançait dans la cour.

— Monsieur Segalla, voulez-vous bien m'accompagner ? Le médecin de la reine s'occupe en ce moment même de la dépouille du roi. Votre présence sera sans doute préférable, en cas de questions.

— Pouvons-nous venir ? demanda Janette.

Segalla lui lança un bref regard et secoua la tête. Il pressa avec douceur ses doigts contre les lèvres de Janette et adressa un clin d'œil à Vartlett.

— Je me suis montré fort injuste envers vous, dit-il rapidement en français. Vos capacités d'analyse sont plus affûtées que les miennes. J'ai une lettre destinée à l'archevêque. À mon avis, il est préférable que vous l'emportiez.

Il leur sourit, puis s'empressa de rattraper Bethon.

Prétextant d'avoir à utiliser les latrines, Segalla laissa le chambellan monter à l'étage sans lui. Lorsque ce dernier fut hors de vue, Segalla s'assit sur un banc et regarda ses mains.

« Tu es en train de commettre une erreur, Nicholas, se dit-il. Tu as tort et tu le sais. »

Il ferma les yeux, s'adossa au mur et songea aux paroles de Janette. Perdait-il son temps ? Il existait tant de possibilités : Janette lui avait démontré qu'on pouvait interpréter les faits de mille façons, et que c'était là toute la beauté macabre du meurtre de Darnley. De quelque manière qu'on aborde le problème, au bout du compte la reine allait porter une partie, sinon la totalité, de la responsabilité. Si Darnley s'était enfui, que redoutait-il à ce point ? Si on l'avait forcé à s'échapper, pourquoi sa femme ne l'avait-elle pas davantage protégé ? Quant aux hypothèses de Janette et Vartlett… Segalla rouvrit les yeux. Quelque chose clochait, mais il ne parvenait pas à déterminer quoi.

— Monsieur Segalla, vous me rejoignez ?

Il gravit les marches. Bethon l'attendait en haut, appuyé contre un mur, sous l'œil des deux archers qui montaient la garde devant la porte de la salle.

— Je regrette d'être venu, murmura Bethon. Le chirurgien est en train d'embaumer le cadavre du roi.

Sur quoi, une main plaquée sur la bouche, le chambellan dévala l'escalier.

Segalla adressa un signe de tête aux gardes et ouvrit la porte. Il comprit sur-le-champ ce qui avait rendu Bethon si malade. Le médecin et maître chirurgien de la reine, maître Pitcairn, se tenait près de la table à tréteaux où reposait le corps de Darnley. Celui-ci avait le buste ouvert du cou jusqu'au bas-ventre : on avait mis ses entrailles dans des cuvettes, et l'air était saturé de l'odeur écœurante de la décomposition, mêlée aux baumes que préparait Pitcairn. Des assistants vêtus de tabliers de cuir sales s'occupaient de nettoyer les entrailles dans des seaux d'eau, et à les saumurer avant qu'on les roule dans les herbes et qu'on les place dans des coffrets. Segalla serra les dents et tâcha de retenir sa respiration. Près de la fenêtre, il aperçut Sandy Durham, le portier du roi, qui leur tournait le dos.

Le chirurgien, homme de petite taille à la moustache bien taillée et portant une barbe en pointe, leva la tête. Il interrompit ses activités et fixa Segalla du regard.

— Que faites-vous ici, monsieur ? Au nom de Dieu, ce cadavre n'a rien de différent des autres. Ce n'est pas une momerie de foire de village !

Sandy Durham, la figure livide, fit volte-face et vint à leur hauteur. Il avait une démarche peu assurée : Segalla se demanda si c'était dû à la nervosité ou s'il avait bu plus que de mesure. Alors qu'il allait renvoyer Segalla, il le reconnut et sourit.

— Maître Pitcairn, il s'agit de monsieur Segalla, l'émissaire de France auprès de la reine.

Le chirurgien lui adressa un sourire d'excuse et retourna à son travail cependant que Durham invitait Segalla à quitter la salle.

— Quel travail répugnant, maître Durham !

— Ça oui, et on m'a chargé de surveiller le corps. La reine compte le faire enterrer à la chapelle royale d'Holyrood.

Embarrassé, le portier détourna le regard.

— C'est loin d'être une tâche aisée, dit-il d'une voix faible. Je m'efforce de regarder dehors en me pinçant les narines, en priant Dieu que le chirurgien en finisse au plus vite.

Segalla le saisit par le coude et l'entraîna dans la galerie jusqu'à une banquette située sous une fenêtre qui donnait sur les ruines de l'ancienne prévôté.

— J'ai des questions à vous poser, maître Durham.

Le portier lui lança un regard insolent.

— Tout le monde en a, monsieur Segalla.

— Pourquoi n'étiez-vous pas auprès de Darnley au moment de l'explosion ? Après tout, vous étiez son portier.

— Pourquoi, monsieur, vous auriez souhaité ma mort ?

— Non, mais j'aimerais savoir pourquoi vous teniez tant à quitter Kirk o'Field.

Durham pâlit un peu plus et jeta des regards furtifs à droite et à gauche comme si quelqu'un pouvait être tapi derrière les lambris. Il se pencha vers Segalla.

— Qu'insinuez-vous, monsieur ?

— Il circule une rumeur, maître Durham. Cette rumeur dit que vous teniez beaucoup à regagner Holyrood, dimanche.

Durham baissa les yeux et contempla sa bague de pacotille.

— Vous n'avez aucune autorité pour m'interroger de la sorte.

— Non, mais les tribunaux de la reine l'ont, eux. Tout comme les bourreaux.

— J'ai des amis, marmonna Durham sans relever la tête. Des amis puissants.

— Vous voulez parler de ceux qui ont fomenté la destruction de Kirk o'Field ? railla Segalla.

— Non, Français, des protecteurs à la cour.

— Vous ne m'avez toujours pas répondu. L'assassinat du roi est une haute trahison.

D'un geste, Segalla désigna la salle d'où ils sortaient.

— On est en train de retirer ses entrailles à Darnley, mais il est mort depuis longtemps. Quel effet cela doit-il faire, maître Durham, d'être pendu, décroché de la potence alors qu'on n'est qu'à demi mort et de voir ses viscères arrachés et brûlés sous ses yeux ?

Durham s'adossa contre la fenêtre et croisa les bras pour maîtriser ses tremblements. Un mélange de panique et de haine emplit son regard.

— Restez hors de cette affaire ! cracha-t-il. Vous ne savez pas où vous mettez les pieds, Français. Laissez-moi.

Il fit mine de se lever.

Segalla dégaina sa dague et lui bloqua le chemin.

— Pourquoi teniez-vous tant à quitter Kirk o'Field ?

— J'étais souffrant.

Durham parut s'affaisser.

— Vous mentez. Je veux la vérité.

Par la fenêtre, Durham contempla les ruines.

— Vous avez visité la demeure, monsieur. Vous avez dû ressentir la tension. Toute personne sensée savait que la mort et le meurtre s'apprêtaient à frapper. J'ai quitté Kirk o'Field pour cette raison, tout autant que pour assister aux festivités à Holyrood.

— Votre maître avait-il l'intention de prendre la fuite ?

Durham ricana.

— Mon maître, répondit-il lentement, jacassait autant qu'un enfant : sa caboche débordait de stratagèmes insensés. Oui, c'est possible qu'il en ait eu l'intention.

— Vous en a-t-il parlé ?

— Non.

— Possédiez-vous les clés de la chambre du roi ?

— Non, seulement celles de la cave. Là où travaillait Bonkle, le cuisinier.

— Et le soir de l'explosion ?

— Bonkle a éteint le feu, nettoyé les fours, préparé des assiettes de viande froide et du vin au cas où le roi aurait faim, et, comme nous tous, il est parti se perdre dans les vignes du Seigneur.

— Et vous avez fermé à clé la porte de la cave ?

— Bien sûr ! Juste avant que la reine s'en aille pour Holyrood.

— Vous en possédiez l'unique clé ?

Durham s'esclaffa.

— Comment diable pourrais-je le savoir, monsieur ?

— Vous n'avez prêté cette clé à personne ? Ou bien avez-vous fait en sorte que la porte de la cave reste ouverte ?

— Pour quelle raison ?

— Voyez-vous, répondit Segalla d'un ton acerbe, j'ai quelques connaissances en matière de poudre à canon. Oh, j'ai bien vu la barrique abandonnée, mais elle n'est là que pour attiser notre curiosité. Bref, ce que je sais…

Segalla montra les décombres du doigt.

— … c'est que pour détruire une telle bâtisse, dotée de fondations en pierre et soutenue par des voûtes, pour la raser complètement, monsieur, la poudre ne pouvait se trouver que dans la cave.

Il esquissa un sourire pincé.

— Alors comment y parvenir si vous aviez verrouillé la porte ?

Sandy Durham se leva d'un bond et colla son visage contre celui de Segalla.

— Je n'en ai aucune idée, Français. En tout cas, voilà ce que je peux vous dire : certains ne voient pas d'un bon œil que vous vous mêliez de cette affaire.

Avant que Segalla ait pu l'en empêcher, Durham partit à grandes enjambées, regagna la salle d'embaumement et claqua la porte derrière lui. Segalla resta sur la banquette et contempla les ruines de Kirk o'Field. Au bout d'environ une demi-heure, la porte se rouvrit. Lorsqu'il entendit Pitcairn s'adresser aux archers qui montaient la garde, il sortit du renfoncement.

— Maître Pitcairn, je souhaiterais m'entretenir avec vous un instant, s'il vous plaît.

Le petit médecin sourit et vint lentement vers Segalla. Débarrassé de son grand tablier en cuir, il portait à présent une jaque bouffante et matelassée par-dessus une chemise en lin à col montant, un haut-de-chausses pourpre foncé, des chausses élégantes et des souliers à talons pourvus de boutons de rose en or. Il tenait à la main une canne à pommeau d'argent, et ses doigts étaient chargés de petites bagues gravées des signes du zodiaque. Un mouchoir de soie dépassait d'une de ses manchettes ; dans l'autre main, il tenait une pomme à parfum sertie de joyaux qu'il reniflait de temps en temps avec langueur. Il tendit une main molle à Segalla.

Segalla la lui serra et remarqua la lueur rusée qui animait son regard.

— J'ai des questions à vous poser, annonça-t-il.

Le médecin rit et porta la pomme à ses narines.

— Des questions, des questions, n'en avons-nous pas tous, monsieur ? Mais j'ai une faim de loup.

Il s'appuya sur sa canne.

— Découper un corps et mettre des entrailles en bocal, il n'y a rien de tel pour vous donner de l'appétit.

D'un geste, Segalla désigna l'escalier.

— Dans ce cas, monsieur, soyez mon hôte.

Pitcairn alla chercher sa cape et son bonnet puis, balançant sa canne, emmena Segalla hors de Kirk o'Field, en direction de Netherbow Gate.

— Nous, les Écossais, raconta-t-il en chemin, pouvons parfois être d'affreux cuisiniers. J'ai étudié en France, à la Sorbonne.

Il baisa le bout de ses doigts réunis.

— Dès lors qu'on a dîné dans les auberges de Paris, on est fichu pour la vie. Enfin, venez, je vais vous montrer une petite oasis dans ce désert de nourriture médiocre.

— Vous êtes écossais de naissance ? s'enquit Segalla.

— Oh oui, et fier de l'être. Le cadet d'un laird désargenté. Je me suis enfui dès que je l'ai pu. Tout d'abord à Paris, puis je suis allé suivre l'enseignement de Vésale quand il était professeur d'anatomie à l'université de Padoue. Avez-vous lu son traité *De corporis humani fabrica libri septem* ?

Segalla dissimula son sourire et secoua la tête.

— Splendide, reprit Pitcairn. Quel esprit brillant ! Savez-vous…

Sa voix se mua en murmure rauque, comme s'il livrait un grand secret à Segalla.

— Savez-vous qu'il a prouvé que Galien se trompait ?

Il soupira.

— Enfin, quelle importance ? La reine souhaitait ma présence en Écosse, alors me voilà.

— Allez-vous rester ici ?

Le médecin s'arrêta et s'appuya sur sa canne, la tête de côté.

— Monsieur Segalla, je ne suis pas idiot. Je sais observer le visage d'un homme, ses yeux, ses cheveux, ses ongles. J'ai l'habitude de déceler les humeurs malsaines, les montées de bile noire ou les assauts de phlegme jaune.

Il reprit sa marche.

— Il en est de même pour le corps politique. Le peuple d'Écosse est bon, mais sa noblesse est corrompue. Il faut être un imbécile pour plonger les mains dans un cadavre nauséabond, et personne ne reste dans une pièce infestée par la peste. Je passe mon temps, monsieur Segalla, à nettoyer les plaies et à équilibrer les humeurs. J'exècre le crime, et l'Écosse va bientôt être le théâtre d'une vaste tuerie.

— Vous allez abandonner Sa Majesté ? demanda Segalla d'un ton brusque.

Pitcairn marqua un temps d'arrêt pour tirer une paire de gants délicats de sa ceinture et les enfiler.

— Ai-je dit cela, monsieur ? De toute façon, c'en est fini de la reine.

D'un signe de tête, il indiqua les ruines de Kirk o'Field dans leur dos.

— Après ce drame, comment peut-elle s'en sortir ? Elle est souffrante, monsieur. Malgré son attitude fière et courageuse, son corps la trahit.

— Quel est son mal ?

Le médecin se tapota le côté du crâne.

— Il vient de là, monsieur, songez-y.

Pitcairn s'arrêta ; ils étaient presque arrivés à Netherbow Gate. Le docteur s'assit sur un muret.

— Ce que je vous confie doit rester entre nous, monsieur Segalla. Dès lors que Durham m'a dit qui vous étiez…

Il lui adressa un sourire d'excuse.

— … c'est moi qui vous aurais invité si vous ne m'aviez devancé. La reine est une femme magnifique, poursuivit-il alors que Segalla prenait place à côté de lui. Son père, Jacques V, est mort moins d'une semaine après sa naissance, en proie à une manie, terrorisé par des visions que lui valait une profonde mélancolie. Une sorte de folie délirante qui épuise à la fois le corps et l'esprit.

La voix de Pitcairn se fit murmure.

— Le père de la reine, pour vous avouer la vérité, est mort du *petit mal**, de l'épilepsie. Marie n'échappe pas à ce sort. À son retour en Écosse, les difficultés auxquelles elle a dû faire face ont éveillé ces maux. Il y a six ans, elle est tombée de cheval à la suite d'une attaque soudaine. D'autres ont suivi et, après le meurtre de Rizzio, son accouchement a été plus long que la normale et très douloureux. Il y a quatre mois, à Jedburgh, la reine a subi sa crise la plus grave. Elle est devenue comme morte : membres froids, yeux fermés, mâchoires serrées, jambes et bras tout raides. Seuls les autres médecins et moi, grâce à l'étonnant courage de la reine, avons réussi à lui faire reprendre connaissance. Hélas, après de tels accès, la reine est faible, physiquement du moins. Je puis lui prescrire des philtres, mais lord Bothwell, qui a la réputation de tâter de la nécromancie et des sciences occultes, lui donne aussi des potions.

Abasourdi, Segalla se leva.

— Monsieur, vous devez vous tromper.

— Non, monsieur Segalla. La reine est épuisée. Entre de mauvaises mains, sous une influence plus néfaste…

Pitcairn se leva à son tour.

— … Dieu sait ce qui pourrait arriver.

Il saisit Segalla par le poignet.

— Sa Majesté doit quitter le pays. Elle doit fuir en France, emmener son enfant avec elle et se soigner. Là-bas, les Guises lui offriront leur protection. Ensuite seulement, à un moment plus propice, elle pourra revenir en Écosse.

Pitcairn sourit et frissonna.

— Allons, venez, il fait froid, et ce fameux repas nous attend.

CHAPITRE X

Dans une petite auberge tout près des portes de la ville, Pitcairn réserva une table particulière séparée du reste de la salle. Segalla passa un moment à regarder avec amusement le petit médecin, qui venait juste de vider un cadavre, manger de bon appétit : hachis de maquereau, escalopes d'oie en sauce et filet de porc sauce raifort. De temps à autre, il buvait quelques gorgées dans sa profonde coupe de bordeaux. Segalla, encore un peu écœuré, s'en tint à un petit pain et à une tourte parisienne.

Au bout d'un moment, Pitcairn se tamponna la bouche et leva son verre.

— Voyez-vous, monsieur, je n'ai pas le pouvoir de lire dans les pensées, mais j'ai l'impression que vous vous souciez davantage des morts que des vivants.

Segalla hocha la tête.

— Parlons en français, répondit-il. À voix basse.

Il balaya la pièce du regard.

— Même dans cet endroit discret, les murs risquent d'avoir des oreilles.

Pitcairn acquiesça.

— De quoi Darnley est-il mort ?

Le praticien but un peu de vin et se lécha les babines.

— C'était un homme de grande taille, de bonne constitution, même si les effets de la syphilis s'étaient fait sentir.

— Du poison ?

— Je n'en ai pas décelé. La plupart des plus connus, l'arsenic, la belladone, la jusquiame ou la digitale, tachent l'estomac et provoquent une odeur des plus nauséabondes. Tout ce que je peux affirmer, monsieur, c'est que le roi avait bu en abondance le soir qui a précédé sa mort.

— Vous n'avez retrouvé aucune trace de brûlure sur son cadavre ?

— Pas la moindre !

Pitcairn s'esclaffa.

— J'ai moi aussi entendu les histoires ridicules que l'on raconte, selon lesquelles le roi aurait été projeté dans les airs avant de retomber dans le verger à côté d'une dague, de pantoufles, d'une chaise et d'un filet.

Il vit l'air stupéfait de Segalla.

— Vous ne croyez tout de même pas à cette hypothèse ?

Segalla secoua la tête.

— Non, c'est le fait que vous ayez mentionné un filet qui m'a étonné. Moi, j'ai vu une corde.

Se souvenant qu'il n'avait fait que l'apercevoir dans la pénombre, Segalla marqua une pause.

— Eh bien, moi, je l'ai vu, déclara le médecin. Jeté en vrac, ça ressemble à un tas de corde, mais il s'agissait pourtant d'un grand filet, semblable à ceux qu'on utilise dans les ports pour charger les cales d'un navire. Darnley a dû s'en servir pour s'échapper.

Segalla caressa du bout des doigts le bord de la table. Il se réjouit que quelque part dans la taverne deux musiciens ambulants se soient mis à jouer de la flûte et du tambour, couvrant ainsi leur conversation.

— Si Darnley n'a pas été tué dans l'explosion, poignardé ou étranglé, de quoi est-il mort ?

— Je pense qu'on lui a coupé la respiration.

— Étouffé ?

— Peut-être.

— Pourtant il se serait défendu, non ?

Le praticien écarta les mains en signe d'impuissance.

— J'y ai moi aussi beaucoup réfléchi, monsieur. Et si on l'avait drogué ou plaqué à terre ?

Segalla se souvint des paroles de Nelson : le roi avait bu du vin avec sa suite avant que tous se retirent.

— Est-il possible qu'on ait drogué Darnley et ses suivants ?

— Pourquoi pas ? On a pu leur administrer un puissant soporifique. Les assassins se glissent dans la chambre, tuent Darnley et son valet, puis emportent les corps au-dehors en passant par la fenêtre. Ce n'est pas impossible. Édimbourg compte des cambrioleurs et des pillards capables d'entrer chez quelqu'un, même dans sa chambre, le voler et repartir sans encombre.

Il examina la figure perplexe de Segalla.

— Vous n'y croyez pas, n'est-ce pas ?

— Non, en effet.

Segalla posa sa coupe et se pencha au-dessus de la table.

— Qui aurait pu droguer Darnley ? Et puis pour cela il aurait fallu les clés pour entrer. Je pense que Darnley et Taylor ont quitté cette demeure de leur propre chef.

— Donc, si je suis votre raisonnement, monsieur, Darnley se lève, s'habille et, accompagné de Taylor, quitte Kirk o'Field en secret. Ils s'en vont mais se font surprendre par leurs assassins, qui les étouffent. Ensuite ceux-ci les dénudent, les habillent de leurs chemises de nuit et les transportent dans le verger où ils disposent une chaise et un filet pour faire croire qu'ils ont trouvé la mort en fuyant ?

Segalla sourit.

— Vous lisez dans les pensées, monsieur le chirurgien.

— Darnley aurait-il emporté ses biens ?

— C'est possible, une épée et une dague.

Pitcairn s'adossa à la cloison en bois.

— Darnley était un prince, déclara-t-il. D'après vous, monsieur, il aurait fui en pleine nuit pour sauver sa peau. Pour quelle raison, Dieu seul le sait. Je suis d'accord, il se serait habillé et aurait pris ses armes. Mais revenons à cette chambre, voulez-vous ? Si vous comptiez vous enfuir, monsieur Segalla, prendriez-vous la peine d'emporter votre chemise de nuit ?

Surpris, Segalla se cala dans son siège.

— Je… je n'y avais pas songé, reconnut-il. Darnley ne s'en serait pas encombré, c'est certain. Je vois mal les assassins retourner à Kirk o'Field dans le seul but de la chercher, et jamais ils n'auraient utilisé celle d'un autre.

— Quoi qu'il se soit passé, poursuivit Pitcairn, je ne crois pas que Darnley prenait la fuite. À cause de ce que je vous ai dit, mais aussi parce que je lui ai lavé les jambes : elles ne portaient ni marque ni trace de boue. Je n'ai par ailleurs trouvé aucun signe indiquant qu'on l'avait dévêtu pour lui passer une chemise. En fait, j'ai découvert le contraire. Sa robe de chambre était en laine, et j'en ai retrouvé des fils sur lui. À mon sens, on a étouffé Darnley pendant son sommeil, puis on l'a emmené hors de Kirk o'Field avant qu'elle explose.

— Pourtant, deux autres ont survécu : Nelson et Symonds.

Pitcairn fit la grimace.

— Dans ce cas, je dois revenir sur mon hypothèse de tout à l'heure. Darnley et Taylor ont-ils drogué le vin des serviteurs avant de quitter la chambre ? Ont-ils rencontré leurs assassins ailleurs dans Kirk o'Field ? Tous les deux portaient alors encore leur vêtement de nuit. Les meurtriers les ont ensuite tués et transportés dans le verger.

Pitcairn tapota sur la table et sourit de toutes ses dents.

— C'est comme une partie d'échecs, n'est-ce pas ?

Il eut soudain l'air grave.

— Nous ignorons, monsieur, si Darnley a retrouvé de son plein gré ceux qui, plus tard, l'ont supprimé, ou si, ayant entendu du bruit, il a réveillé son serviteur pour descendre dans la grande salle ou dans la chambre de la reine.

Pitcairn leva les yeux vers lui.

— Si c'est le cas, murmura-t-il, qui possédait les clés de Kirk o'Field ? La réponse est : la reine. Y est-elle retournée ? Dans sa jeunesse, Sa Majesté avait le goût de se déguiser en homme lors de masques ou de festivités. Ou bien a-t-elle remis ces clés à quelqu'un d'autre ?

— Sa Majesté a-t-elle pu faire une chose pareille ?

Pitcairn détourna le regard et se mordilla les lèvres.

— La reine que je sers…

Il secoua la tête.

— Non, je ne le pense pas. Cependant, monsieur Segalla, que se passerait-il si la reine, comme je l'ai mentionné tout à l'heure, avait l'esprit paralysé par la peur ?

Il brandit un doigt en direction de Segalla.

— N'oubliez pas, la période de convalescence de Darnley et son retrait officiel de la vie politique touchaient à leur fin. Lundi, il devait retrouver sa place à la cour.

Pitcairn agrippa Segalla par la main.

— Imaginez-vous la situation, monsieur ? dit-il d'une voix rauque. La reine, alors en pleines festivités, sait que quelques heures plus tard Darnley le syphilitique, le mari qui l'a trahie, qui a fomenté l'assassinat de Rizzio, va de nouveau partager son lit et sa vie.

Pitcairn secoua la tête.

— Pourriez-vous lui reprocher de décider d'avoir recours au meurtre ?

— Mais le crime était prémédité, rétorqua Segalla. On a forcément préparé la poudre à l'avance.

— Certes, monsieur, on peut entreposer de la poudre, mais il suffit d'un coup de tête pour enflammer la mèche.

Au palais de Whitehall, à Londres, Élisabeth d'Angleterre était assise dans sa chambre privée devant un grand feu ronflant, vêtue d'un manteau doublé de zibeline. On avait fermé les volets intérieurs ; l'atmosphère était lourde de la senteur des herbes aromatiques dont on avait garni les bûches et les braseros disposés çà et là pour combattre les frimas de février.

Dehors, Élisabeth entendait claquer sous les assauts du vent les clôtures de bois de la vieille cour où son père organisait des joutes, et le grincement de ce très vieux palais qui, songea-t-elle en jurant en silence, avait connu de meilleurs jours. Elle entoura de ses mains sa coupe de lait chaud à l'eau-de-vie.

— Je serais mieux à Richmond, bougonna-t-elle en se frottant doucement la joue droite, espérant que sa rage de dents allait disparaître. Que Dieu nous protège des médecins !

Tôt ou tard, il lui faudrait consulter le chirurgien de la cour et se soumettre à ses soins habiles. Elle sourit. Cet homme était si nerveux qu'elle ignorait qui paniquait le plus : elle à l'idée de perdre une dent, ou lui à l'idée de devoir l'arracher. Elle entendit du bruit dans la galerie, suivi par des coups à sa porte.

— Entrez ! répondit-elle sèchement.

— Votre Majesté, sir Francis Walsingham est en bas.

Élisabeth ne quitta pas le feu des yeux.

— Qu'il patiente.

Elle jeta un coup d'œil à la chandelle qui brûlait dans un coin.

— Comme moi j'ai dû patienter. Allez le dire à ce cher Black Tom.

Elle tendit une main vers les flammes.

— Les sujets ne devraient pas faire attendre leur souverain.

Lorsqu'elle entendit la porte se refermer, Élisabeth sourit. Son visage allongé montra une expression enfantine, semblable à celle qu'elle affichait quand son père la convoquait dans cette même chambre. Alors elle se cachait, effrayée par ce géant aux jambes pareilles à des troncs d'arbres, aux yeux étroits et à la voix tonitruante, qui réduisait le plus puissant des nobles à l'état de petit tas tremblotant. Élisabeth promena son regard autour de la pièce peuplée d'innombrables fantômes : Marie, sa demi-sœur espagnole au visage dur, aux lèvres pincées et à l'esprit soupçonneux. Le jeune Édouard, au regard doux et à la toux convulsive. Élisabeth serra sa coupe plus fort. À présent, elle tenait le globe crucifère et le sceptre, et portait la couronne. Après neuf ans de règne, elle avait déjà bu au calice de l'amertume. Elle passa la langue sur sa gencive enflammée et contempla d'un air impassible le portrait de son père peint par Holbein, suspendu au-dessus de la cheminée. Son père avait eu beau faire exécuter sa mère après l'avoir publiquement traitée de catin et déclarée illégitime, Élisabeth éprouvait toujours de la fascination à son égard.

— Il n'existe aucun homme de sa trempe, murmura-t-elle. Sauf Dudley, ce cher Robin !

Élisabeth entendit des pas dans la galerie : Walsingham, « Black Tom », attendait de lui parler d'une reine qui avait eu le luxe de se marier par deux fois. Élisabeth ouvrit la petite bourse accrochée à l'accoudoir de son fauteuil, en sortit le portrait miniature de sa cousine, et lut l'inscription en lettres d'or qui figurait sur le pourtour du cadre.

« Marie, reine d'Écosse, de France et d'Angleterre. »

Sept ans plus tôt, Throckmorton, son ambassadeur à Paris, lui avait envoyé cette miniature. Élisabeth sentit un accès de colère l'envahir. Elle contempla le visage doux et pâle qui lui rendait son regard.

— Comment ose-t-elle ? s'était emporté Élisabeth. Comment ose-t-elle se proclamer reine d'Angleterre ?

Ses deux familiers, Walsingham et Cecil, s'étaient alors subrepticement glissés auprès d'elle comme les consolateurs de Job. Ils lui avaient dépeint un tableau catastrophiste : une reine catholique, à la tête de troupes françaises, traversant la Manche comme l'avait fait son grand-père Henri Tudor soixante-quinze ans plus tôt. En Écosse, les grands lords, avides de venger les défaites de Flodden et de Solway Moss, se masseraient à la frontière.

L'Angleterre serait menacée par deux épées. Mais François était mort et Marie était rentrée en Écosse. Élisabeth avait admiré en secret l'habileté de sa cousine à dompter ses seigneurs rebelles, à se montrer patiente en écoutant les discours enflammés de Knox sur les nouvelles doctrines en provenance de Genève.

Marie avait fini par représenter un danger plus grand encore jusqu'à ce que Darnley la contienne. Les lèvres d'Élisabeth s'entrouvrirent sur ses dents noircies.

— Comptez sur les hommes… dit-elle. Comptez sur eux pour tout gâcher.

Elle prit la clochette en argent sur la table et la fit tinter avec vigueur. Lorsque la porte s'ouvrit en silence dans son dos, elle ne bougea pas.

— Comment va mon cher Black Tom ? demanda-t-elle sans se retourner.

Walsingham toussa.

— Comme toujours, heureux de vous voir, Votre Majesté. Ravi de vous servir.

— Bougre de menteur ! rétorqua Élisabeth, qui tourna la tête vers lui et lui adressa un sourire carnassier. Ne jouez pas au courtisan, Francis, ça ne vous va guère.

D'un geste de la main, elle lui indiqua un siège de l'autre côté de la cheminée.

— Allons, asseyez-vous, mon cher tisseur de toiles.

Walsingham prit place et ôta son bonnet. Il avait une posture décontractée. Lorsqu'ils étaient seuls, Élisabeth lui épargnait toujours les contraintes de l'étiquette. Walsingham jeta un bref regard aux mèches rousses qui dépassaient du peigne en argent serti de joyaux. Il remarqua que la reine portait sans cesse la main à sa joue droite et qu'elle se cachait presque dans les plis de sa grande cape de fourrure.

— Votre Majesté souffre d'un refroidissement ?

— Votre Majesté, Tom, répondit la reine d'un ton acerbe, est gelée jusqu'à la moelle.

Elle posa un regard furieux sur le lambrissage.

— Un de ces jours, je vais brûler cet endroit. Enfin, c'est vous qui m'avez amenée à Londres.

Walsingham secoua la tête.

— Non, madame, c'est vous qui l'avez choisi. Les Communes vont bientôt se réunir et, bien sûr, le comte de Leicester doit rentrer des terres de l'Ouest.

Élisabeth rejeta la tête en arrière et s'esclaffa.

— Rien ne vous échappe jamais, hein ?

— Darnley est mort.

Élisabeth fit tomber sa coupe par terre.

— Mort ! De son mal ou de la peste ?

— On l'a assassiné, Votre Majesté.

Walsingham ramassa le gobelet, l'essuya à l'aide d'une serviette de table, le remplit à la carafe qui chauffait sur une pierre au coin du feu et le tendit à la reine.

— Buvez, la pressa-t-il. Cela apaisera vos gencives. Je vais m'entretenir avec le comte de Leicester à propos d'un barbier…

— Silence ! s'emporta Élisabeth. Racontez-moi ce qui s'est passé.

Walsingham lui rapporta brièvement les dépêches qu'il avait reçues d'Édimbourg. Élisabeth oublia sa douleur et l'écouta en ouvrant des yeux ronds. À la fin du récit, elle resta silencieuse un instant.

— Les Stuarts sont maudits, dit-elle. Le père de Marie est mort en proie à la folie. Son grand-père et son arrière-grand-père ont été assassinés. À présent, c'est sur elle que pèse la malédiction. Que va-t-il se passer ?

— La guerre civile. On imputera la responsabilité de la mort de Darnley à Marie. Les lords vont protester et réclamer un pouvoir plus grand. L'Écosse sera divisée.

— Va-t-elle obtenir l'aide de la France ?

Walsingham secoua la tête.

— Les pouvoirs catholiques vont être scandalisés.

— Scandalisés ?

— Oui, Votre Majesté. Pendant qu'on assassinait votre parent, Marie assistait à un banquet.

— Et qui est le responsable de ce crime ? demanda Élisabeth d'un ton coupant, se rappelant soudain ses liens de sang avec Darnley.

Le regard de Walsingham se perdit dans le vague.

— Je vous ai posé une question, monsieur.

— Les grands lords ont tous été complices. Bien qu'ils n'aient pas allumé la mèche eux-mêmes, ils ont regardé faire sans réagir. Le grand coupable, c'est lord Bothwell.

— Possédez-vous des preuves ?

— Bientôt, Votre Majesté, nous détiendrons toutes les preuves nécessaires. Bothwell est un assassin et la reine Marie sa maîtresse.

Stupéfaite, Élisabeth laissa glisser sa cape sur ses épaules.

— Accuser une reine d'adultère, maître Walsingham...

Tâchant de dissimuler les battements de son cœur soudain plus rapides, elle enfouit ses poings serrés sous la zibeline.

— Accuser une reine d'adultère, reprit-elle, relève de la trahison.

— Il existe des preuves, je crois.

— Quel genre de preuves ?

— La correspondance entre la reine et lord Bothwell.

S'efforçant de dompter la peur qui la glaçait, Élisabeth détourna le regard. De toute sa vie, elle n'avait craint que deux hommes : son père et Walsingham. Elle se souvint de la profonde affection qu'elle éprouvait à l'égard du gentil Robin et de son admiration pour l'esprit subtil de Cecil, mais les calculs de Walsingham ! Elle n'avait pas souhaité qu'on envoie Darnley en Écosse et s'était opposée à son mariage avec Marie, mais Walsingham, de son côté, avait encouragé cette union. Darnley mort, Marie allait en porter la responsabilité et prendre Bothwell pour amant. Élisabeth se souvint d'Amy Robsart et se demanda pour la centième fois si elle était tombée ou si on l'avait poussée.

— Qui a tué lord Darnley ? demanda-t-elle brusquement. Qui a allumé la mèche ?

Walsingham soutint son regard en silence.

— Vous avez un agent en Écosse, insista Élisabeth. Celui que vous appelez le maître aux Corbeaux.

— Votre Majesté, qui a parlé d'un homme ?

Élisabeth leva le poing.

— Ne jouez pas à vos petits jeux avec moi !

— Votre Majesté…

Walsingham marqua un temps d'arrêt et respira à fond : il s'apprêtait à pénétrer dans l'œil du cyclone.

— Si la mort de Darnley améliore la situation du royaume et accroît votre bonheur, et croyez-moi, Votre Majesté, c'est sans doute le cas, pourquoi se soucier qu'on ait supprimé un jeune imbécile et amorcé la chute de la maison Stuart ? Il y a sept ans, poursuivit-il d'un ton froid, Marie d'Écosse siégeait sur le trône de France et menaçait l'Angleterre, qui avait alors une dague contre son cœur et une autre sous la gorge. À présent, on lui a ôté ces deux armes des mains, et le danger a disparu. Le maître aux Corbeaux, si c'est un homme, continuera à frapper et à œuvrer pour votre sécurité. C'est tout ce que je puis vous dire.

Élisabeth tapota du pied. Dans sa tête, elle préparait déjà sa lettre à Marie Stuart, composant insinuations subtiles et menaces déguisées. Elle leva les yeux vers Walsingham et, l'espace d'un instant, celui-ci aurait pu jurer qu'elle lui avait adressé un clin d'œil.

— Black Tom. Mon cher Black Tom, dit-elle dans un murmure. Retournez à vos toiles d'araignée. Tenez-nous au courant, lord Cecil et moi.

Son visage se fit grave.

— Il est temps que vous occupiez une place plus importante à la table du Conseil, sir Francis. Je n'oublierai pas tant de loyauté et de dévouement.

Walsingham se leva. Élisabeth lui présenta sa main à baiser, puis elle lui étreignit les doigts.

— En présence de sa reine, chuchota-t-elle d'une voix rauque, on s'agenouille.

Sous ses paupières tombantes, le regard de Walsingham ne changea pas d'expression, et pas un muscle de son visage dur comme le granit ne tressaillit. Il mit un genou à terre et regarda la reine dans les yeux.

— Dites à votre fameux maître aux Corbeaux de faire le nécessaire, et que le plus tôt sera le mieux.

Élisabeth lui serra de nouveau les doigts.

— En revanche, prévenez-le, et prenez-en note vous aussi, qu'il ne faut pas toucher à un seul des cheveux de Marie Stuart. Personne n'a le droit de lever la main contre un souverain. C'est compris ? C'est la prérogative des monarques, et non des sujets, de se charger des autres monarques. Ai-je votre parole, sir Francis ? Pas un seul de ses cheveux.

Walsingham hocha la tête et Élisabeth lui lâcha la main.

— Nous en avons terminé, annonça-t-elle.

Son maître espion prit le chemin de la porte.

— Walsingham !

La main sur la poignée, sir Francis se retourna.

— Marie d'Écosse possède un collier de perles noires. Quand la maison Stuart ne sera plus, qu'on me le remette.

— Entendu, Votre Majesté.

— Ah oui, autre chose, Walsingham.

— Votre Majesté ?

— Il y a six ans, Amy Robsart a trouvé la mort à Cumnor Place.

— Oui, Votre Majesté, paix à son âme.

— En effet, maître Walsingham, paix à son âme. Je voulais vous poser cette question depuis longtemps : où étiez-vous par ce beau jour d'automne ?

— Comme d'habitude, Votre Majesté, à votre service.

Élisabeth entendit la porte se fermer derrière lui. Elle leva les yeux vers le portrait de son père.

— Le roi David avait raison, marmonna-t-elle. Rien de nouveau sous le soleil, et tous les hommes sont des menteurs.

Troublé par sa conversation avec Pitcairn, Segalla quitta l'auberge et prit le chemin du Tolbooth.

La cloche d'une église voisine sonna ; Segalla, la main à l'épée, allongea le pas et s'engagea sur la grand-place. Des badauds se rassemblaient devant les marches du palais de justice, où des archers s'ouvraient de force un passage, menés par des hérauts criant : « Faites place ! Place au commissaire de la reine, le comte d'Argyll ! »

Segalla s'enfonça sous un porche et examina les alentours. L'esplanade du marché bouillonnait d'activité, mais il sentait le danger et remarqua la présence massive au sein de la foule des miliciens de Bothwell, hommes de main armés jusqu'aux dents qui portaient les couleurs de la maison Hepburn. Segalla se faufila à travers la cohue et parvint, après avoir soudoyé tel garde et présenté ses lettres de crédit à tel autre, à se glisser dans la grande salle sombre qui empestait le renfermé. On en avait compartimenté une partie à l'aide de cordons et, sur une estrade tout au fond, le comte d'Argyll, entouré d'officiels, de clercs et de greffiers, siégeait à une table couverte de feutre vert. Une multitude de curieux massée contre les balustrades braillait et jurait dans l'attente du début de la séance. Porteurs d'eau et camelots proposant à manger et à boire criaient pour attirer le chaland. Au bout d'un moment, deux hérauts sonnèrent des coups de trompette secs et stridents. Segalla grimpa sur un rebord de fenêtre et regarda par-dessus les têtes les hérauts se poster devant le comte d'Argyll.

— Oyez ! Oyez ! hurla l'un d'eux. Vous tous qui êtes réunis devant le commissaire de la reine !

Le reste de sa déclaration, au sujet d'une enquête sur la mort de lord Darnley et les récompenses qu'offrait Sa Majesté pour l'arrestation de ses assassins, fut noyé sous un déluge de sifflets perçants. Lorsque Segalla observa la foule, son estomac se noua. Les ennemis de la reine semblaient attiser les passions. Segalla entendit crier « Bothwell ! » et « Pendez l'assassin ! ». Seuls d'autres coups de trompette et l'intervention menaçante d'une escouade d'archers parvinrent à apaiser la clameur.

Argyll se leva et lut l'avis qui l'habilitait à conduire l'audience, puis on appela le premier témoin. Thomas Nelson, encadré par deux soldats, entra par une porte latérale et s'assit sur un siège face à la grande table. Argyll se pencha en avant.

— Votre nom ! aboya-t-il.

Nelson obtempéra. D'une voix hachée, il décrivit sa charge au service de Darnley.

— Dites-moi ce que vous savez, lui ordonna le comte, sur les événements de ce dernier lundi, jour du meurtre de votre noble maître.

Nelson s'éclaircit la gorge et fournit un récit pertinent. Alors qu'il terminait, sa voix se fit plus hésitante.

— Je ne sais rien d'autre, à part qu'à mon réveil la demeure s'écroulait tout autour de moi.

— Qui possédait les clés de la maison ? demanda d'une voix tonitruante l'un des hommes de loi assis près d'Argyll.

Nelson baissa la tête et marmonna une réponse incompréhensible.

— Parlez plus fort ! tonna Argyll.

— Ouais ! s'éleva une voix dans la salle. Qu'on sache la vérité !

Nelson leur fournit la même réponse qu'à Segalla.

— Le chambellan de Sa Majesté.

Un tollé monta de la salle. Cris et insultes fusèrent de toute part contre Bothwell, qu'on accusait d'avoir entraîné la reine dans ce complot. Segalla promena son regard sur la foule, qui occupait tout le Tolbooth et débordait sur la place du marché. La provocation, comme ceux qui l'avaient initiée, se révélait très efficace.

— La vérité ! La vérité ! scanda quelqu'un.

Sa revendication fut reprise en chœur et la clameur gonfla. Argyll et les hérauts tentèrent d'obtenir le silence, mais sans succès. Au bout d'un moment, le comte leva les mains en signe d'impuissance et quitta la salle à grands pas. Le maître héraut annonça la suspension de l'audience ; Segalla, craignant une explosion de violence, descendit de son perchoir et quitta les lieux.

Sur la place, la foule n'était guère plus bienveillante. Une compagnie de soldats de Bothwell fut prise à partie par un groupe d'apprentis, qui ne cessèrent de lancer quolibets et sifflets qu'au moment où les hommes en armes tirèrent leurs épées.

Segalla regagna en hâte la *Crucible Inn* par les rues transversales. Il voulait se terrer dans le silence de sa chambre afin de réfléchir, mais Janette et Vartlett l'attendaient dans la salle du bas.

— Vous étiez au Tolbooth ? demanda Janette, qui attendit qu'il se fût assis pour se pencher vers lui, l'air soucieux. Mon cher mari, vous semblez avoir vu un fantôme.

Segalla les fixa du regard, admirant leur flegme.

— La reine a perdu tout soutien en Écosse, dit-il avant de résumer les événements.

— Le pire reste à venir, murmura Vartlett.

Il plongea la main dans son pourpoint de cuir, en sortit plusieurs parchemins sales et les lui tendit.

Segalla les étudia avec attention. Le premier était un placard dont l'auteur anonyme réclamait les deux mille livres qu'offrait la reine pour l'arrestation des assassins de son mari.

JE PRÉTENDS À CETTE RÉCOMPENSE, lut Segalla, CAR LE COMTE DE BOTHWELL ÉTAIT LE PRINCIPAL CONSEILLER DU MEURTRIER, ET EN OUTRE PARCE QUE LA REINE S'EST LAISSÉ SANS MAL CONVAINCRE PAR LEDIT COMTE DE BOTHWELL.

L'auteur énumérait ensuite d'autres noms : Balfour, le propriétaire de l'ancienne prévôté, Chalmers, un des conseillers juridiques de la reine, et Black John Spens.

— Le dernier, qui est-ce ?

— Un des hommes de Bothwell, répondit Janette.

Elle saisit la coupe de vin que le serviteur avait apportée et la fourra dans la main libre de Segalla en lui caressant les doigts. Le jésuite rougit et leva la tête, mais Janette se contenta de lui adresser un grand sourire.

— Ne vous tracassez pas.

Segalla lui envia son calme ; elle avait le teint frais, les yeux vifs, les lèvres légèrement colorées au carmin.

— Cela vous importe-t-il ? lui demanda-t-il.

Janette jeta un bref regard à Vartlett.

— Et si tout était vrai ? s'enquit-elle. Et si la bataille était perdue avant même d'avoir été disputée ?

— D'après vous, Bothwell serait le coupable et la reine lui aurait donné son assentiment ?

— C'est possible, répondit Janette. Mais comment en savent-ils autant, au juste ? Bien sûr, il se peut qu'un agent anglais, le maître aux Corbeaux, tente d'entacher la réputation de Sa Majesté. Et si malgré tous ses croassements ces placards racontaient la vérité ?

Segalla secoua la tête et examina les autres affichettes : encore des proclamations anonymes affirmant sans vergogne que Bothwell était l'assassin, qu'il possédait les clés des appartements de Darnley, et qu'un forgeron, qui avait réalisé ces doubles, était prêt à passer aux aveux. La dernière affiche, diffamatoire à l'extrême, représentait la reine Marie en sirène, raillant ainsi les dauphins de ses armoiries tout en l'accusant d'être une catin. Le dessin dépeignait Bothwell comme un lièvre, là encore en référence à son blason. La sirène portait une couronne et avait une posture langoureuse. Segalla s'étonna de l'habileté de l'auteur : même le plus pauvre mendiant d'Édimbourg, bien qu'illettré, pourrait voir ces dessins et en comprendre le sens. Dans le jargon des marins, une sirène désignait par euphémisme une prostituée. Le lièvre évoquait la ruse et l'ingéniosité. À la façon dont étaient placés les portraits, l'un au-dessus de l'autre, l'insinuation sautait aux yeux : Marie et Bothwell étaient amants et liés par un pacte sanglant. Segalla jeta les parchemins sur la table.

— Celui qui a conçu cela, dit-il, est ingénieux, habile et sournois.

— On en trouve dans tout Édimbourg, déclara Vartlett. Tout comme des portraits de Bothwell portant pour légende le mot « assassin ».

Il saisit la main de Segalla.

— Que pouvons-nous faire de plus, monsieur ?

Segalla se souvint de la lettre qu'il avait écrite à l'archevêque Beaton. Pendant un instant, il fut à deux doigts d'ordonner à Vartlett et à Lindsay de quitter la ville, mais il se rappela les yeux cernés de noir et la pâleur de Marie. Il but une gorgée de vin.

— Seigneur, ayez pitié, pria-t-il. La reine n'est pas une meurtrière.

CHAPITRE XI

— Monsieur Segalla ?

Le jésuite releva la tête, alors enfouie dans ses paumes, cependant que Nelson se glissait sur le banc en face de lui. À l'évidence, le serviteur était terrifié. Janette lui commanda un gobelet de vin, que Nelson engloutit bruyamment avant de le faire claquer sur la table.

— C'est terminé ! s'exclama-t-il en lançant un regard noir à Segalla. Vous y étiez ?

Nicholas lui indiqua que oui.

— Demain matin, reprit Nelson, j'irai me prosterner devant la reine et demander un laissez-passer pour quitter l'Écosse.

— Pour aller où ? s'enquit Vartlett.

— À Berwick, puis je gagnerai les terres de lady Lennox, en Angleterre. Je compte m'y cacher, m'y terrer pour des années. Lord Darnley est mort. Les autres membres de sa suite ont été tués ou sont partis chacun de leur côté. Symonds a été assassiné.

Il regarda ses mains tremblantes.

— La nuit dernière, dans une ruelle, on m'a lancé un couteau.

Segalla le saisit par l'épaule.

— Pourquoi ? demanda-t-il. Pourquoi les meurtriers de votre maître vous poursuivraient-ils ? Qu'avez-vous vu ?

Nelson se prit le visage dans les mains et se mit à sangloter en silence.

— Je n'en sais rien ! gémit-il. Je le jure, monsieur, je n'en sais rien du tout !

— Lord Bothwell masse toujours plus de troupes dans Édimbourg, déclara Janette d'un ton brusque.

— La situation est-elle dangereuse à ce point ? s'enquit Segalla.

— Eh bien, un placard publié ce matin prétend que le père de Darnley a prié Marie d'organiser un procès. Il accuse implicitement Bothwell d'avoir assassiné son fils.

— C'est lui le coupable, affirma Vartlett d'un ton maussade. Bothwell a tenté sa chance, et il peut encore gagner.

— Comment cela ?

— Darnley était mal aimé. Personne ne le portait dans son cœur, alors la foule qui se presse dans les rues a été bien payée, mais par qui, nul ne le sait.

— Devrions-nous enquêter à ce sujet ? demanda Segalla.

— Sacrebleu ! Maître, vous avez déjà vu des affiches de ce genre à Paris. Il nous faudrait des mois pour débusquer l'imprimeur, tout ça pour qu'un autre le remplace.

— Vous parliez de Bothwell… dit Segalla en s'efforçant de ne pas regarder Nelson qui, à demi hébété, restait immobile, les yeux toujours gonflés de larmes.

Segalla adressa un clin d'œil à Vartlett, signe qu'il ne devait rien dévoiler qui soit susceptible de les trahir.

— Il se peut que Bothwell parvienne à désarçonner ses détracteurs, expliqua Vartlett. Il pourrait même parvenir à passer pour un redresseur de torts. Darnley bénéficiait de peu de soutien à part celui de sa famille.

— Ou alors, objecta Segalla, on peut faire de Darnley un martyr. Si c'était le cas, que Dieu nous vienne en aide !

Segalla plongea la main dans sa bourse et donna une pièce à Nelson.

— Payez-vous à manger. Ne quittez pas la taverne. Rassemblez vos affaires. Demain, Vartlett vous remettra de quoi gagner la frontière.

Nelson se leva d'un bond. Segalla l'attrapa par le bras.

— Si vous vous rappelez autre chose, Thomas, dites-le-moi !

Le serviteur secoua la tête et s'en alla d'un pas traînant.

Janette, qui jouait avec une de ses boucles d'oreilles, le regarda s'éloigner.

— Nous devrions l'imiter, maître. Nous avons accompli notre tâche, ici. Nous ferions mieux de quitter le pays.

Segalla fut contraint d'en convenir.

— Dans deux jours, vous partirez pour la France.

— Et vous ?

Segalla observa un bâtard ronger un tas d'os.

— Je n'en sais rien, répondit-il. Je n'ai pas encore pris de décision. Seule une personne a tenu des propos douteux : Sandy Durham, le portier de Darnley. Vous vous souvenez de lui, Vartlett ?

— Vaguement.

— Portez-lui un message : prévenez-le que je ne lui veux aucun mal, et que, s'il accepte de me parler, il deviendra le portier le plus riche d'Écosse.

Segalla se leva.

— Alors seulement, dit-il en relâchant bruyamment son souffle, nous pourrons peut-être quitter ce nid de vipères et retourner auprès de notre maître.

Segalla regagna sa chambre.

Il y resta les deux jours suivants, consignant tout ce qu'il avait appris, étudiant de près ses plans de Kirk o'Field, tâchant de se rappeler chacune de ses conversations. De temps à autre, Vartlett et Janette lui rendaient visite, et les nouvelles qu'ils lui rapportaient de la ville empiraient sans cesse. L'Écosse glissait vers la guerre civile. Dans les rues, les placards augmentaient en nombre et leurs messages gagnaient en virulence. À la nuit tombée, des voix sépulcrales criaient à la croisée des rues ou sur les toits que Darnley avait été victime d'un meurtre et que Bothwell était son assassin.

Segalla poursuivit son travail, s'efforçant de dégager un sens de ce fatras d'éléments, mais il aboutissait chaque fois à une impasse. Vartlett vint le prévenir qu'il avait porté le message à Durham, mais le jésuite désespérait d'obtenir une réponse. Au lieu de cela, il reçut des missives en provenance d'Holyrood : la reine lui demandait conseil, mais il prétendit être souffrant. Il n'osait s'y rendre. Comment pouvait-il se présenter devant la reine ? Elle décrypterait le message dans ses yeux et, si elle le croyait perdu à sa cause, risquait de lui fermer sa porte.

Quatre jours après que Vartlett eut transmis le message à Durham, Segalla reçut une réponse tard dans la soirée : le portier vint frapper à sa porte, l'hostilité dont il avait fait preuve lors de leur précédent entretien apparemment envolée.

— Merci d'être venu.

Segalla lui serra la main et lui fit signe de s'asseoir, mais Durham refusa.

— Si vous souhaitez apprendre la vérité, monsieur, il faut me suivre.

Segalla eut un mouvement de recul.

— Où ça ?

— Faites-moi confiance.

— Qui vais-je rencontrer ?

Un sourire éclaira la figure enfantine de Durham.

— Il faut vraiment me faire confiance.

Segalla regarda la porte entrouverte.

— Et vous devez venir seul, monsieur. Passez vos bottes et votre cape. Laissez votre épée et votre dague, et suivez-moi.

— Je… je suis émissaire officiel, bégaya Segalla.

— Ceux que vous allez rencontrer ne vous veulent aucun mal.

Segalla demanda à Durham de l'attendre dans la salle du bas. Il ferma tout à clé, se chaussa et se couvrit, puis descendit. Vartlett et Janette n'étaient pas là. Dehors, la nuit était glaciale. Segalla prit le chemin de l'écurie, mais Durham le retint par la manche.

— Vous n'aurez pas besoin de votre cheval, dit-il en souriant.

Ils quittèrent la cour de l'auberge, et aussitôt un groupe d'hommes les encercla. Segalla n'eut le temps ni de résister ni de crier. On lui saisit et bloqua les bras, on lui enfonça un bâillon dans la bouche et un sac de toile grossière sur la tête. Il entendit des voix, des claquements de sabots, puis on le hissa sur une monture, et ses ravisseurs et lui partirent au galop. Vacillant sur la selle, Segalla paniqua à l'idée de tomber même si les cavaliers qui l'entouraient le tenaient fermement. Il comprit qu'ils ne comptaient pas lui faire de mal dans l'immédiat ; il se débattit avec le bâillon et essaya de maîtriser son souffle tout en tendant l'oreille. Les bruits de la ville, les sons joyeux qui s'élevaient des tavernes et les suppliques des mendiants lui parvinrent. Puis le silence se fit, et les odeurs d'Édimbourg s'estompèrent à mesure qu'ils s'enfonçaient dans la campagne. Pourtant ils continuèrent leur course : pas un bruit, pas une parole, juste le martèlement des sabots sur le chemin, le grincement des harnais et parfois le cri terrifiant d'un oiseau nocturne. Segalla commença à avoir très froid. Son esprit s'engourdit ; rêves et images de son long passé lui revinrent – scènes et souvenirs qu'il avait jusqu'alors contrôlés avec fermeté. Il essaya de se parler mais s'aperçut que le bâillon l'en empêchait. Il fournit un gros effort pour bouger les mains, mais on les lui avait solidement attachées au pommeau de la selle. Il avait l'impression de flotter en plein cauchemar, emporté dans les airs par des succubes aux ailes noires. Au bout d'un moment, il entendit des cris. Une grille s'ouvrit et, à travers la trame du sac, Segalla distingua la lueur vacillante de flambeaux. Des mains brusques le firent descendre de cheval, puis on lui ôta sa cagoule et lui trancha ses liens. Il toussa et manqua s'effondrer, mais des hommes en demi-armure, épée et dague cliquetant contre leur flanc, le saisirent par les bras. Segalla aperçut des fenêtres éclairées à la chandelle, des tourelles et des pignons, et comprit qu'on l'avait emmené dans un manoir aux abords de la ville.

À l'intérieur, dans les couloirs, l'odeur était plaisante et les murs sentaient la peinture fraîche. Segalla voulut tourner la tête, mais ce mouvement déclencha dans son dos des décharges de douleur, aussi garda-t-il les yeux fixés sur les soldats qui le précédaient. On ouvrit des portes en chêne lustré. Ils pénétrèrent dans une salle au sol carrelé, bien chauffée et aussi parfumée qu'une journée d'été. Aux murs, des chandeliers illuminaient les fils d'or et d'argent des tapisseries. Avec délicatesse, on le fit asseoir sur un siège à haut dossier et aux accoudoirs rembourrés, et agrémenté de coussins moelleux. Il leva la tête. Sur l'estrade devant lui se dressait une longue table. Les hommes qui y étaient assis le voyaient bien grâce aux flammes des chandelles de cire. Segalla cligna des paupières et se frotta les yeux.

— Qu'est-ce que… de quoi s'agit-il ? bégaya-t-il.

— Bienvenue, monsieur Segalla. Veuillez nous pardonner pour ce voyage inconfortable. Nous ne souhaitons pas vous effrayer. Cependant, vous ne cessez de poser des questions, aussi vous fournirons-nous des réponses.

Segalla leva une main pour se protéger les yeux de la lumière.

— Je ne vous vois pas.

— Qu'on l'amène plus près ! ordonna une voix.

Des soldats trapus le soulevèrent, toujours sur le siège, et le rapprochèrent de l'estrade. D'autres serviteurs, vêtus aux couleurs du comte de Moray, portant les armes royales d'Écosse avec la bande noire sénestre qui les traversait, emportèrent le candélabre posé sur la table. On fourra dans la main de Segalla un gobelet en argent rempli de vin à ras bord.

— Buvez, lui commanda la voix. N'ayez crainte, il n'est point empoisonné.

Segalla obéit : le bordeaux lui rinça la bouche et lui réchauffa l'estomac. Il se détendit, se renversa dans son siège et braqua les yeux sur la figure rusée du demi-frère de la reine.

— Vous savez qui je suis, monsieur Segalla ?

— Oui, monsieur le comte.

— Et mes compagnons ? Permettez-moi de vous présenter James Douglas, comte de Morton.

Segalla examina le visage livide souligné par une barbe rousse et encadré par une collerette surchargée de décorations et un bonnet noir. Douglas le considérait sans ciller.

— Vous connaissez sans doute la réputation de mon ami ? murmura Moray.

C'était le cas, mais il garda le silence. Morton avait passé sa jeunesse à se cacher de la Couronne et avait accédé au pouvoir au cours des dix dernières années en tant que partisan zélé de la Réforme. Il s'agissait d'un homme froid et cruel, sournois en temps de paix, féroce en temps de guerre, du moins selon la description de Beaton. Morton administrait ses terres d'une poigne de fer. Ceux qui l'offensaient finissaient vite sur l'échafaud, souvent aiguillonnés par la pointe des lances.

— Je ne crois pas que le Français m'ait déjà rencontré.

L'homme assis à droite de Moray se pencha dans le halo de lumière. Il portait sa moustache et sa barbe brunes à la mode française, taillées avec soin. Il avait un visage d'ange : yeux foncés brillants, sourcils finement dessinés, lèvres charnues et teint d'ivoire. De chacun de ses mouvements émanait la plus grande délicatesse. Segalla s'efforça de sourire et salua.

— Je vous connais de réputation, sir William.

Il dévisagea sir William Maitland de Lethington, secrétaire d'État d'Écosse : un homme de l'ombre qui œuvrait en coulisse, mais dont on sentait la présence. C'est lui qui préparait le pistolet avec lequel un autre tirait. Sir William soutint le regard de Segalla et lui adressa un sourire des plus affables.

— Nous nous excusons pour le traitement brutal que vous venez de subir, mais nous avons cru comprendre d'après maître Durham que vous cherchiez à connaître la vérité.

— J'ignorais que les amis de maître Durham occupaient une place aussi importante au Conseil de la reine, répliqua Segalla. Si je l'avais su, je me serais adressé à lui bien plus tôt.

Il bougea un peu sur son siège et jeta un coup d'œil derrière lui. Il aperçut une rangée de soldats en cotte de mailles.

— Suis-je votre prisonnier ? demanda-t-il.

— Non, monsieur Segalla, vous êtes notre hôte.

Le comte de Moray tapota du bout des doigts sur la table.

— Vous pouvez, si vous le souhaitez, repartir sur-le-champ. Nul ne vous retiendra, mais si vous vous en allez, vous n'obtiendrez jamais les réponses à vos questions.

— On me dira donc la vérité ?

— Certes, et nous souhaitons que vous la rapportiez à vos amis, à Paris.

— Vous détenez des preuves ?

Moray se leva.

— Suivez-nous.

Les trois nobles descendirent de l'estrade et traversèrent la salle à grands pas ; Segalla et son escorte les suivirent.

Menés par Moray, ils s'engagèrent dans une galerie et s'arrêtèrent devant une porte cloutée gardée par deux soldats. Moray claqua des doigts. Un des gardes ouvrit la porte et, après s'être muni d'un flambeau accroché au mur, conduisit le comte et les autres dans l'escalier obscur et froid qui descendait à la crypte. Ils pénétrèrent dans une immense pièce circulaire, sans doute une ancienne cuisine, illuminée par des torches. Celles-ci brûlaient dans leur support en fer et baignaient l'homme soumis au supplice du chevalet d'une lumière fantomatique : elles conféraient à sa chair blanche un éclat exagéré et faisaient ressortir les filets de sang qui s'écoulaient de ses mains et de ses pieds entravés. Seul un morceau d'étoffe lui couvrait le bas-ventre. Son visage n'était plus qu'ecchymoses, sa barbe, sa moustache et sa chevelure épaisses étaient collées par la saleté et le sang. À cause des braseros disposés un peu partout, il régnait une chaleur étouffante, et près d'eux, semblables à des démons, des bourreaux masqués chauffaient pinces et fers.

— Il est toujours vivant ? demanda Moray.

L'un des tortionnaires, dont la moitié supérieure du visage était cachée par un masque de cuir rouge, grommela une réponse.

— Bien ! Bien !

Moray avança vers le supplicié et fit signe à Segalla de le suivre.

— C'est fort dommage, déclara Moray, mais c'est un fait avéré, monsieur Segalla, que le bruit sourd du maillet du bourreau, ses crochets et ses pinces chauffées à blanc, sans parler du couteau à dépecer qui glisse dans une main ensanglantée, arrachent la vérité bien plus vite que n'importe quelle question.

L'homme enchaîné se tourna vers eux et se passa la langue sur ses lèvres enflées.

— De l'eau ! gémit-il. Par pitié, de l'eau !

Segalla détourna la tête. Il essayait de ne pas regarder l'orbite vide du supplicié et la marque de corde sanglante autour de son front. On l'avait énucléé.

— Pour l'amour du Ciel, chuchota-t-il. Qu'on lui donne à boire.

Moray claqua des doigts. Un des bourreaux s'empressa d'apporter un seau d'eau et aspergea grossièrement le visage du prisonnier.

— Permettez-moi, intervint Lethington, de vous présenter Patrick Wilson, l'un des hommes les plus dévoués du comte Bothwell.

Le sourire aux lèvres, Lethington poursuivit :

— Maître Wilson a une histoire à raconter, n'est-ce pas, Patrick, mon jeune ami ?

Il lui saisit le visage et le tordit vers lui. Morton, aussi silencieux que la mort, tira son poignard et taillada d'un coup franc les deux joues du malheureux, d'où jaillit le sang.

Atterré, Segalla observa ces grands nobles à la cruauté froide et implacable.

— Wilson est un assassin, déclara Morton. Lui et d'autres membres de la suite de Bothwell ont participé au meurtre de lord Darnley. Bien sûr, maître Wilson a l'habitude de se salir les mains dans les affaires répugnantes de son maître.

Il se pencha et approcha son visage à quelques centimètres de celui de Wilson.

— C'est le maquereau attitré de Bothwell : telle femme, telle servante, toutes celles qui attirent l'intérêt de Bothwell.

— Monsieur, pitié !

— Pitié ?

Lethington lui tapota la joue.

— Allons, Patrick, contez-nous donc votre histoire, que nous l'entendions une dernière fois.

La souffrance arracha une grimace à Wilson.

— Pour l'amour de Dieu ! souffla Segalla. Soulagez-le un peu !

Moray claqua des doigts, et les bourreaux desserrèrent le chevalet, atténuant ainsi la tension sur les membres du prisonnier.

— Allez, Patrick, racontez !

— À dix heures, commença Wilson, Willie Powrie et moi avons reçu des ordres.

— Quand ça ? demanda Lethington avec autorité.

— Dimanche soir, avant l'assassinat de Darnley.

— Poursuivez !

— On nous a ordonné d'aller chercher la poudre que messire de Bothwell avait apportée du château de Dunbar. Nous devions la transporter jusqu'à

Blackfriars Gate. La poudre était répartie dans des pochons.

Wilson regarda Segalla.

— Des petits sacs en cuir, précisa-t-il. Rangés dans une malle. Nous l'avons chargée sur un gros cheval gris, en deux voyages.

— Où l'avez-vous récupérée ? s'enquit Segalla.

— Chez lord Bothwell.

— Vous deux, c'est tout ?

— Non, Paris le Français et le reste de la clique aussi. Je les ai aidés à porter les pochons par le jardin du côté est de l'ancienne prévôté. Nous sommes ensuite retournés au cheval, mais il avait filé, alors nous avons attendu dans le noir. Au bout d'un moment, nous avons pénétré dans la prévôté. Ormiston, le lieutenant de Bothwell, a forcé Paris à ouvrir les portes, car il possédait des doubles des clés. Nous avons alors placé la poudre dans la chambre de la reine.

— Que s'est-il passé, après ?

— Ormiston m'a dit : « Vous savez quoi faire quand tout sera silencieux à l'étage au-dessus, n'est-ce pas ? Vous allumez la mèche et vous déguerpissez. » Ensuite le reste de la bande est parti. Paris a refermé la porte à clé.

— Bothwell était-il là ?

— Oui, monsieur. Paris, lui, avait oublié de se laver les mains. Il était couvert de poussière et de saleté.

Wilson s'interrompit pour se passer la langue sur les lèvres.

— De l'eau, s'il vous plaît, par pitié !

On apporta un nouveau seau d'eau, et cette fois Segalla s'empara de la louche et versa le liquide dans la bouche grande ouverte. Wilson toussa et cracha.

Morton, qui se tenait dans l'ombre, approcha et lui mit son couteau sur la gorge.

— Racontez au Français, ordonna-t-il d'une voix rocailleuse, ce que vous savez sur la reine.

— Sa Majesté a vu Paris et a dit : « Seigneur, monsieur, que vous êtes crasseux ! » Puis toute la suite est rentrée à Holyrood. À minuit passé, lord Bothwell a quitté ses habits de carnaval. Il a enfilé un pourpoint de toile noire et une cape de cavalier. Il nous a rejoints, les autres et moi, à l'extérieur du palais et nous a conduits à Canon Gate.

— Que s'est-il passé, ensuite ?

— La sentinelle nous a adressé une sommation, mais Bothwell a répondu. Nous sommes arrivés à Kirk o'Field : Bothwell, qui détenait les clés de l'ancienne prévôté, nous a fait entrer. Nous avons allumé la mèche, et nous nous sommes tous cachés dans le jardin.

— Qu'est-il arrivé au roi ? voulut savoir Segalla.

Wilson secoua la tête.

— Dieu seul le sait. Il a dû entendre le vacarme et s'échapper par une fenêtre. Lord Bothwell doit le savoir, lui, car d'autres se cachaient dans le verger, mais moi je n'ai rien vu.

L'œil qui restait à Wilson roula sous l'effet de la panique.

— Je jure que je n'ai rien vu ! On a allumé la mèche, et la maison s'est soulevée dans un grand fracas, des pierres et du plâtre ont été projetés dans les airs.

— À ce moment, demanda Segalla d'un ton posé, vous croyiez le roi encore dans ses appartements ?

— Oui, murmura Wilson. Ce n'est que le lendemain, après l'aube, que nous sont parvenues les rumeurs sur le roi qu'on aurait retrouvé assassiné dans un verger voisin.

— Vous jurez qu'il s'agit de la vérité ? intervint Lethington.

— Dieu m'en soit témoin, oui. Par pitié, monsieur.

— Par pitié ?

Moray s'avança entre Segalla et le chevalet. Il approcha de nouveau son visage de celui de Wilson.

— Quelle pitié avez-vous eue envers lord Darnley ? Vous êtes un traître, monsieur. Vous serez pendu, saigné et écartelé, puis on trempera votre malheureux cadavre dans la saumure et le sel, avant de le jeter dans un panier d'osier et de le clouer sur les portes de la ville.

Moray se redressa.

— Reprenez le supplice ! ordonna-t-il aux bourreaux cachés dans l'obscurité. Voyez jusqu'à quel point vous pouvez allonger ce petit homme, et s'il n'a pas d'autres aveux à nous faire.

Moray lança un regard à ses deux compères, mais Lethington et Morton se dirigeaient déjà vers la porte. Moray les suivit et saisit Segalla par le bras.

— Voilà, monsieur, vous avez les réponses à vos questions.

Soulagé de quitter la crypte, Segalla se contenta de hausser les épaules. Les lords le ramenèrent dans la salle du Conseil. Cette fois, les serviteurs avaient placé les chaises devant la table, disposées en demi-cercle face à Segalla : au milieu, sur une table plus petite, on avait posé un plateau contenant un broc en argent et des gobelets en étain. Tous prirent place ; Lethington, au sourire plus courtois que jamais, servit du vin à Segalla.

— Avez-vous vos réponses, monsieur Segalla ? Ou devrais-je plutôt vous appeler père Segalla, membre de l'ordre des Jésuites ?

— Qui que je sois, rétorqua Segalla, je suis un émissaire français accrédité. Vous n'avez aucune autorité ni aucun droit sur moi. Croyez-moi, monsieur, si vous m'attachiez à ce chevalet et m'écarteliez jusqu'à me briser jambes et bras, j'avouerais être la reine des fées et même le roi Macbeth, revenu de l'enfer. Toute confession obtenue par la torture n'a aucune valeur juridique.

Lethington secoua la tête.

— D'autres feront les mêmes aveux.

— Un millier d'hommes soumis au supplice du chevalet chanteront tous le même refrain, répliqua sèchement Segalla.

— Nous possédons d'autres preuves, dit Moray. Oui, monsieur, nous avons la preuve écrite que Sa Majesté et lord Bothwell sont amants. Alors, que répondez-vous à cela ?

— Avec des preuves, comme avec des *si*, on pourrait mettre la mer en bouteille, répliqua Segalla, s'efforçant de dissimuler son inquiétude.

— Nous possédons des lettres, déclara Moray. Des lettres d'amour de la reine adressées à Bothwell. Elles trahissent ses véritables sentiments à l'égard de lord Darnley.

— Je ne vous crois pas !

Moray se baissa et tira d'une sacoche en cuir un fin rouleau de parchemin, qu'il tendit à Segalla.

— Lisez, monsieur. Ce n'est pas l'original, mais une copie fidèle.

Segalla dénoua le cordon rouge : il s'agissait d'une lettre non datée. La parcourant rapidement, il se rendit compte qu'il s'agissait bien d'une lettre de la reine à l'attention du comte de Bothwell. Elle commençait de façon abrupte, sans salutation.

« Ayant quitté le lieu où je laissai mon cœur, de ma probité l'on devrait aisément juger… »

La lettre se poursuivait par des phrases affectueuses et énamourées, où Marie décrivait son voyage à Glasgow pour aller chercher Darnley et le ramener à Édimbourg. Segalla releva brièvement les yeux. Les trois lords le regardèrent d'un air impassible, et Segalla tâcha de maîtriser la panique qui lui nouait l'estomac. Il fut tout d'abord tenté de prétendre que la lettre était un faux, mais son contenu ne pouvait être connu que de Marie : Darnley qui la suppliait de résider près d'elle, qui mettait sa maladie sur le compte de son « étrange attitude envers lui », et lui reprochait d'être cruelle de ne pas accepter son repentir.

— Qu'en pensez-vous, monsieur Segalla ?

Le jésuite leva les yeux vers le visage souriant de Lethington.

— Voyez, murmura le secrétaire d'État, ce qu'écrit la reine sur lord Darnley : le roi croit que Marie ne lui fera jamais de mal, mais sait que d'autres peuvent s'en prendre à lui. Poursuivez votre lecture, monsieur.

Segalla obéit et son effroi grandit.

« Que Dieu me pardonne, mais Il nous a liés à jamais. Nous devons être le couple le plus fidèle… Telle est ma foi, je mourrai en la respectant. »

Une phrase particulière accrocha son regard.

« Las, je n'ai jamais abusé personne, mais à votre volonté je me soumets entièrement… Quoi qu'il advienne de ma personne, je vous obéirai. »

S'efforçant de garder un air impassible, Segalla lut la lettre jusqu'au bout et la rendit à Moray.

— Où est l'original ?

Le comte sourit.

— Allons, allons, monsieur Segalla. Ne jouez pas au jésuite avec nous. Vous savez que cette missive est de la main de Marie.

— Elle ne prouve pas qu'elle a tué son mari.

— Elle prouve qu'elle mentait ! répliqua sèchement Morton. Elle lui a raconté qu'elle le protégerait, et, force est de reconnaître, Français, qu'elle n'en a rien fait. Pouvez-vous affirmer le contraire ?

Segalla ne put que hocher la tête en silence en signe de résignation.

— Cette lettre prouve aussi, ajouta Lethington d'un ton suave, que Bothwell et Marie sont amants adultères : la reine l'a rédigée alors que tous les deux étaient mariés. Qui plus est, n'avez-vous pas entendu les rumeurs ? Lady Bothwell est souffrante elle aussi. Bref, vous avez entendu les aveux de maître Wilson. Vous avez lu nos preuves… nous en possédons d'ailleurs davantage.

— Le reste de ces lettres du coffret – Moray cracha presque ces mots – prouvera que ma sœur est une femme adultère, une menteuse, et que même si elle n'a pas assassiné son mari, elle était favorable à la décision de le supprimer et a ensuite fermé les yeux.

Moray se cala dans son siège et roula le manuscrit avec soin.

— Le tableau n'est cependant pas encore complet, dit-il. Voilà ce que j'ai à ajouter, Français : Bothwell a détruit Kirk o'Field avec le plein assentiment de ma demi-sœur. D'une manière ou d'une autre, Darnley a réussi à s'échapper.

Moray caressa sa moustache et sa barbe.

— Bothwell s'y attendait peut-être, et Darnley, en fuyant, s'est jeté droit dans les griffes d'un autre groupe de ses hommes de main.

— Pourtant, on a extirpé Nelson et Symonds des ruines. Pourquoi n'ont-ils ni vu ni entendu leur maître s'enfuir ?

— N'avez-vous point de cervelle ? brama Moray. Je parie, monsieur Segalla, que si le médecin de la reine…

Comme pour signaler à Segalla qu'ils savaient tout de son entretien avec Pitcairn, ses traits épais se détendirent.

— Si le médecin de la reine, reprit Moray, fouillait les entrailles des autres malheureuses victimes, il découvrirait qu'on les avait droguées. Nelson et Symonds ont eu de la chance. On aura mis les effets d'un tel breuvage sur le compte de la violence du choc.

— Quel rôle maître Durham a-t-il joué dans cette affaire ? demanda Segalla.

— Il était au courant de la trahison de Paris. Un portier observe ce qui se passe autour de lui.

— Que va-t-il advenir de Wilson ?

— Il va nous donner encore quelques noms, répondit Lethington d'un ton sec. S'il meurt, soit, d'autres viendront se joindre à la danse.

Segalla contempla les trois puissants seigneurs. Malgré leur malveillance, ils disaient la vérité.

— Pourquoi me dévoiler tout cela ?

— Vous posez des questions, Français. Vous avez vos réponses, à présent, répondit Moray. Rentrez raconter à votre maître à Paris la vérité sur notre reine. Quittez l'Écosse, Français, sans tarder. L'orage gronde, et nul ne sait qui il va emporter.

Moray écarta ses mains gantées et sourit.

— Vous avez entendu notre témoin et vu les preuves. Vous pouvez repartir, à présent.

Le sourire du comte s'élargit.

— De façon plus confortable qu'à l'aller.

Il claqua des doigts. Les soldats postés derrière Segalla s'avancèrent et, sans qu'on lui adresse un autre regard ou un autre mot, le conduisirent dans le couloir puis dans la cour.

Il eut droit à une autre chevauchée au triple galop, entouré cette fois de cavaliers en cotte de mailles qui lui bouchaient la vue. Ils foncèrent sur les chemins de campagne, passèrent par une poterne et ne s'arrêtèrent qu'une fois devant la *Crucible Inn.* Sans un mot, ils le laissèrent mettre pied à terre : le capitaine, la figure cachée sous sa capuche, approcha.

— Un dernier message, Français.

Segalla regarda le visage plongé dans l'ombre.

— Lord Moray insiste beaucoup sur ce point : vous devez quitter l'Écosse sans tarder.

Il fit faire demi-tour à sa monture, et toute la troupe s'enfonça dans les ténèbres, où résonna le claquement des sabots.

Segalla se prit à trembler. Il dut lutter pour ne pas entrer dans la salle de la taverne en courant mais d'un pas mesuré. Dans un coin, Janette et Vartlett jouaient aux cartes avec Nelson.

Ils levèrent les yeux vers lui, impatients de l'entendre, mais Segalla continua à feindre le calme.

— Avez-vous vu Durham ? demanda Vartlett.

Segalla cacha ses mains sous sa cape et esquissa un sourire forcé.

— Oui.

— Et ?

Janette se pencha en avant, posa le menton sur ses paumes et sourit à Segalla.

— Demain, je vais rendre visite à la reine. Ensuite, nous ferons nos bagages. Maître Nelson, je vous conseille de partir. D'ici à une semaine, j'espère avoir quitté ces lieux funestes et voguer vers la France.

Segalla monta dans sa chambre. Il n'accordait sa confiance à personne, pas même à ses compagnons, et encore moins aux lords qu'il venait de rencontrer. Ne restait plus que la reine. Dans l'obscurité, Segalla sourit. Il était jésuite et prêtre : voilà qui lui offrirait peut-être la clé de cette énigme.

CHAPITRE XII

Le lendemain, Segalla s'en alla à cheval dans la brume matinale pour se rendre au palais d'Holyrood, et demanda audience à la reine. Traquair l'ayant reconnu sur-le-champ, il n'eut à attendre que quelques instants dans une antichambre avant qu'on l'introduise chez la reine. Les murs y étaient tapissés de crêpe noir, et à la lueur des chandelles et des flambeaux vacillants, la pièce ressemblait à un tombeau sombre et inquiétant. Assise devant la cheminée sur un siège rembourré à haut dossier, la reine portait des habits de soie noire : des rubans brodés de fil d'or et d'argent ornaient les grandes manches bouffantes de sa robe. À sa coiffe noire de jais était fixé un voile qui lui cachait le haut du visage.

— Monsieur, c'est très gentil à vous d'être venu. Je vous ai fait chercher plusieurs fois.

Segalla perçut la fragilité de la voix de la reine. Il s'approcha, posa un genou à terre et baisa sa main glacée. Lorsqu'il leva les yeux vers elle, il fut frappé par son air de désespoir absolu.

— Madame, je n'ai pu me déplacer.

Segalla dut mobiliser toute sa volonté pour s'en tenir à son plan.

Marie lui fit signe de prendre place sur un siège en face d'elle.

— Allons, asseyez-vous ! Avez-vous d'autres questions, mon père, avant de reprendre le bateau pour la France ?

Segalla lui jeta un bref coup d'œil inquiet. La reine se contenta de secouer la tête.

— Non, il n'y a pas d'espions ici, susurra-t-elle. *Mais tout est perdu**. Enfin, là encore, tout l'était déjà avant même de commencer.

— Je n'ai pas d'autres questions, madame, déclara Segalla. Cependant, vous avez raison, je suis prêtre. Je suis venu célébrer la messe.

Marie souleva lentement son voile.

— Eh bien, monsieur Segalla, je vous en remercie.

Elle lui montra une petite table derrière lui.

— Elle vous servira d'autel.

Segalla lui demanda un instant et ouvrit les poches de sa sacoche de selle. Il déroula un carré de lin qu'il étendit sur la table, y posa un petit crucifix en bois, sortit son ciboire et se détourna pour sourire à la reine, qui l'observait avec attention.

— Votre Majesté, j'aurais besoin de vin et d'un verre.

La reine lui indiqua un plateau. Segalla servit le breuvage dans un gobelet incrusté de joyaux et l'apporta sur l'autel. Il posa un de ses précieux pains azymes sur la table, puis sortit le carré de soie sacré qui lui servait d'étole. Il s'assit en face de la reine.

— Je sais ce que vous allez me demander, monsieur, déclara Marie avec un sourire triste. Vous logez en ville, aussi avez-vous dû entendre ce que proclament mes ennemis. J'ai vu les placards, poursuivit-elle d'une voix tremblante. La sirène à la poitrine nue. Je sais tout des rumeurs qui circulent.

Elle respira à fond. Segalla percevait sa rage silencieuse, comme si elle avait envie d'écraser ses diffamateurs.

— Qu'allais-je vous demander, madame ?

— Vous souhaitiez m'entendre en confession.

Avant que Segalla ait eu le temps de répondre ou de l'arrêter, la reine s'agenouilla avec élégance, les mains jointes. Elle récita les paroles rituelles.

— Pardonnez-moi, mon père, car j'ai péché. Cela fait deux mois que je ne me suis pas confessée, et voici mes fautes.

La reine dut fournir un violent effort pour maîtriser sa voix.

— Je suis née à la mauvaise époque. Je ne suis pas faite pour en affronter les tourments. J'ai aimé et voulu être aimée, mais je n'ai récolté que la haine. J'ai été reine à deux reprises, et on m'a arraché la couronne à chaque fois. J'ai sondé le cœur des ténèbres humaines, et je sais à présent ce que haïr signifie. Non…

Marie leva la main pour empêcher Segalla de l'interrompre.

— J'ai aimé deux hommes dans ma vie. L'un n'était encore qu'un enfant et est mort avant d'atteindre l'âge adulte. Quant à l'autre, je le croyais un homme, mais ce n'était qu'un loup malade tiraillé par une faim féroce.

Elle marqua une pause.

— Et le meurtre ? se força à demander Segalla.

— Oui, murmura la reine en hochant la tête. J'avoue en avoir commis, souvent, très souvent ! En pensée, j'ai assassiné Moray, Morton, Lethington et tous les grands lords !

— Et votre mari, Darnley ?

— Oui, lui aussi. Plus d'une fois : avec un stylet, une hache ou une corde.

— Qu'en est-il de l'affaire de Kirk o'Field ? s'enquit Segalla d'une voix douce.

D'un geste vif, Marie porta les doigts à son visage, et elle rit.

— Tous mes crimes, mon père, n'ont été commis qu'en pensée, jamais dans la réalité. Je n'ai en vérité jamais porté la main sur personne. En revanche, je haïssais Darnley, oui.

Elle inspira de nouveau. Son corps se balança un peu, et elle fixa du regard un point derrière Segalla, comme si elle avait oublié sa présence et s'adressait à un esprit invisible.

— Je détestais Darnley. Je me suis donc infligé une pénitence : je lui ai pardonné. J'ai été assez stupide pour croire que je pourrais apprendre à l'aimer de nouveau et oublier le passé, que nous pourrions vivre comme mari et femme. Quand je suis partie pour Kirk o'Field, telle était mon intention.

— Et lord Bothwell ?

La reine reporta son regard sur lui.

— C'est un laird vigoureux et exalté qui m'est dévoué corps et âme. Malgré ses nombreux défauts, tromperie, trahison et meurtre lui sont étrangers.

Elle dut percevoir la surprise de Segalla.

— Quoi qu'on vous raconte, mon père, et quoi qu'on vous montre, tout n'est que mensonge.

Elle fouilla dans la petite bourse qu'elle portait sous sa cape et en tira le plus magnifique rosaire de perles que Segalla ait jamais vu. La reine le brandit en le tenant par le crucifix.

— Je jure, déclara-t-elle d'un ton solennel, je jure sur la croix, sur la messe que je vais entendre, sur l'absolution que je vais recevoir, sur ma vie et mon âme, que ni moi ni lord Bothwell n'avons joué le moindre rôle dans la mort de mon mari.

Segalla se pencha et saisit les mains froides de la reine. Il lui pressa doucement les doigts comme s'il pouvait leur transmettre sa chaleur : il se réjouissait de retrouver l'ancienne Marie, la légère moquerie dans son regard, la grâce de son visage.

— Voilà, mon père, vous avez entendu ma confession.

Elle le dévisagea.

— Qu'avez-vous vu, mon père ? Qu'est-ce que ces démons de l'enfer, car ce sont des démons de l'enfer, vous ont raconté ?

Segalla savait que Marie se montrait honnête : toute la force de sa personnalité et de son âme affleurait dans ses paroles. Il lui raconta donc tout : ses discussions avec Pitcairn, ses soupçons à l'égard de Janette et Vartlett, ses propres pensées et réflexions et, pour finir, sa visite nocturne chez le comte de Moray. Marie se releva, tira un siège plus près de Segalla et s'assit. Lorsqu'il aborda l'épisode de la lettre, Marie s'enfouit le visage dans les mains. Quand il eut terminé, elle resta à se balancer en douceur, sans que le moindre murmure ou sanglot lui échappe. Puis elle releva la tête, et Segalla tressaillit à la vue de sa fureur.

— Ils m'ont prise au piège ! Ils m'ont enfermée grâce à mes propres mots.

Elle souffla bruyamment.

— La lettre était-elle signée ?

Segalla secoua la tête.

— Avez-vous vu l'original ?

— En ont-ils un ?

— Oh que oui !

Marie s'esclaffa et frotta ses mains sur sa robe.

— C'est mon coquin de frère, ce rusé, qui le détient. Le brouillon d'une lettre que j'ai écrite à l'archevêque Beaton. Voilà ce qu'ils ont fait, monsieur : ils ont mêlé avec grande astuce cette missive à une lettre d'amour que j'avais envoyée à Darnley.

— Comment y sont-ils parvenus ?

— Il y a des traîtres dans ma propre maison. Je n'accorde mon entière confiance à personne, même pas à lord Bothwell. Enfin, pour vous répondre, prêtre, je conservais dans ma chambre à Kirk o'Field de tels documents à l'intérieur d'un coffret : brouillons de lettres, notes importantes, etc. Je les croyais détruits dans l'explosion. Comme vous le savez, j'ai envoyé mon chambellan procéder à des recherches : il n'en a pas retrouvé la moindre trace, aussi les ai-je crus disparus, réduits en cendres. À présent, je connais la vérité. Quand ils se sont introduits dans la demeure pour assassiner mon mari, ils en ont profité pour voler ces documents dans ma chambre.

— Mais comment est-il mort, madame ?

Marie ferma les yeux ; sa mâchoire se crispa.

— Je l'ignore, répondit-elle d'une voix rauque. Devant Dieu, je jure que ni moi ni Bothwell ne le savons. Nous avons quitté Kirk o'Field pour assister aux festivités à Holyrood. Quand Traquair nous a informés de la présence de Ker de Fawdonside dans les environs, Bothwell et un groupe de ses hommes sont allés vérifier que tout était calme à Kirk o'Field, puis ils sont rentrés.

Exaspérée, la reine agita les mains.

— J'ai pensé que Bothwell était parti retrouver sa femme ; ses hommes étaient trop ivres pour allumer une chandelle, alors une mèche… Allons, dites votre messe, prêtre. Cependant, après la bénédiction, arrêtez-vous un instant.

Segalla, perplexe et choqué après le récit de la reine, se leva et alla jusqu'à la table. Il sortit son missel de sa sacoche, fit le signe de la croix et récita le premier vers du psaume : « Et j'irai jusqu'à l'autel de Dieu, jusqu'au Dieu de ma joie. » La messe passa vite : Segalla, penché au-dessus du vin et du pain, célébra l'Eucharistie à voix basse, puis éleva l'hostie et le calice. La reine, jusqu'alors agenouillée sur un prie-Dieu derrière lui, se leva dans un bruissement de soie et s'approcha de l'autel. Elle couvrit de ses mains hostie et calice, puis se dressa de toute sa hauteur, la figure sévère, majestueuse.

— Je jure, murmura-t-elle, sur ce saint sacrement, que je n'ai ni pris part à l'assassinat de mon mari, ni comploté contre lui, ni œuvré de quelque manière que ce soit pour provoquer sa mort. Je jure aussi qu'à ma connaissance le comte de Bothwell est innocent. Je jure encore – les mains de Marie retombèrent le long de son corps – que j'ai essayé d'aimer mon mari : j'avoue avoir commis une terrible erreur, que je regretterai toute ma vie, en le laissant à Kirk o'Field.

Elle regagna sa place. Segalla poursuivit la messe. Il donna l'absolution à la reine, puis le sacrement. Lorsqu'il eut terminé, il rangea ses affaires, et la reine lui apporta un verre de vin doux et une assiette d'amandes sucrées. Elle lui sourit avec décontraction.

— Vous êtes singulier, Segalla. Parlons de vous un instant. Je suis sûre qu'un homme tel que vous a servi ma mère, autrefois. Est-ce possible, monsieur Segalla, qu'un homme ne meure jamais ?

Segalla resta impassible.

— Il est des sorts plus terribles que la mort, madame.

La reine cligna des paupières et détourna le regard.

— C'est vrai, en effet. Père Segalla, croyez-vous que certains soient maudits ? Je suis née Stuart. Mon père est mort gravement affligé, mon grand-père a été tué à la bataille de Flodden, son père avait été assassiné, comme son père avant lui. Pensez-vous qu'une malédiction pèse sur notre lignée ? Attirons-nous le malheur sur nous et sur tout ce que nous touchons ?

Segalla se détendit, soulagé que la reine ait cessé de l'interroger à son sujet.

— Il ne s'agit pas d'une malédiction, madame, mais comme vous le dites vous-même, certains naissent au mauvais endroit au mauvais moment et, tels des éléments étrangers, se mêlent à ceux qu'ils auraient dû éviter. Votre demi-frère, Moray, veut la couronne. Élisabeth vous considère comme une menace. Les Français voient en vous un pion à jouer pour exaucer leur rêve de grande alliance.

Il soupira.

— Qu'allez-vous faire, madame ?

La reine secoua la tête.

— Je l'ignore. Oh, je reconnais bien la patte de mon demi-frère et des lords de la Congrégation dans ce drame. J'entends d'ici leurs moqueries ; bientôt, on tirera épées et dagues, et à la grâce de Dieu !

— Et lord Bothwell ?

— Il m'apporte réconfort et conseil. Si je l'abandonne, il ne me restera aucun appui, et je deviendrai le pion de la clique de mon demi-frère. Si je le soutiens, ce sera la guerre.

Marie regarda Segalla d'un air mélancolique.

— Est-ce mal de souhaiter mourir, monsieur ? J'ai parfois envie de me jeter entre les griffes de mes ennemis, de déposer mon épée et de crier : « Faites ce qu'il vous plaira ! »

Nerveux, Segalla la dévisagea et se souvint des paroles de Pitcairn.

— Madame, dit-il soudain, lord Bothwell vous donne-t-il des remèdes, des philtres ou des potions ?

Marie se massa les tempes.

— Il me prescrit des poudres pour me faire dormir. J'ai besoin de calme, de repos. Monsieur Segalla, me croyez-vous ?

— Oui, madame, je vous crois.

Marie regarda la bague qu'elle portait au doigt.

— Les grands lords sont les architectes de la mort de Darnley. Mais qui est le traître et comment a-t-il tué mon mari ?

— Madame, j'ai failli envers vous comme j'ai failli à éloigner le danger.

Marie poussa un rire enfantin et prit Segalla par les mains.

— Vous n'avez pas échoué, dit-elle. Vous n'auriez pu empêcher ce qui a été prévu, ourdi et accompli avec la plus grande sournoiserie.

Son visage devint dur.

— En revanche, vous allez me venger, monsieur Segalla. Moi, reine, je m'en remets à vous.

Elle pressa les mains de Segalla contre son cœur.

— À présent, jurez que vous traquerez l'assassin de mon mari.

Les yeux de Marie flamboyaient de colère.

— Attrapez ce serpent ! Écrasez-lui la tête !

Elle lui lâcha les mains, se leva d'un mouvement vif, alla dans un coin de la pièce et revint munie d'une épée à garde d'argent protégée par un fourreau de velours serti de pierres précieuses. Elle se dressa de toute sa hauteur devant Segalla.

— Voici l'épée de mon père, dit-elle. Il l'a rapportée de Solway Moss. Elle m'appartient, maintenant, et je suis reine, chargée de la justice en ce royaume.

Elle brandit l'épée comme s'il s'agissait d'une croix.

— Moi, Marie, reine d'Écosse, d'Angleterre, d'Irlande et de France, je vous confie la charge, Nicholas Segalla, d'être mon bras dans cette affaire.

Vous traquerez l'assassin de mon mari, lord Henry Lennox Darnley, prince consort d'Écosse, victime d'un meurtre abject et mystérieux. Vous bénéficierez de l'entière autorité de la Couronne, et lorsque vous aurez débusqué le coupable, je vous confère le droit de procéder à l'exécution qu'il mérite.

Marie abaissa l'épée.

— Faites-le, monsieur, le pressa-t-elle. En mon nom comme en celui de la justice de Dieu !

Elle resta assise en silence un instant, puis s'approcha et s'agenouilla comme une fillette devant son père ou une jeune fille à côté de son galant.

— Nicholas, regardez-moi.

— Madame ?

— Nous ne nous reverrons plus, Nicholas. Vous le savez comme moi. Les événements de Kirk o'Field annoncent ma perte. J'affronterai mon sort avec résolution, sachant que, par vous, Dieu verra justice rendue.

Elle se releva.

— Vous devez partir, maintenant. J'ai reçu un message de l'archevêque Beaton. Il m'a écrit pour m'avertir à nouveau d'un grand danger. Il s'apercevra bientôt combien sa mise en garde était prophétique : on annonce déjà la mort de Darnley à Londres et à Paris. Il a aussi envoyé un message à votre intention, en post-scriptum : « Prévenez Segalla... »

Marie marqua un temps d'arrêt.

— Oui, c'est cela. « Prévenez Segalla que seuls la reine, Lindsay et Vartlett savent qu'il est prêtre, membre de l'ordre des Jésuites. »

Elle lut la stupéfaction dans le regard de Segalla.

— C'est tout.

Elle tendit la main vers lui.

— Partez, à présent, Nicholas. Ne revenez plus ici. Je ne puis vous en dire davantage, mais vous pouvez beaucoup.

Segalla lui baisa les doigts. Pendant quelques secondes, Marie lui caressa le crâne, puis il se releva, récupéra sa cape et sa sacoche de selle, puis partit vers la porte.

— Nicholas.

Segalla se retourna. La reine vint vers lui, les larmes aux yeux mais le sourire aux lèvres.

— Dans une autre vie, Nicholas, dans une autre vie peut-être, nous nous reverrons. Je ne serai qu'une simple Marie, et vous un élégant du nom de Nicholas.

Lorsqu'elle lui déposa un baiser sur chaque joue, il sentit la légère fragrance de son parfum.

— Partez, murmura-t-elle, et ne m'oubliez jamais !

Nicholas quitta Holyrood le plus vite possible, s'efforçant de contenir les larmes qui lui brûlaient les yeux. Il se souvint des paroles de Beaton, qui avait décrit Marie comme un faon encerclé par les loups.

« Comme vous voyiez juste, dit Segalla à part soi. À présent, la meute se resserre sur sa proie. »

Il retourna à la *Crucible Inn* et monta dans sa chambre. S'étant muni d'une plume et d'un parchemin, il coucha de nouveau par écrit ses suppositions concernant l'affaire de Kirk o'Field. Il essaya de s'imaginer le déroulement du drame en faisant appel aux diverses hypothèses qu'il avait échafaudées, plus que jamais désireux de parvenir à une conclusion. Il commanda à manger : on lui apporta un pichet de vin et de la viande avariée baignant dans une sauce trop claire.

Quand il fut las de sa tâche, il s'efforça de réfléchir à son entrevue avec la reine jusqu'à ce qu'il se rappelle le message énigmatique de Beaton.

— « Prévenez Segalla », murmura-t-il, « que seuls la reine, Lindsay et Vartlett savent qu'il est prêtre… »

Il se répéta cette phrase maintes fois. Beaton lui envoyait une mise en garde secrète, mais que signifiait-elle ? Marie n'en avait parlé à personne. Puis il se souvint de la raillerie de Moray et se glaça. Dieu que c'était simple, évident, rusé ! Il reprit alors son hypothèse et l'appliqua à son séjour à Édimbourg. Tout s'imbriquait mais, plutôt que saisi par le trouble, Segalla se sentit comme en transe.

— C'est forcément ça, dit-il tout haut. C'est la seule manière de tout expliquer, mais comment le prouver ?

Il alla se coucher. Après une nuit d'un profond sommeil sans rêve, il se réveilla le lendemain matin revigoré, résolu quant à la marche à suivre. Il se leva, se rasa, dit en vitesse son office matinal et descendit dans la salle pour déjeuner. Lorsque Janette et Vartlett se joignirent à lui, il leur sourit.

— Veuillez m'excuser pour le manque de manières dont j'ai fait preuve ces derniers temps.

Il remplit leurs coupes et cria au garçon d'auberge d'apporter plus de pain et de viande séchée.

— Cette affaire m'a épuisé. Vous devez quitter Édimbourg sur-le-champ.

Leur joie sautait aux yeux. Vartlett lui saisit la main ; Janette se pencha par-dessus la table et l'embrassa sur la joue, sa bouche chaude offrant un contraste saisissant avec les lèvres froides de la reine.

— Merci, dit-elle.

— Vous nous accompagnez ? s'enquit Vartlett.

Segalla baissa brièvement les yeux.

— Non.

Il afficha un large sourire.

— Je sais comment on a tué Darnley, annonça-t-il, savourant la consternation qui envahissait leur visage. Je connais la vérité.

Il parcourut la salle du regard et parla un ton plus bas.

— Plus important encore, je connais l'identité du maître aux Corbeaux. Je dois réunir davantage de preuves, puis je révélerai au monde la vérité.

— Ne devrions-nous pas vous attendre ? s'empressa de demander Vartlett en jetant un coup d'œil à Janette.

— Non, vous devez tous les deux quitter Édimbourg, insista Segalla. Partez aujourd'hui, tâchez d'embarquer sur un bateau à Leith. Donnez ma lettre à l'archevêque avec un de mes dessins de l'explosion. Dites-lui que je reviendrai en France quand j'aurai terminé.

Janette se pencha en avant.

— Pourquoi ne pas rentrer avec nous ?

— J'ai encore à faire.

— Allez-vous rester ici ? demanda Vartlett.

— Oh non. Je recherche toujours des preuves supplémentaires à Kirk o'Field. Les maisonnettes qui bordent la cour sont vides. Je demanderai l'autorisation d'y loger.

Il eut un sourire paresseux.

— Ne vous inquiétez pas pour moi. Votre maître vous récompensera sans doute généreusement.

Il interdit toute protestation d'un signe de la main.

— Partez ! ordonna-t-il. Rassemblez vos affaires et prenez la route. Maître Nelson avait raison : l'Écosse n'est plus sûre pour les étrangers.

Vartlett et Janette échangèrent un regard puis obéirent en silence. Ils descendirent à l'écurie, où Segalla avait négocié auprès du propriétaire afin d'obtenir des chevaux et un poney de somme pour le voyage à Leith. Ils serrèrent la main de Segalla : Janette l'embrassa de nouveau, cette fois en pressant ses lèvres contre les siennes.

— Le maître aux Corbeaux, chuchota-t-elle. Qui est-ce ?

Segalla secoua la tête.

— En temps voulu, Janette, tout deviendra clair.

Elle lui adressa une moue enjôleuse tandis qu'il l'aidait à monter en selle. Il resta à leur faire des signes de la main jusqu'à ce qu'ils aient quitté la cour de la taverne. Il remonta alors à l'étage, s'étendit sur son lit et, les yeux fermés, se représenta Darnley dans sa chambre quelques heures à peine avant que les assassins ne frappent. Segalla put recréer en pensée tous les événements qui avaient suivi, et il nourrissait à présent la certitude que ses conclusions étaient justes. Il passa les jours suivants à réexaminer les éléments en sa possession, en attendant la réponse à une lettre qu'il avait envoyée à Pitcairn. Il finit par l'obtenir : malgré sa perplexité, le chirurgien lui offrait son soutien. Il avait transmis sa requête à la reine, qui la lui avait accordée : il aurait à discrétion la jouissance d'une des dépendances de Kirk o'Field. L'autre question, lui expliqua le médecin, avait été plus aisée à résoudre : maître Vartlett et dame Lindsay n'avaient pas quitté l'Écosse par Leith.

Segalla attendit encore quelques jours, puis partit s'installer dans une maisonnette assez sordide près de l'ancienne prévôté. La foule des curieux ne se massait plus aux alentours : les ruines et les bâtiments qui les entouraient étaient vides. Il circulait à présent la rumeur que le fantôme de Darnley hantait les lieux et qu'au cœur de la nuit on pouvait entendre les cris qu'il avait poussés quand les assassins l'avaient étranglé. À la nuit tombée, il alluma un flambeau de poix et alla examiner les décombres avec soin, où ce qu'il découvrit confirma ses soupçons. Pendant la journée, il lui prit l'idée de se rendre en ville, et comprit que la cause de la reine était perdue.

Bothwell avait beau masser ses troupes dans la ville, les langues s'agitaient toujours et de sombres récits circulaient : Bothwell était l'amant de la reine, il avait à présent l'intention de l'épouser, il avait juré de tuer les autres lords.

Segalla hésita à retourner à Holyrood, mais sut qu'il ne pourrait s'y montrer utile. La populace était contre Marie, et les lords de la Congrégation, Moray, Morton et Lethington, commençaient à sortir de leurs repaires. Marie quitta la ville pour s'installer à Seton et envoya son fils Jacques à Stirling ; Bothwell fut nommé commandant en chef de toutes les armées de la reine et gouverneur d'Édimbourg. Segalla savait ce qui se préparait, et Pitcairn le tenait informé. Intrigué par les déambulations de Segalla à Kirk o'Field, le médecin l'invita à souper et lui raconta les potins de la cour.

— La reine est gravement ébranlée, chuchota Pitcairn, penché au-dessus de la table éclairée à la bougie. Elle ne supporte plus la lumière du jour et se terre dans une chambre obscure. Même les flammes des chandelles lui font mal aux yeux. Tel était son état quand Killigrew, le nouvel émissaire anglais, est venu lui présenter ses lettres de créance.

— Que va-t-il se passer, maintenant ? demanda Segalla.

— Le père de Darnley, le comte de Lennox, commence à bouger. En plus d'avoir demandé qu'on juge l'assassin de son fils, il a spécifiquement désigné Bothwell.

Le petit médecin but une gorgée de vin et haussa les épaules.

— Si le procès a lieu ailleurs qu'ici, Bothwell sera jugé coupable et envoyé sur le billot. S'il a lieu à Édimbourg, Bothwell va intimider la cour, et Lennox refusera de venir en criant à la mascarade.

— Pourquoi la reine ne s'enfuit-elle pas en France ?

Pitcairn rit doucement.

— Fuir équivaudrait à un aveu de culpabilité. Qui plus est, les agents anglais à Paris ont été très actifs, du moins d'après les racontars.

— Que va-t-il se passer, alors ?

— La reine va se battre. Si elle l'emporte, ce sera le massacre : Bothwell ne laissera pas leur tête à Morton et à Moray.

— Et si elle perd ?

Pitcairn soupira.

— Elle se réfugiera en Angleterre.

— Quoi ! En plein camp ennemi ?

— Ce n'est là qu'une conjecture personnelle, s'empressa d'ajouter Pitcairn. En tout cas, j'ai écouté la reine avec grande attention. Avez-vous déjà été soldat, monsieur ?

Segalla hocha la tête, peu désireux de fournir à ce médecin curieux d'autres renseignements à son sujet.

— Moi aussi, poursuivit Pitcairn. J'ai servi comme chirurgien lors de plusieurs sièges, et j'ai découvert un étrange phénomène, qui relève plus de l'esprit que du corps. Un soldat devient si las du combat qu'il finit par se réjouir à la perspective de la mort : il y voit une échappatoire aux horreurs qui l'entourent.

Il adressa un faible sourire à Segalla.

— La reine est en ce moment dans cette même disposition.

Il but bruyamment une gorgée de vin et piocha dans les restes de son poulet.

— Bref, dans un mois, je serai parti. Peut-être à l'étranger. Et vous, monsieur ?

— Je vais encore rester quelque temps à Édimbourg, mais j'aurai besoin de votre aide, monsieur. D'une dernière faveur. Il me faut deux hommes robustes.

Il leva la main pour couper court à tout commentaire.

— Non, je n'exigerai d'eux aucune violence. Je veux qu'en mon absence ils gardent ma maisonnette à Kirk o'Field. Ils doivent ouvrir l'œil et me tenir au courant de ce qui se passera, en particulier s'ils repèrent des inconnus dans les environs.

Pitcairn accepta, et le lendemain matin, deux journaliers qui traversaient des temps difficiles, du moins se décrivirent-ils ainsi avec un accent guttural, se présentèrent chez Segalla. Le visage ouvert, les lèvres crevassées, débraillés et sales, ils paraissaient pourtant honnêtes et dignes de confiance, heureux d'accomplir une journée de travail en échange des précieuses pièces qu'ils recevraient en rétribution.

— Tout ce que vous avez à faire, leur donna-t-il pour instructions, c'est de surveiller les ruines. Si quelqu'un approche, feignez d'être des ouvriers qui nettoient le site. Si on me demande, montrez où j'habite, mais ne dévoilez rien d'autre. Vous y parviendrez ?

Les deux hommes, ravis à l'idée d'obtenir une récompense aussi généreuse pour si peu d'efforts, s'empressèrent d'acquiescer.

Segalla attendit. Il alla en ville, où il acheta deux pistolets d'arçon, qu'il amorça et chargea. Chez lui, il s'assura que la fenêtre, protégée par des volets, n'était pas bloquée, arrangea son lit de façon que, dans l'obscurité, on ait l'impression qu'il y dormait, et s'installa confortablement dans un coin sombre à côté de l'âtre. Puis il attendit. La première semaine de mars passa. Enfin, le 9, alors qu'il rentrait au crépuscule, ses espions attitrés avaient du nouveau. D'ordinaire, leur rapport était toujours le même : des citadins curieux avaient approché les lieux, mais personne en particulier. Cette fois-ci, ce fut différent.

— On est venu nous trouver, expliqua l'un d'eux. L'homme portait une capuche et détournait le visage. En tout cas, il nous a grassement payés et prétendait être un de vos amis. Il a demandé où vous logiez et ce que vous faisiez. Nous lui avons répondu comme convenu.

Segalla les remercia, leur serra la main et leur remit une pièce à chacun.

— Bon, votre travail est terminé, alors. Demain, je ne serai plus là.

Les voyant perplexes, il secoua la tête.

— Partez, maintenant. Je dois me préparer pour accueillir mon ami.

Segalla rentra chez lui. Il alluma un feu : les flammes se mirent à danser et éclairèrent le petit lit soigneusement préparé. Segalla mangea le pain et la viande séchée qu'il avait rapportés, verrouilla et barra la porte, puis s'assit et braqua le regard sur la fenêtre entrouverte. La nuit tomba. Il dormit un peu, dérangé de temps à autre par un oiseau nocturne qui chassait. Il jetait sans cesse un coup d'œil à la chandelle des heures : la flamme avait passé le douzième cercle rouge quand Segalla entendit un bruit et vit la silhouette noire du maître aux Corbeaux se faufiler en silence par la fenêtre.

CHAPITRE XIII

Segalla s'empara d'un de ses lourds pistolets et plissa les yeux pour mieux voir dans l'obscurité. Il perçut l'éclat d'une dague cependant que la silhouette cagoulée l'abattait à plusieurs reprises sur les couvertures du lit. Segalla arma le pistolet. Le cliquetis résonna dans la pièce silencieuse comme un coup de tonnerre.

— *Bienvenue**, chuchota Segalla. Bienvenue à toi, ô oiseau de nuit !

La silhouette fit volte-face.

— Pas un geste ! ordonna le jésuite. Lâchez votre arme.

Il s'avança dans la lumière du feu.

— J'ai deux pistolets chargés, alors ne tentez rien que vous risqueriez de regretter. Je rêve de cette rencontre depuis fort longtemps. Maintenant, les mains en l'air.

L'intrus, ganté de noir, obéit. Segalla savait qu'il attendait une occasion, guettait la moindre erreur de sa part, mais le jésuite avait bien préparé la chambre.

— Asseyez-vous.

Il désigna la cheminée.

— Vous voyez, j'ai préparé pour vous un fauteuil et une coupe de vin. Venez donc, maître Thomas

Nelson. Vous êtes bien maître Nelson, n'est-ce pas ?

L'homme releva sa cagoule, et à la lueur des flammes dansantes, Segalla examina les traits rieurs du valet de Darnley, le très discret Thomas Nelson.

— Je vous attendais, murmura Segalla. À présent, asseyez-vous, je vous prie.

Les yeux de Nelson ne bougeaient pas, son sourire n'affectait que ses lèvres.

— Vous vous maudissez, déclara Segalla. Je peux lire vos pensées, Thomas : cela fait plusieurs jours que je me plonge au cœur de votre âme. Je vous connais presque autant que vous vous connaissez. Assis, maintenant !

Nelson obéit. Segalla lui désigna le gobelet qui chauffait sur l'âtre.

— Comme vous le voyez, je savais que vous viendriez. Restons donc dans la pénombre. Après tout, maître Nelson, nous sommes des créatures de la nuit, vous et moi.

— Vous êtes un prêtre.

Nelson prit le gobelet.

— Ne le jetez pas, buvez-le. Je jure devant Dieu, maître Nelson, que je n'ai pas l'intention de vous tuer, pas encore. Vrai, je suis prêtre, jésuite, émissaire français, mais je suis bien plus encore. J'ai rencontré des gens de votre espèce, Nelson, chaque jour poussiéreux de ma vie. Des hommes qui exercent le pouvoir depuis les coulisses, qui se mêlent aux grands du pays. Bon, de quoi allons-nous discuter ?

Nelson se détendit et s'affala sur son siège. Segalla le vit croiser les mains sur son ventre, et devina qu'il y cachait un poignard – il avait déjà aperçu le scintillement du couteau caché dans le haut de sa botte de cheval.

— Ah oui, fit Segalla en appuyant son pistolet sur sa cuisse. De ceux qui abattent les rois, renversent les princes, trahissent, trompent et assassinent. De ceux qui nient le bien et exaltent le mal.

— Je ne fais qu'obéir aux ordres, répondit Nelson à voix basse.

— Oui, vous obéissez aux ordres : ceux de messire Walsingham, n'est-ce pas ?

Segalla gardait le canon du long et lourd pistolet de chasse pointé droit sur Nelson.

— Je vais vous conter une histoire, reprit-il. Celle d'une magnifique princesse, la reine Marie Stuart d'Écosse. Une femme destinée, d'après certains, à porter les couronnes de France, d'Angleterre et d'Écosse. À présent, par vos actions, elle n'est même plus maîtresse en sa maison. Marie est innocente : pour citer le grand Aristote, elle recherchait le bien et ne désirait rien d'autre que la prospérité et la paix pour ses sujets, et le respect des lois. Elle est rentrée en Écosse, où elle s'est imposée face à des hommes rudes et cruels et a réussi à se faire accepter du peuple. Elle est ce à quoi ce grand pays aspirait depuis maintes années. Depuis le règne de son père, jamais l'Écosse n'a autant désiré ou eu besoin d'un monarque pour panser ses plaies.

— Marie représentait une menace pour l'Angleterre.

— Non, c'est faux. Certes, elle était populaire, admirée, même : Marie a pris le titre de reine d'Angleterre, mais elle était alors jeune fille et ne faisait qu'obéir aux ordres de son beau-père, Henri II.

— L'Écosse, c'est la porte arrière de l'Angleterre.

— Et Marie l'aurait laissée fermée, déclara Segalla. Elle voulait la paix. Née catholique, élevée dans cette foi, Marie est revenue ici et s'est engagée à tolérer toutes les confessions.

Segalla vit le petit sourire narquois de Nelson.

— Mais bien sûr, reprit-il, les puissants du sud de la frontière ont leur propre vision du monde : tous les lords écossais, à l'exception de Bothwell, sont soudoyés par l'Angleterre. À plusieurs reprises, Marie a dû renvoyer des émissaires de Walsingham car ils intervenaient trop dans les affaires de son royaume.

— Ainsi va le monde, répliqua Nelson qui, les yeux rivés sur le canon du pistolet, but une gorgée de vin.

— Non, ainsi procède Walsingham, votre maître. Il ne pouvait s'avouer vaincu. Ayant échoué malgré les pots-de-vin qu'il a versés, il s'est tapi dans l'ombre pour étudier les points faibles de Marie. Notre reine…

Le mot échappa à Segalla.

— Notre reine est une femme sensible. En tant que grande passionnée, elle a un point faible que ni vous ni votre maître ne pouviez comprendre : le besoin d'aimer et d'être aimée.

Nelson se pencha en avant et posa son verre sur la pierre de l'âtre.

— Pas de gestes aussi brusques, le mit en garde Segalla.

Nelson sourit.

— J'écoute votre histoire, prêtre.

— Dans ce cas, écoutez bien. Walsingham, ayant repéré cette faiblesse de Marie, a envoyé le beau Darnley. Un véritable sépulcre blanchi à la chaux : éblouissant de l'extérieur, mais impur à l'intérieur. Un homme corrompu, mauvais, veule.

Il sourit.

— Pourtant, Marie s'est éprise de lui avec passion. Elle voyait en Darnley le prince dont elle avait toujours rêvé, et lui l'a bassement trahie. Comment Marie a-t-elle réagi ? Elle n'a cessé de lui tendre la main.

Segalla but à son tour.

— En revanche, ce qu'ignorait Marie, c'est que la rose envoyée par Walsingham était rongée par un chancre, un de ses agents parmi les plus doués et les plus expérimentés, le maître aux Corbeaux – plus qu'un acteur professionnel, un acteur-né : Thomas Nelson. Je me demande quelle influence vous avez pu avoir sur l'esprit purulent de Darnley. Avez-vous sournoisement encouragé son ressentiment ? L'avez-vous accentué ? Lui avez-vous signalé des insultes et des humiliations imaginaires ? Où étiez-vous quand on a assassiné Rizzio ?

Nelson se contenta de lui rendre son regard.

— Votre tâche était aisée, poursuivit Segalla : instaurer la discorde entre Henry Darnley et Marie Stuart, provoquer le conflit, jeter de l'huile sur le feu.

Alors qu'il posait son gobelet, Segalla vit un éclair passer dans les yeux de l'agent anglais.

— J'ai un autre pistolet, maître Nelson. Pour vous, je ne suis peut-être qu'un prêtre, mais en mon temps j'ai été un soldat accompli.

— Votre temps, dit Nelson. Quel est-il, monsieur ? Sir Francis Walsingham s'interroge à ce sujet. Enfin, poursuivez votre récit.

— Tout d'abord, vous avez cru réussir. Marie et Darnley sont devenus ennemis, mais la reine, par sa grandeur d'esprit, vous a tous pris de court en pardonnant à Darnley. Alors qu'elle souhaitait parvenir à un accord, le projet d'attentat à Kirk o'Field est né.

Segalla marqua une pause.

— Cette idée a commencé à germer dans l'esprit acéré de Walsingham. Il a dû s'alarmer à la lecture de vos rapports. D'un côté, Marie faisait tout ce qui était en son pouvoir pour se réconcilier avec son mari, et de l'autre, Darnley nourrissait toujours l'espoir de fuir le royaume. Des histoires de bateaux qui mouillaient dans l'estuaire de la Clyde ou de préparatifs pour partir à l'étranger se sont mises à affluer. Walsingham a senti le danger. Si la reine parvenait à amadouer Darnley et que leur mariage retrouvait une certaine harmonie, Marie redeviendrait plus dangereuse que jamais. Si Darnley prenait la fuite, Marie pourrait invoquer l'abandon de son mari et demander l'annulation du mariage à Rome. Alors seulement Walsingham vous a-t-il donné l'ordre d'assassiner Darnley et de faire accuser Marie.

Segalla bougea un peu sur son siège.

— Et c'est moi que vous allez accuser ? dit Nelson. Pourtant, comment pouvais-je savoir que la reine quitterait Kirk o'Field pour assister aux festivités à Holyrood ? Comment ai-je pu me procurer la poudre à canon ? Comment ai-je pu organiser la fuite de mon maître en pleine nuit ? Et pour finir, comment ai-je pu les tuer, Taylor et lui ?

— Je vais y venir.

— Et la poudre ? Vous croyez que je suis allé à Canon Gate crier que je voulais acheter la plus grosse barrique disponible ?

Segalla sourit.

— Voyons ! Ai-je dit que vous aviez œuvré seul ? Vous serviez d'intermédiaire entre Walsingham, Moray, Morton et les autres lords de la Congrégation. Ils ne connaissaient pas votre identité, mais j'ai la certitude qu'ils vous obéissaient au doigt et à l'œil. Trouver la poudre a été la partie la plus facile. Où l'avez-vous entreposée ?

Segalla parcourut la maisonnette des yeux.

— Ici ? Dans une des dépendances ? Je suis sûr que les lords Moray et Morton ont pu l'acquérir, puis la cacher avec soin dès qu'ils ont su où Darnley allait résider.

Segalla s'écarta un peu de la chaleur du feu.

— Je vais commencer par le trajet de la reine jusqu'à Kirk o'Field. Vous savez comme moi que Moray a choisi ce lieu pour elle, sans doute à votre demande. Choix judicieux : à proximité d'Édimbourg mais pas trop près du prince Jacques. Vous avez convaincu Darnley d'accepter. La reine, de son côté, a vite donné son accord : elle s'y est rendue, et Moray, ayant reçu des renseignements de votre part, s'est aperçu des avantages qu'offrait l'ancienne prévôté, et a fait cacher la poudre dans les environs. Le décor était donc prêt pour votre représentation.

— Comment pouvais-je savoir que Darnley y resterait seul ?

— Oh, rien de très compliqué à cela. Le dimanche 9 février était jour de carnaval. Un moment de grandes réjouissances avant le début du carême, où l'on donne congé aux membres de la suite et aux serviteurs. Le même soir, une des dames d'honneur et favorite de la reine se mariait, et Marie avait promis d'assister au banquet. Et puis bien sûr, vous deviez agir en urgence. Le lundi 10 février, la période de convalescence du roi se terminait. Il risquait de rejoindre la reine ou, plus probable encore, de saisir l'occasion de s'enfuir. C'est la raison pour laquelle il avait négocié en secret avec le hors-la-loi Ker de Fawdonside.

Segalla bougea son pistolet, toujours appuyé sur sa cuisse.

— Le dimanche 9 était donc le jour idéal. Kirk o'Field serait désert. La reine se trouverait ailleurs, et Darnley comptait prendre la fuite le lendemain. Il allait fuir, n'est-ce pas ?

Nelson éleva les mains pour indiquer l'évidence.

— Même un enfant s'en serait aperçu. Ou, peut-être pas. L'esprit de Darnley fourmillait de machinations diverses. Il est possible qu'il se soit enfui, je n'en sais rien. Il aurait pu rejoindre Ker de Fawdonside et tenter d'enlever la reine.

Segalla le dévisagea d'un air stupéfait. Nelson sourit d'un air amer.

— Vous n'y aviez pas songé, pas vrai, prêtre ? À mon avis, si Darnley a fait appel à Fawdonside, c'était pour enlever la reine et le prince Jacques.

— Bien sûr, vous ne pouviez, permettre cela, commenta Segalla. Un tel acte aurait dévoilé au monde quel sombre imbécile était Darnley. Pas une seule âme en Écosse n'aurait protesté si la reine, comme elle l'aurait sans doute décidé après s'être évadée, avait demandé l'annulation de son mariage ou envoyé son traître de mari sur le billot.

Nelson reprit son gobelet et l'enveloppa de ses mains.

— Il est réjouissant, murmura-t-il en se penchant vers Nicholas, de s'apercevoir que vous ne connaissiez pas tous les pas de la danse, monsieur Segalla.

— Il s'agissait bien d'une danse, en effet, répondit le jésuite. Une danse macabre qui a commencé à Kirk o'Field dès le départ de la reine pour les festivités à Holyrood. Le silence est tombé sur l'ancienne prévôté. Bonkle, le cuisinier, et les autres serviteurs avaient quitté les lieux. De nombreux membres de la suite de Darnley se trouvaient ailleurs pour préparer les projets insensés du roi. Il se sentait néanmoins en sécurité, enfermé dans sa chambre privée avec Taylor, Symonds, Gunn et, bien sûr, maître Nelson, qu'il n'avait jamais soupçonné.

Le feu se mit soudain à crépiter, et Nelson sursauta. Segalla serra son pistolet plus fermement et releva le canon.

— Ce ne sont que les flammes, dit-il. Il régnait le même silence absolu dans l'ancienne prévôté, n'est-ce pas, maître Nelson ? On sert le vin, Darnley et ses valets boivent un verre, ignorant bien sûr que vous y avez versé une drogue. À minuit passé…

Segalla pencha la tête sur le côté.

— C'était après minuit, je ne me trompe pas ? Avec Symonds, votre comparse, vous vous levez. Les portes sont fermées à clé, tout le monde est parti. Vous plaquez un traversin sur le visage de vos compagnons endormis, et la mort vient vite et sans bruit. Un jeu d'enfant. Les hommes sont fatigués et drogués : les assassiner est aussi simple qu'éteindre une chandelle.

— Et Darnley ? demanda Nelson.

Segalla vit que son interlocuteur avait pâli. Il secoua la tête.

— Je ne sais pas. L'avez-vous tué tout de suite ? Ou bien Symonds et vous l'avez-vous interrogé ? A-t-il appelé à l'aide lorsqu'il a compris qu'il était trahi ? Dieu seul le sait, car je suis sûr que vous ne me direz rien. L'avez-vous questionné sur les relations de la reine avec lord Bothwell ? Bref, la nuit avance, et comme il ne faut pas perdre trop de temps, le maître aux Corbeaux et son complice étouffent Darnley et expédient son âme impure en enfer.

Segalla se tut un instant.

— Aviez-vous entravé ou ligoté Darnley afin de ne laisser aucune trace ? Rien de difficile à cela : il était encore faible alors que Symonds et vous étiez robustes. Darnley mort, vous avez agi rapidement. Il fallait donner l'impression qu'on l'avait tué alors qu'il fuyait Kirk o'Field. Vous avez placé son cadavre sur un siège. Non, non, attendez.

Segalla leva la main.

— Tout d'abord, vous cherchez dans la pièce documents importants et lettres, tout ce qui pourrait servir plus tard aux machinations de votre maître. Ensuite, vous descendez en hâte dans la chambre de la reine. Vous procédez à une fouille rapide, emportez un coffret contenant sa correspondance, tous les documents qui attirent votre attention, puis vous remontez à l'étage. Les corps de Darnley et Taylor gisent sur le lit, intacts. Dans le but d'entretenir le mystère, vous installez Darnley sur une chaise, que vous placez dans le filet que vous aviez caché.

— Un filet ? s'exclama Nelson.

— Un filet, oui : de ceux qu'on utilise dans les ports pour charger ou décharger les marchandises. Ce filet-là, en revanche, contient un fardeau funeste... Vous ouvrez la fenêtre et, avec l'aide de Symonds, descendez le corps de Darnley.

Segalla relâcha son étreinte sur le pistolet.

— Symonds a dû descendre à son tour, détacher Darnley et l'emmener dans le verger. Il est ensuite revenu et s'est servi du filet pour remonter. Puis vous avez réitéré la manœuvre pour Taylor. Là-dessus, Symonds et vous vous glissez au-dehors. Vous emportez filet, chaise et cadavre, et les placez à côté de Darnley.

Segalla marqua une pause.

— Vous portez les corps de telle façon que leurs chemises de nuit leur remontent sur le dos. Vous disposez ensuite chaise, cape, corde et dague pour donner l'impression que Darnley était en train de s'enfuir.

Nelson remua sur son siège, et Segalla remarqua son rictus méprisant.

— Vous êtes en colère ? demanda-t-il. Imaginiez-vous que personne ne trouverait jamais la solution à votre habile machination ?

Segalla haussa les épaules.

— Ç'a failli être le cas, en effet, reprit-il. Elle a soulevé un grand mystère. Comment a-t-on fait exploser Kirk o'Field ? Comment le roi s'est-il échappé ?

S'il a été rattrapé par ses assassins, comment se fait-il que son cadavre et celui de Taylor ne portaient aucune trace de violence ?

— Ça aurait dû fonctionner ! lâcha sèchement Nelson.

— Certes oui. Vous avez pris le contre-pied du problème. Comment pouvait-on s'introduire dans Kirk o'Field ? Si on y parvenait, comment pouvait-on réveiller Darnley et pas ses serviteurs ? Si Darnley s'enfuyait par l'escalier, il tomberait sur ses agresseurs. S'il sautait par la fenêtre, on retrouverait des traces sur son corps. S'il se servait d'une chaise et d'un filet, pourquoi ne pas prévenir les autres ? Et surtout, pendant sa course – n'oubliez pas qu'il était censé fuir ses assassins –, pourquoi s'encombrer de la chaise et du filet ?

Segalla prit son pistolet de l'autre main pour essuyer sur sa cape ses doigts moites de sueur.

Nelson perçut son mouvement et se crispa.

— J'étais aussi perdu qu'un autre, reconnut Segalla. Et puis je me suis dit : pourquoi ne pas tout reprendre depuis le début ? Et si on avait assassiné Darnley dans la prévôté ? Quand j'ai découvert qu'on avait utilisé un filet, tout s'est mis en place.

Il sourit de nouveau à Nelson.

— Le filet ne pouvait servir qu'à quelqu'un se trouvant déjà à l'intérieur, ce qui expliquait aussi pourquoi on avait laissé la chaise sur place. Enfin, je me suis posé cette question : si tous les autres ont été tués, pourquoi Thomas Nelson en a-t-il réchappé ? Alors que l'explosion a rasé la maison, Symonds et vous vous en sortez avec quelques égratignures. Vous avez même la force de grimper au mur pour appeler à l'aide. Maître Nelson, vous auriez fait un bon jésuite. Vous avez joué votre rôle à merveille. Quand vous êtes venu témoigner au Tolbooth devant la

Commission royale, vous incarniez toujours votre personnage d'innocent blessé, clamant haut et fort que seul un membre de la suite de la reine avait pu accéder à Kirk o'Field.

— Vous allez un peu vite en besogne, non ? grogna Nelson. Et l'explosion, qu'en faites-vous ?

— Oh, ça, c'était la partie facile du stratagème. Quand vous avez eu déposé les cadavres dans le verger, vous êtes revenus à Kirk o'Field. Non par la fenêtre de la chambre du roi, mais par la porte de la cave qui menait à la cuisine, que Sandy Durham avait fort commodément laissée ouverte à votre intention. Dans l'une des dépendances, Moray ou quelqu'un de son espèce avait caché la poudre.

— Maître Durham et le comte de Moray connaissaient donc mon identité ?

— Ne jouez pas les imbéciles ! Ils recevaient leurs ordres de votre part, en toute discrétion et de façon anonyme.

Ayant entendu un bruit au-dehors, Segalla s'interrompit, mais ce n'était que le gémissement du vent.

— Symonds et vous avez agi très vite : vous avez disposé la poudre autour des fondations, tracé la traînée de mise à feu, et Kirk o'Field a été détruite dans une déflagration assourdissante.

— Mais si Darnley était mort, railla Nelson, pourquoi faire sauter la prévôté ?

— Tout d'abord, j'ai pensé que c'était pour épaissir le mystère. Ça a fonctionné, je crois. Cependant, l'explosion, surtout d'une telle puissance, visait à couvrir vos crimes : la mort des autres serviteurs, la violation de la chambre de la reine et le vol des lettres. Quand la poussière a commencé à retomber, Symonds et vous vous êtes dépêchés de revenir. Vous avez déchiré vos habits, vous vous êtes couverts de poussière et vous êtes infligé quelques coups et égratignures, et voilà, le décor était planté. Des ruines, on extirpe ces deux innocents encore sous le choc. Et vous jouez votre rôle le plus longtemps possible.

Segalla se tut un instant et braqua le doigt sur le maître aux Corbeaux.

— Personne ne peut vous soupçonner. Et personne ne peut accuser vos complices, les grands lords de la Congrégation : Moray se trouve à Fife, Morton à St. Andrews, et Lethington au château d'Édimbourg. Ils saisissent néanmoins l'occasion que vous leur présentez, et une campagne de calomnie commence à Édimbourg. On colle des placards qui dépeignent la reine et Bothwell comme des amants adultères, des assassins.

Segalla, sans quitter Nelson des yeux, but une gorgée de vin. L'agent anglais se renfonça dans son siège et applaudit lentement.

— Quelle intelligence, prêtre ! Pourquoi gâcher une si belle tapisserie, hein ?

— Que voulez-vous dire ?

— Ça vous a laissé perplexe, non ? railla Nelson. Kirk o'Field explose, mais on retrouve Darnley dans un verger un peu plus loin…

Segalla resta impassible. Le maître aux Corbeaux, grisé par la fierté malgré la mort qui le guettait, refusait que l'on interprète mal sa formidable machination.

— Si Darnley avait péri dans l'explosion, dit-il d'un ton satisfait, certains auraient prétendu qu'il s'agissait d'un accident, ou que Darnley lui-même comptait tuer sa femme, mais que sa tentative avait mal tourné, voire qu'un autre avait allumé la mèche, croyant par erreur que la reine était revenue.

Il se frotta le côté de la cuisse.

— Tout le monde haïssait Darnley, cracha-t-il. Il lui fallait donc mourir d'une façon qui montre sans doute possible qu'il s'agissait d'un meurtre, mais qui soit assez tragique pour susciter la compassion à son égard et la suspicion envers Marie.

— C'est évident ! s'exclama Segalla. Le roi, par peur des assassins envoyés par sa femme, s'enfuit à moitié nu en pleine nuit.

— Exact. Pourtant, on le tue de façon à accroître les soupçons, sans aucune marque ni trace de coup. Comment accomplir un tel forfait dans un verger boueux au cœur de la nuit ?

Il afficha un sourire narquois.

— Oh, je vous ai vu perplexe à ce sujet. Comme vous avez dû vous creuser les méninges ! Les véritables grandes énigmes, prêtre, sont celles qui offrent autant de solutions qu'elles soulèvent d'interrogations. Il fallait que l'on considère l'explosion comme la raison de la fuite de Darnley, et qu'en outre elle couvre nos vols dans la chambre de la reine. Personne ne devait douter qu'on avait assassiné Darnley alors qu'il s'échappait.

Le sourire de Nelson s'élargit.

— Cette explosion aura suscité tant de mystères, en plus de servir d'autres buts.

— Comme ?

— Effrayer ce lâche de Ker. Il a filé comme l'éclair. C'est moi qui ai répandu la rumeur de sa venue à Édimbourg : quand Bothwell s'est lancé à sa recherche dans les rues de la ville, ç'a été une récompense fort inattendue. Enfin bref, terminez votre récit, prêtre.

— Une fois Darnley mort et Kirk o'Field détruite, reprit Segalla, il vous restait deux tâches à terminer. Tout d'abord, vous remettez le coffret que vous avez dérobé : Moray et les autres pourront s'en servir pour rédiger des faux qui serviront à prouver que la reine et Bothwell, en plus d'être amants, ont ourdi l'assassinat de Darnley.

— Et l'autre ? demanda posément Nelson.

— Symonds, bien sûr : il vous était utile, mais un maître espion tel que vous ne se fie à personne. Votre compère avait rempli son rôle. Vous avez ouvert la fenêtre avant de quitter la taverne, puis escaladé le mur, tranché la gorge de Symonds, et éparpillé le misérable tas de ses affaires. Cela créait l'illusion que les assassins de Darnley étaient à vos trousses et vous donnait de surcroît un prétexte pour m'induire en erreur et rester près de moi.

Nelson soutenait son regard.

— Pauvre petit Thomas. L'innocent sans défense qui m'abreuve de sornettes, toujours prompt à m'aider, sans cesse dans les parages, toujours attentif. Au bout du compte, quand vous avez conclu que votre plan se déroulait à merveille, vous êtes parti vers le sud rendre visite au maréchal Drury, le gouverneur de Berwick, l'espion de Walsingham à la frontière écossaise.

Les yeux rivés sur le pistolet, Nelson bougea.

— Walsingham m'a prévenu que vous étiez malin, répondit le maître aux Corbeaux. Si ça n'avait tenu qu'à moi, je vous aurais tué dès le début. Pourtant, j'ai pensé que vous pourriez m'être utile. Si l'émissaire de Beaton en personne, prêtre jésuite en mission secrète, commençait à croire à la culpabilité de Marie…

— Mais ce ne fut pas le cas, le coupa Segalla, et lorsque j'ai insinué que je connaissais l'identité du maître aux Corbeaux ainsi que son rôle dans l'assassinat de Darnley, il vous fallait revenir me supprimer.

Nelson releva les yeux et planta son regard dans le sien.

— Me tuer était pourtant inutile, dit Segalla. Pourquoi vous donner cette peine alors que je comptais deux espions dans mon camp ? Maître Vartlett et maîtresse Lindsay : eux aussi travaillent pour le compte de Walsingham, n'est-ce pas ?

— Qu'est-ce qui vous fait croire ça ?

— Seuls Beaton, la reine et eux savaient que je suis jésuite, et pourtant Moray et les autres étaient au courant. Il est vrai qu'un espion en France aurait pu leur livrer un tel renseignement, voire Walsingham lui-même, mais d'autres ici semblaient connaître mes pensées et mes gestes à une vitesse époustouflante. J'ai confiance en la reine. À part elle, qui restait-il ?

Nelson ne prit pas la peine de répondre.

— Maîtresse Lindsay, poursuivit Segalla, en savait fort long sur la mort de Darnley. Non, ses renseignements ne venaient pas de vous : seul Walsingham connaissait l'identité du maître aux Corbeaux, lequel se restreignait à transmettre des messages secrets. Vartlett et Lindsay se doutaient peut-être que Beaton se méfiait d'eux : c'est pour cette raison qu'il les a envoyés avec moi – s'il s'agissait de traîtres, ils ne pouvaient que dévoiler leur jeu. Lindsay et Vartlett sont, à mon avis, des espions qui travaillent pour le plus offrant, et ils n'ont pas dérogé à la règle dans cette affaire. Ils ont tout raconté à Moray et, comme je l'ai déjà dit, ce lord meurtrier et vous aviez un moyen de communication secret.

— Vartlett et Lindsay ignoraient mon identité.

— En effet, mais alarmés par mes propos, ils ont modifié leurs projets. Au lieu de prendre la mer pour la France, ils se sont hâtés d'aller avertir Drury. Bien entendu, Nelson, l'acteur accompli et omniprésent, a écouté ce qu'ils avaient à dire.

Segalla se leva, son pistolet fermement en main.

— Vous vous êtes rendu compte que le château de cartes s'écroulait, et vous êtes revenu me tuer. Je m'y attendais : c'est là une tâche trop importante pour la confier à quiconque.

— Au lieu de quoi, me voilà pris au piège, commenta Nelson d'un air narquois. Vous ne pouvez me tuer, pas vous, un prêtre.

Segalla recula d'un pas.

— La reine m'en a conféré le pouvoir. J'ai prêté serment devant elle et juré de punir les assassins de son mari, Henry Darnley, prince consort d'Écosse.

— Personne ne vous croira.

— Qui s'en soucie ? Vous avez semé les graines de la destruction : on jugera Bothwell coupable de la mort de Darnley. Son excursion innocente dans les rues d'Édimbourg pour rechercher Ker de Fawdonside deviendra, en temps voulu, la terrible marche funèbre qui aura précédé la mort de Darnley. On capturera ceux qui l'ont accompagné. On les torturera, on les brisera, leurs geôliers leur feront avouer tout ce qu'ils voudront. Vous avez même eu l'audace de m'envoyer des messages à la taverne pour me tourmenter et me dérouter. L'orgueil précède toujours la chute, maître Nelson. On m'a dirigé comme un bœuf qu'on tire par son anneau nasal. Moray et les autres ont cru qu'ils pourraient eux aussi se servir de moi : on m'a montré les aveux d'un supplicié, puis des lettres factices pour que je rentre en France annoncer à Beaton que la reine avait, d'une façon ou d'une autre, pris part à l'assassinat de son mari. Vartlett et Lindsay n'auraient plus eu qu'à confirmer mes dires.

Nelson eut un sourire forcé.

— C'est l'œuvre de la roue inconstante de la fortune. Vartlett et Lindsay sont des mercenaires. Ils travaillent pour les deux camps, mais tout de même plus pour Walsingham que pour votre pingre d'archevêque.

— Ils ont signé votre arrêt de mort, rétorqua Segalla. Lindsay se montrait trop impertinente, trop prompte à tirer des conclusions ; elle était toujours à m'abreuver des versions officielles, ne doutait jamais que Darnley avait été victime d'assassins venus de l'extérieur. Quand j'ai su que j'avais affaire à une traîtresse, j'ai conclu sur-le-champ que tous ses propos n'étaient que des mensonges éhontés. Je me suis aussi rendu compte que les vôtres concordaient toujours avec les siens. Votre petit air d'innocence et de perplexité m'est devenu suspect, tout comme votre empressement excessif à vouloir quitter Édimbourg. Question de logique, maître Nelson : personne ne s'étant introduit dans Kirk o'Field, pourquoi Darnley aurait-il fui ? L'assassin appartenait à sa suite, et je l'ai à présent devant moi, aussi coupable que Judas.

À la lumière vacillante des flammes, Nelson pâlit davantage – son regard perdit de son assurance arrogante.

— Vous… vous ne pouvez pas, bégaya-t-il. Vous ne me tuerez pas.

— Je vais rendre la justice, déclara Segalla. Je jure devant Dieu que tous ceux qui ont joué un rôle dans le meurtre de Darnley et la campagne de diffamation qui a visé la reine paieront cher leur crime, dans ce monde comme dans l'autre. Regardez-moi en face, Thomas Nelson, et rappelez-vous les paroles de Walsingham.

Nelson le fixa du regard.

— Je suis Nicholas Segalla, prêtre de l'ordre des Jésuites. D'où je viens, qui je suis, cela reste un mystère. Au cours de ma longue vie, je devrai reconnaître une vérité et l'accepter sans retenue : la trahison, et non la mort, est la douleur la plus grande.

— Qui êtes-vous ? murmura Nelson.

— Quand vous serez en enfer, posez donc la question à votre maître.

— Et Vartlett et Lindsay ? grogna l'Anglais. Seront-ils châtiés ?

Segalla sourit.

— Walsingham grincera des dents et tremblera de colère en apprenant que ces deux imbéciles se sont fait piéger en portant un message qui a valu la mort à son cher maître aux Corbeaux. En temps voulu, ils paieront pour leur traîtrise. À présent…

Segalla tourna délibérément le dos à Nelson déjà armé.

— Je dois m'en aller, dit-il.

Lorsqu'il entendit un bruit derrière lui, il se retourna au moment même où Nelson s'emparait du couteau caché dans sa botte.

— On vous a donné votre chance, déclara Segalla.

La main de Nelson s'élevait pour lancer l'arme quand Segalla appuya sur la détente. La pièce s'emplit de fumée et la détonation fut semblable à un coup de tonnerre. La balle frappa Nelson en plein cœur. Sa main retomba. Alors que la fumée se dispersait, Nelson, des bulles de sang se formant à la commissure des lèvres, avança en titubant. Il posa sur Segalla un regard vitreux, puis s'effondra.

Segalla posa le pistolet sur la table.

— Le jugement a été exécuté, murmura-t-il. Qui vit par l'épée périra par l'épée. Tu as tué par la poudre au cœur de la nuit, c'est donc par la poudre et au cœur de la nuit que tu meurs.

Segalla frissonna. Il saisit sa cape et s'en enveloppa. Puis il prit un tison dans la cheminée et le jeta sur la paille qui recouvrait le sol. Les flammes s'emparèrent avec avidité de ce combustible sec. Segalla récupéra ses sacoches et partit.

Pendant un instant, il contempla les ruines de Kirk o'Field. Alors que derrière lui l'incendie ravageait la maisonnette, il resta immobile à songer à Marie, vive et charmeuse, le jour où elle l'avait reçu pour la première fois. Segalla se signa, se détourna et, dans les ténèbres, s'éloigna à grands pas rejoindre son cheval.

CONCLUSION

Ann Dukthas était installée au *Golden Lamb*, petit pub très confortable sis dans une rue secondaire non loin de Westminster. Par la fenêtre, elle apercevait les flèches et les ornements de la cathédrale. De temps à autre, elle lissait l'enveloppe du manuscrit que le mystérieux Segalla lui avait donné deux semaines plus tôt. La veille au soir, elle avait reçu un coup de téléphone de lui, court et énigmatique, lui indiquant où aller.

— Je vous en prie, soyez-y, avait-il dit. À une heure. Vous trouverez vos billets d'avion et les autres documents au comptoir d'Aer Lingus, à l'aéroport de Dublin.

Il avait raccroché avant même qu'elle ait eu le temps de lui poser une seule des nombreuses questions qui se bousculaient dans son esprit depuis qu'elle avait lu le livre. Dans un coin de la salle, une grande horloge se mit à carillonner doucement. Ann regarda en direction de la porte mais, ne voyant personne, retourna à ses pensées. Le Segalla qui lui avait remis ce texte était-il celui qui avait travaillé avec tant de zèle pour le compte de Marie Stuart en Écosse, en ces jours lugubres de février ? Comment était-ce possible ? Ann avait effectué des recherches de son côté, à la bibliothèque publique et universitaire. Elle avait lu divers ouvrages qui traitaient de la magie. À chaque fois, elle était tombée sur l'histoire d'un homme qui ne mourait jamais et que l'on retrouvait à différentes époques de l'histoire.

— C'est impossible ! murmura-t-elle à part soi.

— Rien sur cette terre n'est impossible, Ann.

Elle leva les yeux – Segalla se tenait devant elle. Souriant, vêtu avec élégance d'un manteau noir et d'une écharpe en laine, il portait un chapeau mou foncé qu'il épousseta et garda à la main. Il serra la main d'Ann : sa poigne était chaleureuse et ferme.

— Je suis navré, dit-il en s'asseyant en face d'elle. La circulation devient infernale.

Il défit les boutons de son manteau, ôta son écharpe et la jeta sur sa petite mallette.

— Désirez-vous déjeuner ? demanda-t-il. On sert de très bons plats, ici.

— Non, merci.

Ann sourit, se maudissant en silence d'être aussi nerveuse.

— Je prendrais bien une vodka-tonic.

Segalla appela le serveur.

— Une vodka-tonic et... ah, voilà... un verre de votre meilleur bordeaux.

Pendant un instant, Segalla resta à fixer du regard le paquet posé devant Ann. Lorsqu'on les eut servis, elle le saisit et le lui tendit.

— Vous voulez le récupérer ?

— Non, non. C'est à vous de choisir ce qu'il convient d'en faire : le publier, le brûler ou décider que c'est l'œuvre d'un fou.

— Êtes-vous le Segalla du livre ?

Segalla écarta ses mains raffinées. Ann vit scintiller sa montre en argent et les lourds boutons de manchette de sa chemise en soie.

— Voyons, Ann, comment un homme pourrait-il vivre quatre cents ans ? répondit-il d'un air taquin.

— Est-ce vous ?

— Qu'est-ce que ça changerait ?

Segalla but un peu de vin.

— Je répondrai à toutes vos questions, ajouta-t-il, sauf celle-ci.

— Pourtant, vous y faites référence, insista Ann.

Segalla haussa les épaules.

— J'ai écrit une histoire pour vous. Ce qu'on appelle un docu-fiction : la vérité racontée sous forme de parabole. J'ai raconté la vérité comme je l'ai vue. J'ai écrit avec le cœur.

— Est-ce la vérité ? Nelson a-t-il tué Darnley ?

— Oui.

Segalla se rembrunit, et le doute abandonna Ann : peu importe ce qu'on pouvait en penser, l'homme assis en face d'elle se trouvait à Édimbourg en ces jours funestes de 1567.

— Pourtant, protesta-t-elle, ce n'est pas la version qu'en donnent les livres d'histoire.

— Il y a encore cinq cents ans de cela, on croyait la Terre plate. L'opinion générale, et même la sagesse de l'érudit, ne constitue pas forcément la vérité.

— Mais, tous les écrits sur Kirk o'Field, insista Ann, tous, même des travaux universitaires comme le *Marie, reine d'Écosse* d'Antonia Fraser, soutiennent que ce sont Bothwell et ses hommes de main qui ont fait sauter Kirk o'Field.

Elle prit le manuscrit et le posa à côté d'elle sur la banquette.

— Ils ne l'accusent pas forcément de la mort de Darnley. Ils avancent même l'hypothèse que ce sont d'autres bandes cachées dans l'obscurité qui ont intercepté Darnley alors qu'il fuyait.

Segalla posa les coudes sur la table et secoua la tête.
— Vous avez lu mon récit, Ann. Étudiez les faits. Allez aux Archives de Chancery Lane : le dessin que j'ai fait de Kirk o'Field s'y trouve.
Il sourit.
— Voilà, j'ai répondu à votre première question, à présent. Ce dessin montre Darnley et Taylor étendus dans le verger, avec à côté d'eux une cape, une chaise, une dague et un filet.
— Oui, je sais, j'en ai vu une reproduction, mais le filet ressemble à un tas de corde.
— C'est ainsi que je l'ai dessiné. De mémoire. Mais l'esprit joue souvent des tours. Examinez ce cordage de près. Étudiez-le à la loupe. Vous verrez qu'il s'agit en fait d'un filet.
Il ouvrit sa mallette et lui tendit un livre relié en maroquin.
— C'est un traité sur la mort de Darnley, rédigé en 1930 par le général Mahon, publié par Cambridge University Press. Ouvrez-le à la page cent dix.
Ann obéit. On avait imprimé une partie du dessin de 1567 qui montrait les objets trouvés près du cadavre de Darnley. On l'avait agrandi.
— Que voyez-vous ? demanda Segalla.
— La dague, la corde et la chaise.
Ann chaussa ses lunettes. Stupéfaite, elle releva les yeux.
— Ce qui ressemble à un tas de corde dans l'original est vraiment un filet.
— Tout à fait. Le livre de Mahon constitue sans doute une des analyses les plus érudites de la mort de Darnley, et pourtant, il est lui-même si déconcerté par cet assassinat qu'il néglige cet élément.
— L'exemplaire du dessin qui se trouve aux Archives, c'est celui que vous aviez confié à Lindsay ? s'enquit Ann.

Segalla hocha la tête.

— Que sont-ils devenus, Vartlett et elle ?

Segalla resta impassible.

— Ils ont disparu, comme Nelson.

— Bon, fit Ann en secouant la tête. Vous prétendez que Nelson a été tué…

— Je sais ce que vous allez dire, la coupa Segalla. Après la mort de Darnley, l'Écosse a sombré dans la guerre civile. En mai 1568, les armées de Marie ont été vaincues à Langside. Comme Bothwell avait déjà fui à l'étranger, Marie a franchi la Solway pour gagner l'Angleterre et connaître une captivité digne de son rang.

— Une décision due à sa volonté de mourir ?

— À ce moment-là, oui. Marie était épuisée, abattue, lasse de gouverner et lasse des querelles politiciennes qui fleurissaient autour d'elle. Elle pensait qu'Élisabeth la laisserait vivre dignement son exil. Au lieu de cela, on l'a ballottée de prison en prison. Élisabeth a commandé deux enquêtes sur le meurtre de Darnley. Les minutes de ces prétendus procès, tenus à York et Westminster, nous sont parvenues et les dépositions de Nelson y jouent un rôle crucial. Pourtant, si l'on examine les documents avec soin, on découvre qu'il s'agit des dépositions de Thomas Nelson rédigées et sanctionnées par William Cecil, le secrétaire d'État d'Élisabeth.

— Vous voulez dire que…

— Bien sûr.

Segalla eut un rire contenu.

— Il est tout de même étrange qu'à aucune de ces parodies de procès on n'ait appelé Nelson et Symonds, les deux seuls survivants de l'explosion, à venir témoigner en personne. On n'a présenté que des dépositions faites au nom de Nelson. Là encore, ils ont essayé de déformer la vérité : dans ces prétendus témoignages, on accuse même Marie d'avoir déménagé, afin de le sauver de l'explosion, le magnifique lit qu'elle avait acheté pour Darnley. Les historiens ont démontré qu'il s'agissait d'un mensonge.

— Et la version officielle ? demanda Ann. Dans son livre, le duc d'Hamilton dresse une liste de quinze assassins de Darnley.

Ann ouvrit son sac, en sortit l'ouvrage et consulta un appendice.

— Tous, à l'exception de deux d'entre eux, ont connu une mort violente.

Segalla lui prit le livre des mains, étudia la liste des noms, puis le lui rendit.

— Je vois. Par la suite, on a accusé Bothwell du meurtre. Certains membres de sa suite ont été torturés. Tous ont avoué avoir joué un rôle dans l'assassinat de Darnley. Mais dites-moi, Ann, dans n'importe quel tribunal d'Europe, accorderait-on de la valeur à des aveux arrachés sous la torture ?

Elle secoua la tête.

— Aucune, bien sûr ! dit Segalla avant de boire une gorgée de vin. C'était là toute la subtilité du complot. Tous les éléments en notre possession sur la mort de Darnley viennent soit d'individus suppliciés à qui on n'a pas donné beaucoup de temps pour se rétracter, soit de lettres supposées être de la main de Marie, les fameuses lettres du coffret. Ne trouvez-vous pas étrange que les originaux de cette correspondance ne nous soient jamais parvenus ? En outre, à part les aveux des prisonniers, on n'a aucune preuve que Marie et Bothwell étaient amants, ni qu'ils avaient ourdi l'assassinat de Darnley !

Il se renfonça sur son siège et montra du doigt le livre qu'Ann tenait toujours à la main.

— Rouvrez-le. Qu'est-il arrivé à Patrick Wilson ?

— Inutile de l'ouvrir, dit Ann. Il n'y a qu'un point d'interrogation en face de son nom, ce qui signifie qu'il a disparu.

— Bien sûr qu'il a disparu. Soumis au supplice du chevalet, torturé puis assassiné. On a sans doute jeté son cadavre dans une fosse dès que Morton, Moray et Lethington en ont eu fini avec lui.

— Avez-vous exercé votre vengeance ?

— Pourquoi cette question ?

Ann but une gorgée de vodka pour cacher sa nervosité.

— C'est juste que…

Segalla se pencha au-dessus de la table et lui saisit la main.

— Je vous taquine, la rassura-t-il. Pourquoi devrais-je vous demander une réponse que je connais déjà ? Souvenez-vous, Ann, dans le manuscrit que vous avez lu, Segalla a été commissionné directement par sa reine. Nelson a été exécuté. En 1570, le comte Jacques de Moray a été abattu par un assassin inconnu. L'année suivante, le père de Darnley a connu le même sort. Deux ans plus tard, Lethington s'est suicidé en buvant du poison au château d'Édimbourg. Huit ans après, on a envoyé Morton à la « Vierge », le nom que donnaient les Écossais à leur nouvel appareil d'exécution.

— Et Sandy Durham ?

— Lisez donc la *Vie de Marie, reine d'Écosse*, de Miss Strickland. Pour un simple portier, Durham a connu une promotion très rapide au service de lord Moray.

— Pourtant, à la fin de l'été 1567, Durham a disparu à son tour.

Segalla se contenta de la fixer du regard.

— Est-ce vous qui vous cachez derrière ces morts ? s'enquit Ann.

— C'est Dieu !

— Et Marie ?

Segalla posa le menton sur son poing.

— J'ai participé à de nombreux complots visant à la libérer, mais c'était impossible. Walsingham était résolu à la voir mourir.

— Et Bothwell ?

— Il a fui à Dragsholm, au Danemark. Je ne pouvais pas grand-chose pour lui : c'était un bon soldat mais un mauvais conseiller.

— Fournissait-il des potions à Marie ?

Segalla leva brièvement les yeux vers elle.

— Oui, je crois. Lui aussi s'est servi d'elle : un homme loyal mais buté.

— Et Walsingham, il aurait mérité d'être puni lui aussi, sans doute ?

— Oh, je l'ai surveillé des années. Savez-vous qu'il a été personnellement impliqué dans l'exécution de Marie à Fotheringay ? Un de ses agents a engagé un homme peu scrupuleux du nom de Bull et lui a offert dix livres pour décapiter la reine.

— Ce n'était pas ma question. J'ai lu la biographie de lady Fraser : la malveillance de Walsingham est plus qu'évidente. Pourtant, il est mort dans son lit.

Le regard de Segalla se durcit.

— Relisez vos livres, Ann. Dans certains, on dit que Walsingham est mort d'hydropisie, que son corps a gonflé et s'est mis à pourrir. Dans d'autres, on parle de la main de Dieu. D'autres encore affirment qu'il est mort de vieillesse. Walsingham a réussi à voler les perles noires de Marie. Peut-être lui ont-elles porté malheur. Quelques-uns, murmura-t-il, parmi ceux qui ont une bonne connaissance en la matière, disent que Walsingham a connu une mort cruelle, qu'on l'a empoisonné à petit feu.

« Mon manuscrit vous appartient. Tout ce qui y figure est basé sur la vérité. Publiez-le si vous le souhaitez, et si l'on met vos propos en doute, posez cette question : comment se fait-il que, Kirk o'Field ayant été réduite en poussière, Thomas Nelson, d'après ses propres aveux, ait réussi à s'extirper des gravats avec seulement quelques égratignures ? À partir de là, l'énigme s'éclaire.

Il pointa le doigt vers la fenêtre, en direction de l'abbaye de Westminster.

— Vous devriez y passer, dit-il. Le roi Jacques y a plus tard fait transférer le corps de sa mère, jusqu'alors enterré à Peterborough, et lui a offert des funérailles splendides. Marie, destinée à être reine d'Angleterre, repose parmi les autres monarques du royaume. Regardez les flèches, Ann, regardez-les bien !

Ann tourna la tête et examina le toit et les tours du grand mausolée. Elle se souvint de la phrase de Marie, qu'elle avait brodée sur sa robe pendant sa captivité à Sheffield : « En ma fin est mon commencement. »

Ann se prit à chuchoter ces mots. Lorsqu'elle se tourna de nouveau, le siège en face d'elle était vide, le verre de vin aussi. Segalla avait disparu. Ann ramassa son paquet et scruta la porte.

— Madame ?

Le serveur s'approcha.

— Madame, Monsieur s'excuse, mais vous dit de ne pas vous inquiéter. Vous vous reverrez sans doute.

NOTE DE L'AUTEUR

Mon intention n'est pas de répéter ce que j'ai déjà écrit : tous les personnages de ce roman ont vécu, respiré, aimé et haï. Presque quatre-vingt-quinze pour cent de mon récit sont basés sur des faits historiques.

À propos de Nelson, que je désigne comme le tueur :

1. Au printemps 1567, Drury, à Berwick, a écrit à Cecil : « Darnley a mis longtemps à mourir et longuement imploré la pitié. » Comment Drury pouvait-il le savoir ? Nelson est arrivé à Berwick juste avant la rédaction de cette lettre, puis on ne l'a jamais revu vivant. Toutes les déclarations ultérieures de Nelson ont été rassemblées par Cecil et Walsingham.

2. Le lundi 10 février 1567, Marie a écrit dans une missive adressée à Beaton, à Paris, que Kirk o'Field avait été soufflée « avec une telle violence que de tout le bâtiment, des murs ou autre, rien ne reste, plus une seule pierre ne tient sur une autre ».

Comment cette description s'accorde-t-elle avec le récit de Nelson publié par Lang en 1819 :

« Il ne s'est aperçu de rien jusqu'à ce que la demeure où tous se trouvaient s'effondre autour d'eux, d'où ce dernier (Nelson) s'est extirpé avant de se dresser sur le mur en ruine… » ?

Enfin, concernant l'homme qui jamais ne meurt : nombreux sont ceux qui ont entendu parler du comte de Saint-Germain, que l'on a vu en France en 1620, 1730 et 1789 (Marie-Antoinette a écrit que non seulement elle l'avait rencontré, mais qu'elle avait regretté de ne pas avoir écouté ses mises en garde). Il a rencontré le duc de Berry avant que celui-ci soit assassiné en 1820. L'empereur Napoléon III a même ordonné une commission pour enquêter sur ce phénomène, mais ses rapports ont été détruits dans un mystérieux incendie. On l'a aussi vu aux États-Unis : avant la déclaration de la Seconde Guerre mondiale, scientifiques et services de renseignements ont recherché un individu qui évoquait le plutonium bien avant l'invention de ce terme. Segalla est peut-être cet homme, ou bien juste le membre d'une caste secrète d'êtres immortels.

Impression réalisée sur Presse Offset par

BRODARD & TAUPIN

GROUPE CPI

La Flèche (Sarthe), 32252
N° d'édition : 3777
Dépôt légal : novembre 2005

Imprimé en France